ANNE TROJA

Rheanne – An Bord der Adlerschwinge

Anne Troja

Rheanne – An Bord der Adlerschwinge

Roman

blanvalet

Sollte diese Publikation Links auf Webseiten Dritter enthalten, so übernehmen wir für deren Inhalte keine Haftung, da wir uns diese nicht zu eigen machen, sondern lediglich auf deren Stand zum Zeitpunkt der Erstveröffentlichung verweisen.

MIX
Papier aus verantwortungsvollen Quellen
FSC® C014496

Verlagsgruppe Random House FSC® N001967

1. Auflage

Dieses Werk wurde vermittelt durch die Literaturagentur Kai Gathemann.
2018 by Blanvalet
in der Verlagsgruppe Random House GmbH,
Neumarkter Str. 28, 81673 München
Redaktion: Angela Kuepper
Umschlaggestaltung: Isabelle Hirtz,
Inkcraft unter Verwendung von Motiven von
© Shutterstock.com (Digital Storm; faestock; Maria Savenko; Volodymyr Gatsura)
JaB · Herstellung: sam
Satz: Buch-Werkstatt GmbH, Bad Aibling
Druck und Bindung: GGP Media GmbH, Pößneck
Printed in Germany
ISBN 978-3-7341-6185-8

www.blanvalet.de

Für meinen Schatz und
unseren kleinen Strahlemann.
Ich liebe euch. Mehr.

Kapitel 1

Der Dämon.

Er ist da.

In Heptagon, am Hafen. Endlich seinem Ziel so nah.

Er hat alle Weichen gestellt, blutig zwar, aber wirkungsvoll. Nun hindert ihn nichts mehr daran, das Schiff zu besteigen. Der Lärm der Menschenmassen, dieses stinkende und pöbelnde Gewimmel, bringt ihn für einen Augenblick in Rage. Der Geruch von unzähligen Seelen liegt wie ein bleierner Schleier in der Luft und lässt ihn taumeln.

Sein Blick gleitet über den belebten Hafen. Doch er blendet die Fischhändler aus, die sich im gierigen Wetteifer die Lunge aus dem Hals brüllen, er verdrängt den Gestank nach Salz und Fisch, die Wärme der vielen menschlichen Körper und das Bedürfnis, sie alle für diese aufgezwungene Nähe zu erwürgen. Er unterdrückt seine Erregung. Jetzt darf er keinen Fehler machen. Nichts Dummes oder Leichtsinniges, das seine bisherigen Pläne sprichwörtlich über Bord werfen würde. Denn an Bord zu kommen – darin liegt die höchste Priorität.

Sein Blick bleibt an dem Schiff haften, dessen gewölbter Leib ihn nun bald aufnehmen und das ihm, wenn sein Plan gelingt, Ruhm und Anerkennung bringen wird: die

Adlerschwinge. Nun gilt es, dem Auftrag nachzukommen, der ihn aus den Tiefen der Erde mitten in die Welt der Menschen geführt hat. Erst die Arbeit, dann das Vergnügen. Sein Gebieter brennt regelrecht darauf, dass er das geflohene Objekt einfängt und ihm übergibt – und zwar warm, mit wild klopfendem Herzen. Wenn er dies erst vollbracht hat, wird er in der Gunst seines Gebieters steigen und vielleicht Freiheit erlangen. Freiheit … Eine süße, verlockende Vorstellung, ist er doch an seinen Meister gebunden wie ein Hund an seinen Herrn.

Lächelnd reckt er den Hals, um besser sehen zu können. Er achtet nicht auf die ausgefahrenen Ellenbogen und Tritte der ihm entgegenkommenden Menschen, die an ihren Rempeleien sichtlich Freude haben. Er misst die Entfernung mit dem Auge ab und sieht nun auch, welchem Strom von Menschen er sich zuwenden muss. Ist er erst unter ihnen, muss er nicht einmal die Beine bewegen – er wird einfach mitgezogen.

Es ist mühsam, seinen Trieb zu unterdrücken. Er knirscht mit den Zähnen. Ein Laut, der in dem Lärm untergeht. Mechanisch zuckt seine Hand zu einem der Vorübergehenden, die Finger hässlich gekrümmt, als hätte eine fremde Macht die Knochen verbogen. Er riecht, wie das Blut seines Opfers durch die Adern pulsiert. Er will den roten Lebenssaft auf den Fingern spüren.

Seine Hand berührt den Hals des Menschen – der Fremde schreit auf, kurz und spitz. Ruckartig zieht er die Hand zurück, und das Opfer wird vom Menschenstrom mitgerissen. Er merkt, wie etwas in seinem Inneren panisch aufbegehrt und eine Stimme in seinem Kopf wütet. Die Zurückhaltung hat ihn unendlich viel Willenskraft gekostet.

Zitternd ringt er nach Luft. Die Kontrolle droht ihm zu entgleiten. Dieser Ort … diese Stadt – sie raubt ihm den Atem. Er muss vorsichtiger sein. Sein Instinkt darf ihm nicht in die Quere kommen.

Das Beben in seinen Händen lässt nach, als er sich zur Ruhe ermahnt und erneut die *Adlerschwinge* in den Fokus seiner Aufmerksamkeit rückt.

Die mächtige Handelsfregatte liegt wie ein sicheres Haus vor Anker. Die gleichmäßigen Bewegungen, mit denen sie sich hebt und senkt, wirken in dem allgemeinen Trubel beruhigend.

Die Segel des Dreimasters sind ordentlich gerefft, die bronzenen Beschläge an der Bordwand funkeln und glitzern im Sonnenlicht. Er kann vereinzelte menschliche Umrisse ausmachen, die an Bord ihren Tätigkeiten nachgehen. Und dort, irgendwo im Inneren der Fregatte, verbirgt sich der Schlüssel zu seinem baldigen Ruhm.

Die Spur, die er über lange Zeit verfolgt hatte, verlor sich an diesem Hafen. Die Entdeckung hatte ihn zunächst in Panik versetzt. Doch er ist nicht dumm – er weiß sehr wohl, wie sein Opfer denkt. Schließlich verfügt jede Kreatur über einen Fluchtinstinkt, sei sie gut oder böse.

Der Hafenmeister hat sich gestern Nacht als äußerst gesprächig erwiesen, welches der im Hafen liegenden Schiffe als Nächstes ausläuft, und er hat es ihm mit einem präzisen und schnellen Tod gedankt. Normalerweise zieht er ja die qualvolle Folter vor. Er will sich auch gar nicht dagegen wehren – es macht einfach zu viel Spaß. Seine Zunge fährt über die ausgetrockneten Lippen. Die Informationen des Hafenmeisters haben ihn noch in derselben Nacht zu seinem jüngsten Todgeweihten geführt, dessen Körper ihn hoffentlich sicher und ohne Komplikationen an Bord der *Adlerschwinge* bringen wird. Er ist jetzt Herr über die Seele und den Körper seines ganz persönlichen Passierscheins.

Er hat einen Auftrag und drei Wochen Zeit, das Objekt seiner Begierde aufzuspüren. An Bord eines Schiffes, einer schwimmenden Insel, scheint diese Aufgabe von einer lächerlichen Einfachheit zu sein.

Er knurrt verärgert. Wie lange verfolgt er sein Opfer nun? Und immer wenn er glaubte, es fassen zu können, ist es verschwunden. Doch nun steckt es in einer Sackgasse. Wohin sollte es schon fliehen? Auf diesem Schiff gibt es kein Entkommen. Und um der Sache eine kleine zusätzliche Würze zu geben, so denkt er sich jetzt, wird er es vorwarnen und ihm dadurch die Ausweglosigkeit seiner Flucht aufzeigen. Ein paar Seelen nur, vielleicht zwei … oder drei. Sein Opfer wird Panik bekommen. Und er, er wird seine Freude daran haben.

Ein teuflisches Grinsen gleitet über sein Gesicht, als er sich aufmacht und mit zielstrebigen Schritten dem Menschenstrom zuwendet, der ihn genau zur Fregatte bringen wird. Wie ein Fluss liefert das Gedränge ihn tatsächlich am Fuße der Bordwand ab. Er betritt die Laufplanke, als sich ein Matrose oben an der Reling in den Durchgang stellt. Will er ihn etwa daran hindern, das Schiff zu besteigen? Beinahe ist er versucht, dem Mann die Finger in die Kehle zu rammen.

»Ahoi! Willkommen an Bord!«

Arglosigkeit in der Stimme – ein gutes Zeichen. Der Matrose winkt ihn durch. Alles läuft nach Plan. Die Sehnen und

Muskeln in seiner bereits gekrümmten Hand entspannen sich wieder. Das Grinsen kehrt zurück, als er die Begrüßung erwidert und die Planken betritt.

Diese Ratte hat keine Ahnung. Die *Adlerschwinge* hat soeben ihre Nemesis an Bord genommen.

Kapitel 2

Ich stützte die Ellenbogen auf die hölzerne Reling und starrte mit scheinbar wachsamem Blick auf den Pier, auf dem sich eine beachtliche Menschenmenge versammelt hatte. Doch in Wirklichkeit drifteten meine Gedanken in die Ferne, so weit fort, dass selbst ich als ihr Schöpfer sie nicht mehr nachzuvollziehen vermochte.

»Leinen los!«

Der raue Ruf des Seemanns hallte klar und deutlich in meinen Ohren wider und offenbarte mir die Endgültigkeit meiner Aufgabe.

Ich würde meine Heimat, mein Zuhause verlassen. Ich würde Heptagon für eine lange Zeit nicht wiedersehen. Für eine sehr lange Zeit.

Seufzend löste ich mich von der Reling, als das Fallreep von der Bordwand gelöst wurde und die imposante Handelsfregatte ächzend zum Leben erwachte. Die ersten Wellen schlugen seitlich gegen die Bordwand. Mein Magen machte einen beunruhigten Sprung, und mich überfiel die Ahnung, dass diese Reise zu einer fürchterlichen Qual werden könnte.

Es war nicht das erste Mal, dass ich Heptagon im Namen und im Auftrag der Ersten Präsenz Merideth verließ. Es war jedoch das erste Mal, dass ich meine Mission an Bord eines Schiffes antrat. Eines gewaltigen Schiffes – der *Adlerschwinge*, Flaggschiff jenes Handelskonvois aus meinem Heimatland Astran, der sich auf dem Weg Richtung Genzabar befand.

Mit einem Hauch von Wehmut bemerkte ich, wie die roten Ziegeldächer und Türme Heptagons langsam schrumpften und die vertrauten Klänge der Stadt schwanden. Das monotone Hämmern aus den ewig rauchenden Schmieden verlor sich im Geschrei der Möwen, die den Hauptmast umflogen. Der penetrante Duft nach Fett und Hefe aus den unzähligen Öfen der Stadt verflog, als eine frische Brise mich traf, die nach Salz und Fremde roch. Ich staunte über den Anflug von Heimweh, fühlte ich mich in Astrans Hauptstadt doch nie wirklich heimisch, obwohl ich in ihr das Licht der Welt erblickt hatte.

Heptagon war eine verwinkelte Stadt, laut und dreckig und doch von einer architektonischen Struktur, als wäre ihr Schöpfer Opfer seiner selbst aufgebürdeten Präzision gewesen. Die sieben Bezirke der siebeneckigen Stadt sahen von der Infrastruktur her haargenau gleich aus. Ziegelmauern umsäumten einen jeden Distrikt und schirmten die jeweiligen Bürger mehr schlecht als recht vor der grausamen Wirklichkeit draußen in den Straßen ab. Überfälle, Hunger und fehlende ärztliche Versorgung verliehen Heptagon nicht unbedingt den guten Ruf, den eine Hauptstadt eigentlich haben sollte.

In der Mitte, auf einem künstlich errichteten Hügel, thronte der Regierungssitz der Ersten Präsenz Merideth wie eine Trutzburg über der Stadt und verhöhnte mit seinen vergoldeten Monumenten die Sorgen und Nöte der Bevölkerung. Es war Tatsache, dass die ärmere Schicht in Heptagon überwog und nur zwei Bezirke mit Reichtum und Macht ausgestattet waren. Bandenkriege und Armut waren nichts Neues in den übrigen fünf Stadtteilen und wurden mit einem knappen Kopfnicken zur Kenntnis genommen. Auch ich war in solch einem brutalen Viertel aufgewachsen, als Waise in einem Heim, ohne glorreiche Zukunftsaussichten und mit nur wenig Zuwendung.

Meine leiblichen Eltern hatte ich nie kennengelernt. Als ich mich mit sechs Jahren dafür zu interessieren begann, wo ich denn eigentlich herkam, brachten mich die Ammen des Heims schnell auf den Boden der Tatsachen zurück und löschten meine Vorstellung von einer glücklichen Familie: Ich war die Tochter einer Stricherin, die mich im Vollrausch in diese erschreckend düstere Welt gepresst hatte. Wenigstens hatte sie den Anstand besessen, mich vor dem nächsten Tempel vor die Tür zu legen.

Ich seufzte ein weiteres Mal. Das Selbstmitleid in diesem Laut drängte ein bitteres Lächeln auf meine Lippen. Himmel, ich konnte froh sein, nicht als Hure oder Sklavin mein Dasein zu fristen. Meine Karriere hatte ich meinem Adoptivvater zu verdanken, der mich aus der trostlosen Waisenhölle rettete. Ich musste ausgerechnet einen ehemaligen Ritter bestehlen, der mir noch an Ort und Stelle so kräftig den Hintern versohlte, dass ich eine Woche lang nicht sitzen konnte. Er war es, der mich auf den richtigen Weg brachte und mich lehrte, was Recht und Ordnung waren. Anfangs konnte ich mit der Gelegenheit eines Neuanfangs nicht umgehen, drohte wieder in meine alten Verhaltensmuster zurückzufallen. Er strafte mich mit purer Enttäuschung und Ignoranz – und Liebe. Liebe … Er, der seine eigene Familie durch Menschen wie mich verloren hatte, liebte und lehrte mich. Ich wollte ihn beeindrucken. Ihn stolz machen. Und ich schaffte es mit viel Schweiß, Blut und Tränen. Nun stand ich im Dienste des astranischen Adlers: Und das war niemand Geringeres als die Erste Präsenz Merideth, unbeliebte Regentin im eigenen Land und ein Spottsymbol der westlichen Länder. Ja, so betrachtet, war mein Lebensweg nach einem missglückten Start wahrlich gesegnet worden.

»Aspirantin Rheanne?«

Es war, als entleerte man einen Eimer mit Eiswasser über mich. Ich holte tief Luft, gestattete meinem Zorn nicht, die Oberhand zu gewinnen, und drehte mich zu der Stimme um. Mit einem gezwungenen Lächeln, das ich mir eigentlich auch hätte sparen können, blickte ich geradewegs in das unrasierte Gesicht eines Matrosen. Das braune Haar hatte er sich nach neuester Mode mit Pomade nach hinten geschmiert, sodass seine Haarpracht aussah wie nasses Hundefell. Über seinen muskulösen Schultern spannte sich eine saubere Marinejacke, natürlich in den Farben Astrans gewebt, auf der einige Abzeichen prangten. Der Haltung und der Art nach, wie er sich benahm, musste er einen ranghöheren Dienst an Bord bekleiden. Trotzdem hatte er einen Fehler begangen: Er nannte mich Aspirantin.

»Elda Ritterin Rheanne von Heptagon«, berichtigte ich den Matrosen, der unter meinen Worten zusehends schrumpfte, während ich immer größer wurde.

»Ich … Verzeiht, Elda Ritterin.« Er schlug die Hacken zusammen und zeichnete auf seiner Brust das Zeichen des Adlers.

Ich nickte gnädig. Zum Glück konnte der Kerl nicht wissen, dass meine Beförderung zur Ritterin nur wenige Tage zurücklag und dank Astrans argwöhnischen Behörden ständig auf Messers Schneide stand. Und diese Information würde ich auch niemals preisgeben. Es war schließlich schon schwer genug, sich als Frau in einem Haufen von Männern zu beweisen. Auch wenn man dabei ein Schwert in der Hand hielt und damit umgehen konnte.

»Ich sah Euch Euren Titel nicht an«, sagte der Matrose. Das war gelogen, die vergoldete Schnalle meines Waffengürtels und der Ring an meinem Finger wiesen mehr als genug auf meinen Stand als Ritterin hin. Der Matrose deutete mein Schweigen anscheinend als Zeichen der Milde.

»Natürlich. Ritter besitzen keine weiblichen Rundungen. Ist es das, was du meinst?«

Die Seeratte wurde blass um die Nase. »Elda Rheanne … was denkt Ihr von mir! Ich verehre die Erste Präsenz Merideth, die Tochter des Adlers, genauso sehr wie Ihr! Ihr seid eine ehrwürdige Ritterin. Und mit Verlaub – Eure Rundungen sieht man kaum. Ihr wirkt wie ein gestandener Ritter.«

»Ich bin also nicht weiblich genug?« Ich zog verärgert eine Augenbraue hoch.

Er kam sichtlich ins Schwitzen. »Ich meinte … Ich meine … Das habe ich doch gar nicht gesagt!«

»Du beginnst, dich um Kopf und Kragen zu reden.« Meine Hand zuckte zu dem Heft meines Schwertes. Ja, ich war ein

Ritter. Aber ein weiblicher, verdammt noch mal, und wenn eine Frau etwas nicht hören wollte, dann war es eine Bemerkung über fehlende Rundungen. Ich war kurz davor, dieses Wiesel kielholen zu lassen. Und das, obwohl der Hafen noch in Sichtweite lag.

»Ich …« Der Mund des Matrosen öffnete und schloss sich wieder. Er schlug ein weiteres Mal die Hacken zusammen. »Stellvertretender Erster Maat Román, Elda Rheanne. Zu Euren Diensten!« Ein Themenwechsel ging sicherlich fließender, doch selbst ich war froh, der unangenehmen Situation zu entfliehen.

Ich nickte zum dritten Mal. »Und was willst du von mir?«

»Elder Menderz, Fregattenkapitän der stolzen *Adlerschwinge,* des sagenumwobenen Flaggschiffs der astranischen Handelsflotte, Verantwortlicher des Konvois und …«

»Román. Komm auf den Punkt.« Dieser Kerl plapperte mehr als Soldaten im Waschhaus.

»Sehr wohl, Elda Rheanne.« Román deutete zur Kommandobrücke hinüber. »Kapitän Menderz wünscht Euch zu sprechen.«

»Warum?«

»Das sagte er mir nicht.«

Ich blickte scheinbar uninteressiert zur Kommandobrücke. Zu beiden Seiten führten Stufen zu dem Heckkastell, auf dem sich das Steuerrad der *Adlerschwinge* befand. Darunter lag die Kapitänskajüte. Der Arbeitsplatz des Steuermanns und Kapitäns war so konstruiert, dass bei starker Hitze ein Sonnensegel gespannt werden konnte. Ich wollte gar nicht erst wissen, wie viele astranische Goldkronen in dieses Schiff geflossen waren – es war wirklich das prächtigste Handelsschiff, das in Heptagon je vor Anker gelegen hatte. Bronzene Beschläge waren an den Außenwänden angebracht, auf denen sich die Sonne spiegelte, als übte ein Hexer seine Magie aus. Ein mit Stahl verstärkter Rammsporn durchpflügte mühelos die See, und ich bezweifelte, dass es auf dem Weltmeer ein Schiff gab, dessen Rumpf sich gegen den Sporn der *Adlerschwinge* behaupten konnte, ohne ein klaffendes Loch davonzutragen. Und als wäre dies nicht genug, thronte hoch über dem Wasser der astranische Adler als Galionsfigur, der dem Schiff augenscheinlich zu seinem Namen verholfen hatte. Das vergoldete Monument war durchaus majestätisch und angenehm anzuschauen, auch wenn ich von solchen Dingen weniger angetan war als manch anderer.

Mein Blick glitt zurück zum Heckkastell. An beiden Seiten der Treppe mit den geschnitzten Geländern hatten sich Wachen postiert, die Unbefugten den Zutritt zum Steuerrad verwehrten und gleichzeitig ein wachsames Auge auf die Kapitänskajüte warfen. Ihrem Aussehen nach zu urteilen, schienen es keine Seemänner zu sein, sondern angeheuerte Söldner oder vom Militär ausgebildete Leibwachen. Ersteres war mehr als wahrscheinlich. Die Erste Präsenz Merideth verstand sich auf vieles, was ihr eigenes leibliches Wohl betraf, doch vom Militär und dem Murren der Bevölkerung bekam sie reichlich wenig mit.

»Elda Rheanne …«

Románs drängender, wenngleich unterwürfiger Unterton ließ mich innerlich schmunzeln. Er schien nun tatsächlich einen Hauch von Respekt vor mir zu besitzen.

Ich hatte nicht vor, mich von ihm triezen zu lassen. Ein Mann wie er sollte Achtung vor den Eliterittern der Ersten Präsenz haben.

Langsam schritt ich über das Deck. Die *Adlerschwinge* hatte nun spürbar Fahrt aufgenommen, und die Segel knatterten und blähten sich im frischen Fahrtwind. Feine Wassertropfen benetzten mein Gesicht, als die Fregatte durch die Wellen pflügte und sich der unzähmbaren Willkür der offenen See auslieferte. Alsbald würde die astranische Küste nicht mehr zu sehen sein.

Ich verbannte das mulmige Gefühl in meiner Magengegend. Es war schließlich nicht das erste Mal, dass ich auf eine Mission geschickt wurde, die außerhalb des Herrschaftsgebietes der Ersten Präsenz lag. Ich war jedes Mal wohlbehalten heimgekehrt.

Doch es war neu, dass bei dieser Mission auch mein Ruf und mein Titel auf dem Spiel standen. Politik und Beziehungen – zwei Komponenten, die ein einfaches Rad im Getriebe wie mich erheblich in die Klemme bringen konnten. Rasch verdrängte ich die aufkommenden Gedanken und erwiderte demonstrativ Románs Blick. Es war merkwürdig, wie eine Frau in Rüstung die Augen aller auf sich zu ziehen vermochte. Dabei stand ich noch nicht einmal in voller Montur da. Mein schwerer Kettenpanzer lag sauber verstaut in der Truhe, die in meiner Kabine auf mich wartete. Stattdessen trug ich eine leichte Lederkluft. Schultern und Brust waren zusätzlich mit dünnen Eisenplatten verstärkt, doch ich besaß mehr Bewegungsfreiheit. Auf dem schlingernden Schiff war mir dies überaus willkommen.

Ich konnte Románs erleichtertes Aufatmen förmlich im Nacken spüren, als ich mich den Wachen näherte.

»Kapitän Menderz erwartet mich«, sagte ich zu einem der Söldner.

Er musterte mich einen kurzen Augenblick zu lange.

»Gibt es ein Problem?«, fragte ich.

»Nein. Folgt mir.«

Meine Hand lag locker auf dem Heft meines Schwertes, als ich hinter dem Wachposten die wenigen Schritte zur Tür ging. An der zusammengekniffenen Miene des anderen konnte ich ausmachen, dass er über meine Anwesenheit nicht recht glücklich zu sein schien. Ich zog hinter dem Rücken des Söldners eine Grimasse. Sollten diese eingebildeten Lackaffen nur denken, was sie wollten! Ich war eine Ritterin. Und daran würde sich in nächster Zeit auch nichts ändern.

»Nach Euch, Elda.« Der Wachposten war vor einer mannshohen Flügeltür stehen geblieben, die ebenso kunstvoll geschnitzt war wie der Rahmen, in dem sie saß. Mit der flachen Hand drückte er sie auf und offenbarte mir einen ersten Blick in das Innere der Kapitänskajüte.

Drinnen war es dunkler als erwartet, angesichts der vielen bleiverglasten Fenster, die im Heck angebracht waren. Die Holztäfelung absorbierte das Tageslicht und verlieh der Kapitänskajüte eine schummrige Atmosphäre.

Eine Wandseite wurde von mindestens vier Schränken gesäumt, die allesamt mit Büchern, Folianten und Kartenröhren vollgestopft waren. Ein schwerer Teppich mit langen, einst goldenen Kordeln an den Seiten dämpfte meine Schritte. Trotz des Tageslichts brannten einige Kerzen. Bei schwächer werdendem Licht würden offenbar einige ausladende versilberte Kandelaber für ausreichenden Lichtschein sorgen. In der Mitte des Raumes stand ein massiver Schreibtisch. Auf der abgewetzten Platte lagen eine Seekarte sowie Sextant und Fernrohr. Der Rest war überhäuft mit weiteren Büchern und Röhren, sodass das Fehlen einer sichtbaren Ordnung mich beinahe das bullige Männlein übersehen ließ, das hinter dem Schreibtisch saß.

»Elda Rheanne! Oder soll ich Euch lieber mit Elda Ritterin Rheanne anreden?«

»Ersteres ist vollkommen ausreichend.«

Menderz erhob sich und sah mir zum ersten Mal direkt ins Gesicht. Das silbern melierte Haar trug er nach militärischer Art kurz, an seinem Gürtel hing ein Rapier.

Trotz seiner geringen Größe fehlte es ihm nicht an Führungsstärke. Stechende blaue Augen bohrten sich in die meinen. Augen, die keine Widerrede duldeten, sondern unbedingten Gehorsam forderten. Nun, ich würde von ihm keine Befehle entgegennehmen, er war kein Admiral, aber ich bezweifelte nicht, dass die Mannschaft ordentlichen Respekt vor ihm hatte.

»Es ist mir eine Ehre, Euch an Bord der *Adlerschwinge* begrüßen zu dürfen. Dieses Schiff hat schon viele Passagiere willkommen geheißen, Reiche und von adligem Geblüt, ja, selbst Fürsten reisten mit ihr, doch noch nie hat eine Ritterin diese Planken betreten.« Er machte eine ausladende Handbewegung. »Fühlt Euch wie zu Hause! Ich gab Euch die größte Kabine, die die *Adlerschwinge* besitzt. Abgesehen von der meinen, natürlich.« Er lachte kurz auf.

Ich fiel höflich in sein Lachen ein.

»Ich hoffe, es stört Euch nicht bei Eurer Mission, wenn Ihr Euch die *Adlerschwinge* mit einigen wenigen anderen Passagieren teilen müsst.«

»Sorgt Euch nicht um mich.«

Menderz nickte. »Eure Vorgesetzten versprachen nicht zu viel, als sie Euch als unkomplizierte Reisebegleitung beschrieben.«

»Das haben sie gesagt? Aus welchem Grund?«

»Nun ja, missversteht mich nicht, Elda Rheanne, doch die Seefahrt ist und war seit jeher eine … ähm … Domäne der männlichen Spezies. Ich musste mich absichern.«

»Ihr wollt sagen, Ihr habt allen Ernstes mit meinem Vorgesetzten gesprochen, weil Eure Matrosen Angst vor einer Frau an Bord haben?«

»Nicht der Großteil der Männer!«, rief Menderz. »Aber ja. Bei Miranes Segen, es beschämt mich zutiefst. Noch dazu steht Ihr ohne Begleitung und in Rüstung vor mir. Solch ein Antlitz bekommt nicht jeder Seefahrer zu Gesicht. Ich spüre, wie tief die Furcht bei einigen meiner Männer sitzt und wie sie sich beim nächsten rauen Wind in die Hosen machen werden. Vollkommen unbegründet, natürlich«, warf er hastig ein. »Ich weiß nur zu gut, dass die Ansicht, eine Frau an Bord bringe Unglück, lediglich ein Ammenmärchen ist.«

»Unsere geliebte Erste Präsenz Merideth reiste über die See, und die gesamte Flotte kehrte heil zurück. Das Geschlecht spielt keinerlei Rolle.«

»Bei meiner Ehre – Gleiches sagte ich auch meiner Mannschaft!«

»Ihr wart anscheinend nicht überzeugend genug.«

»Es sind gute Männer, Elda Rheanne. Zuverlässig und loyal. Ich kann es mir nicht erlauben, sie zu verlieren.«

Ich kniff die Augen zusammen. »Genauso wenig dürft Ihr es Euch mit einer Abgesandten der Ersten Präsenz verscherzen, deren Auftrag vom astranischen Adler abgesegnet wurde.«

»Ich weiß, welchen Rang Ihr innehabt, Elda Ritterin«, erwiderte Menderz steif. »Und ich bitte Euch, auch den meinen zu respektieren.«

»Somit stellt meine Anwesenheit bei Euren Matrosen kein Hindernis mehr dar?«

Menderz' Adamsapfel zuckte, als er schluckte. »Ihr könnt Euch bewegen, wann und wo es Euch beliebt, Elda Rheanne. Ich bitte Euch lediglich, Euch an die an Bord herrschenden Sitten und Gepflogenheiten zu halten und sie zu achten. Ich fordere von meinen Männern Disziplin, Gehorsam und Respekt. Dasselbe erwarte ich auch von meinen Gästen. Die See ist unberechenbar und nur zu oft ein zickiges Miststück. Ich habe keine Zeit, Händchen mit meinen Gästen zu halten.«

»Gut. Und Ihr behaltet als Gegenleistung Eure Matrosen im Griff. Bei einer mehrwöchigen Überfahrt kann ich mich nicht die ganze Zeit unter Deck verstecken und der Dinge harren.«

»Ihr mindert meine Glaubwürdigkeit an Bord, Elda.« Er seufzte. »Ich vertrete keineswegs das konservative Gedankengut. Auch ich bin für Fortschritt. Vertraut mir und erstattet mir Bericht, falls einer der Männer … handgreiflich oder ausfallend werden sollte.«

Ich blickte Kapitän Menderz fest in die blauen Augen. Sie hielten meinem Blick mühelos stand, und erneut wurde mir bewusst, was für ein ernst zu nehmendes Gegenüber Menderz war. Ich neigte den Kopf zur Seite und unterbrach den Blickkontakt mit ihm. Ein Grinsen huschte über sein wettergegerbtes Gesicht.

»Der Segen Miranes wird über diesem Schiff liegen, so wahr ich hier stehe. Eher wird mich der Schlag treffen, als dass meine Hübsche von den schwarzen Wogen verschlungen wird. Ob nun eine Frau an Bord ist oder nicht.« Er klopfte mit der flachen Hand auf die Wand, als wollte er die Fregatte tätscheln.

»Steht der Wind für eine unkomplizierte Fahrt gut?«

»Bis jetzt ja. Zu dieser Jahreszeit ist das Meer normalerweise ruhig, und die Winde sind vorhersehbar. Genzabar dürfte binnen drei Wochen erreicht sein.«

»Ausgezeichnet.«

»Eure Mission muss wahrlich von höchster Dringlichkeit sein.«

Ich wurde hellhörig und beobachtete sein Mienenspiel aufmerksam. Es hatten sich schon viele gegen die Erste Präsenz Merideth verschworen, und mehr als einmal hatte es einen Attentatsversuch auf die kinderlose Regentin gegeben. Astrans Krone wurde hart umkämpft, doch bisher hatte Merideth sich erstaunlich wacker gehalten.

»Ihr wärt überrascht, wie furchtbar ernüchternd solche Aufträge sein können«, erwiderte ich und zuckte mit den Schultern. »Ich würde Euch mit Einzelheiten nur langweilen – zumal sie ohnehin geheim sind.«

Menderz lachte auf. »Mir haben schon einige Würdenträger einen Korb gegeben, doch den Euren werde ich so schnell nicht vergessen.«

»Ich sagte nur die Wahrheit.«

»Ihr wärt in meiner Achtung auch nur gesunken, hättet Ihr mir davon berichtet.«

»Aber Ihr hättet mit gespitzten Ohren meinen Worten gelauscht«, gab ich zurück.

Menderz grinste und kratzte sich am Hinterkopf. »Touché.«

Ich lächelte ebenfalls, sagte jedoch nichts mehr. Ich hätte gegen das Gesetz verstoßen, wenn ich über meinen Auftrag geredet hätte. Die Mission kam direkt vom engsten Zirkel der Ersten Präsenz, und ich konnte mich nur zu gut daran erinnern, wie der Bote plötzlich vor mir stand und den versiegelten Brief überreichte. Damit hatte ich in meinem Leben alles erreicht, was ich mir erträumt hatte. Und nun hing meine ganze Existenz von dieser Mission ab. Mein Rang, meine Ehre, mein Leben. Es war an mir zu beweisen, dass ich des Vertrauens würdig war, mochte der Auftrag auch noch so bizarr sein. Würde ich Kapitän Menderz von dem Inhalt des Briefes berichten, wäre das Hochverrat. Zudem würde er denken, ich sei von Sinnen.

»Ihr wollt Euch sicherlich ausruhen, Elda Rheanne.«

Menderz' Stimme holte mich aus meinen Gedanken.

»Habt Dank. Ich ruhte bereits in einem Wirtshaus, kurz bevor die *Adlerschwinge* auslief.«

»Nun, ich fürchte, meine Arbeit verwehrt mir, dass ich Euch Gesellschaft leiste. Doch ich werde Román beauftragen,

Euch die *Adlerschwinge* zu zeigen. Ihr werdet staunen, welche Vielfältigkeit der Stolz der Meere aufweist!«

Ich zweifelte nicht im Geringsten daran, dass eine Besichtigung der Handelsfregatte höchst interessant sein würde, und willigte ein. Die Idee war jedenfalls angenehmer, als zurück in meine geräumige, aber langweilige Kabine zu gehen und dort auf die erste Mahlzeit zu warten. Ausgepackt hatte ich schon, und es gab nichts weiter zu tun. Ich war neugierig, auf wen ich später in der Messe treffen würde, doch mir graute vor dem seichten Geplänkel über Gott und die Welt. Es war mehr als wahrscheinlich, dass die Passagiere des Handelsschiffes Abgesandte diverser Kaufmänner waren, die nur Interesse am Verkauf ihrer Waren hatten.

Nach der höflichen Verabschiedung folgte ich der Wache hinaus und fand mich auf dem Oberdeck wieder. Der Großteil der Arbeit war von den Matrosen bereits getan: Die blütenweißen Segel mit dem astranischen Adler blähten sich im Wind, und alles war ordentlich vertäut. Die restlichen Kisten, Truhen, Fässer und Pakete wurden unter Deck getragen und in den Frachträumen sorgfältig platziert.

Mein Magen, der im Schutz der Kapitänskajüte erstaunlich ruhig geblieben war, begann angesichts der heranrollenden Wellen wieder bedenklich zu drücken. Ich reckte das Gesicht dem frischen Fahrtwind entgegen, schloss die Augen und hoffte auf Linderung. Das Schiff schlingerte, als befände es sich im schlimmsten Sturm. Meine Übelkeit verstärkte sich. Verstohlen drückte ich die Hand auf den Bauch. Die Seemänner waren von meiner Anwesenheit von vornherein nicht angetan, nun wollte ich ihnen gegenüber auf keinen Fall

Schwäche zeigen. Ich bezweifelte, dass eine sich übergebende Ritterin mein Ansehen an Bord bessern würde.

»Nehmt das.«

Für einen kurzen Augenblick war ich wie erstarrt. Langsam wandte ich den Kopf in Richtung der Stimme und blickte in rabenschwarze Augen, die mich halb ernst, halb belustigt musterten. Die Farbe faszinierte mich, sie war ungewöhnlich. Genauso ungewöhnlich wie die goldenen Sprenkel um seine Iriden. Ein Räuspern brachte mich zurück in die Gegenwart. Mit hochrotem Kopf bemerkte ich, dass ich den Fremden reichlich dämlich angestarrt haben musste, und schaffte es endlich, den Blick von seinen Augen zu lösen, die mich ernst, aber neugierig musterten.

Seitlich von mir stand ein Mann in einer mausgrauen Kutte, die bar jeglichen Schmuckes und religiöser Abzeichen war. Es konnte sich nur um einen anstrebenden Mönch Cherons handeln, einen Novizen. Die Kapuze seiner Kutte lag auf den Schultern, sodass der kahl geschorene Schädel seine ausdrucksvollen Gesichtszüge betonte. Er war älter als ich, aber nur ein paar Jahre. Trotzdem sah er aus, als hätte er schon Abenteuerliches erlebt. Unbedarft war er jedenfalls nicht. Er stand kerzengerade da, in der einen Hand hielt er einen abgegriffenen Wanderstab, die andere streckte sich mir entgegen. Mit dem Seegang schien er keine Schwierigkeiten zu haben, wie ich neidvoll bemerkte.

»Hier. Nehmt das. Es wird Euch helfen.«

Seine Stimme war leise, aber resolut. Fast wunderte es mich, dass er mir das gelbe Zeug in seiner Hand nicht einfach in den Mund stopfte.

Argwöhnisch betrachtete ich es. »Was ist das?«

»Ingwer. Er wirkt Wunder bei Seekrankheit.«

»Woher wollt Ihr das wissen?«

Seine Miene blieb unverändert. »Ein Matrose riet mir dazu, einige Tage bevor ich an Bord ging.«

»Und dieser Matrose … lebt er noch?«, fragte ich halb im Spaß.

»Nein. Er starb.«

Ich wurde blass.

»Er bekam in der Schenke einen Knüppel über den Schädel. Von dem Mann seiner Geliebten.«

»Oh«, machte ich nur. Blut schoss in meine Wangen. Vor mir stand ein Diener Cherons, des Gottes der Rechtschaffenheit. Er trug mit Sicherheit eine Klinge der Gerechtigkeit unter seiner Kutte, die von der Hand seines Gottes geführt wurde. Vermutlich war er der Einzige an Bord dieses Schiffes, der nicht log, da sein Gott es ihm verbot. Und ich traute mich nicht, den Ingwer aus seiner Hand zu nehmen.

Ich suchte in dem Blick des Novizen nach Wut oder Ärger über meinen Argwohn. Doch er blinzelte nicht einmal, als ich ihm abermals sekundenlang ins Gesicht starrte.

Seine Augen musterten mich interessiert, der Mund verriet leichte Belustigung. Seine Züge waren kantig, aber nicht zu kantig, wie ich fand, und er trug einen sauber gestutzten Fünftagebart. Die Kutte schlotterte um seinen mageren, hochgewachsenen Körper, und ich fragte mich unwillkürlich, wie lange es wohl zurücklag, dass dieser arme Mensch etwas Ordentliches zu sich genommen hatte. Cheron war für seine Bescheidenheit, was irdische Vorzüge anging, bekannt, doch ich konnte mir nicht vorstellen, dass die Priester in seinem Tempel hungern mussten. Er musste schon länger auf Reisen sein, und zwar mit geringen Mitteln.

Seiner linken Hand nach zu urteilen, die er mir immer noch entgegenstreckte, schien er von seinem Schwert häufig Gebrauch zu machen. Die dünne Haut zwischen Daumen und Zeigefinger wies vernarbte Einschnitte auf, die da herrührten, dass eine scharfe Klinge zurück in die Scheide gesteckt wurde. Körperlich schwach schien er demnach nicht zu sein.

Ein weiteres Räuspern seinerseits brachte mich vollends aus dem Konzept. Ein herablassendes Lächeln lag auf seinen Lippen, als er mit einem Nicken zu der schrumpeligen Knolle in seiner Handfläche wies. Mein Verstand begann langsam wieder einzusetzen, aber anstatt einer Entschuldigung, ihn erneut ungeniert angegafft zu haben, stieß ich ein wenig damenhaftes Schnaufen aus.

Zögernd streckte ich die Hand aus. Mit spitzen Fingern griff ich nach dem gelben Stück, da traf unsere Haut aufeinander, und ich zuckte vor Überraschung zusammen. Die kurze Berührung jagte mir einen heißen Schauer den Rücken hinab. Seine Mundwinkel zuckten belustigt, und ich riss verlegen die Hand weg. Ich trat zurück, konzentrierte mich mühsam auf den Ingwer und betrachtete ihn von allen Seiten.

»Kauen. Ihr müsst ihn nur kauen«, riet er mir, als wäre unser Hautkontakt vollkommen spurlos an ihm vorübergegangen.

»Ah, Elda Rheanne, hier seid Ihr!«

Ich hob den Blick und steckte mir den Ingwer schnell in

den Mund, als ich Román mit flotten Schritten herannahen sah. Der scharfe Geschmack brachte mich zum Husten. Währenddessen blieb der stellvertretende Erste Maat mit kerzengeradem Rücken vor mir stehen.

»Kapitän Menderz schickt mich. Ihr wünscht, die *Adlerschwinge* zu besichtigen?« Er schenkte mir ein gelbzahniges Lächeln. Sein Atem roch nach Kautabak. »Nun, da seid Ihr bei mir an der richtigen Stelle. Ich kenne die Gute in- und auswendig!«

»Sehr schön. Ich freue mich darauf.« Ich hob die Hand. »Einen Augenblick nur.«

Ich drehte mich zu dem Mönch, um mich für den Ingwer zu bedanken. Doch der Platz, an dem er gerade noch gestanden hatte, war leer. Ich runzelte die Stirn und suchte das Deck nach seiner grauen Kutte ab, aber ich fand ihn nicht.

»Ist etwas, verehrte Elda? Fühlt Ihr Euch nicht wohl?«

»Doch. Ist schon gut. Ich wollte nur dem Mönch etwas sagen, das ist alles.«

»Welchem Mönch, Elda?«, fragte Román verwundert.

Ich schüttelte den Kopf. Román musste ihn übersehen haben. So schnell konnte schließlich niemand verschwinden.

Kapitel 3

»Die *Adlerschwinge* ist ein geschichtsträchtiges Schiff«, sagte Román mit unüberhörbarem Stolz in der Stimme. Mit der Hand fuhr er über die sorgsam polierte Reling.

»Vor über zwanzig Jahren wurde von dem Vater der Ersten Präsenz Merideth – Hades möge sich seiner Seele angenommen haben – der Befehl erlassen, ein Schiff zu bauen, das denen des genzabarischen Kaisers in nichts nachstand. Kennt Ihr die Segler Genzabars?«

Ich nickte. »Ich sah sie auf Gemälden. Sie wirken elegant.«

»Das sind sie auch! Hübsch anzusehen, schnell und wendig, und sie verfügen über Kanonen, die über mehrere Fuß hinweg ein feindliches Schiff in zwei Teile sprengen können.«

»Kanonen?« Ich war ehrlich erstaunt. Ich wusste nur von den schweren Ballisten, mit denen die astranischen Kriegsfregatten ausgerüstet waren. Wurden sie fachgerecht bedient, konnten sie einem Feindschiff auf einigen hundert Fuß ein Loch in den Rumpf schlagen.

»Jawohl! Kanonen.« Román machte eine ausladende Geste. »Kaiser Vargaz ist in vielerlei Hinsicht fortschrittlicher als sein Vater. Seine Frau, die Kaiserin, bewundert die oskanonische Alchemie und bemüht sich um ein freundschaftliches

Verhältnis zwischen den Ländern. Deswegen stehen der Kaiser und die Matriarchin Avellana in enger Verbindung. Es befinden sich sogar hochrangige Alchemisten im Palast des Kaisers. Ihnen wurde ein eigener Tempel gebaut, in dem sie Yarna anbeten können.«

Der missbilligende Ton zum Ende seiner Rede war deutlich zu vernehmen. Ich selbst hielt nicht viel von Religion, daher machte es für mich keinen großen Unterschied, zu wem die Leute beteten. Cheron, der Gott der Rechtschaffenheit, Mirane, die Göttin der Liebe, und Hades, der Gott über Tod und Leben, waren die drei Götter, die in der gesamten Aufgetauchten Welt verehrt wurden. Yarna, die Göttin der Magie, und Yulrath, der Gott der Unterwelt, bildeten die Ausnahme. Doch die oskanonischen Alchemisten – ich nannte sie Hexer, denn ihre Fähigkeiten waren mir unheimlich – schworen auf ihre Existenz, und bisher hatten die restlichen Götter nichts dagegen unternommen, diese Aussage zu widerlegen.

»Nun«, fuhr Román fort, und ich hörte ihm aufmerksam zu, »eine Kanone ist ein interessantes Gebilde. Ich persönlich sah eine aus nächster Nähe, als die *Adlerschwinge* vor einigen Jahren in Genzabars Hauptstadt Esteban vor Anker lag. Ihr werdet Esteban lieben, Elda Rheanne! Es ist eine wundersame Stadt, so voller Leben und Neuem, dass Euch schwindlig werden wird.«

»Ich bin in der Tat neugierig«, stimmte ich ihm zu. »Ich habe bisher von den südlichen Ländern nur gehört. Gesehen oder gar betreten habe ich Genzabar noch nicht.«

»Dann wird es höchste Zeit! Tradition und Fortschritt vereinen sich in Genzabars weiten Wüsten in perfekter Harmonie. Kaiser Vargaz gewährt dem Volk Freiheiten, die unter der Herrschaft seiner Vorfahren nie vorstellbar gewesen wären. Frauen dürfen den Familienbetrieb übernehmen, und Diener haben eigene Rechte. Der technische Fortschritt sorgt für weniger Unfälle in den Goldminen und den Steinbrüchen. Und das Land profitiert vom Bündnis mit Oskanon. Man kann diesen unheimlichen Alchemisten viel Schlechtes nachsagen, aber im Erfinden von Dingen sind sie Genies.« Román strich sich über die schmierige Haarpracht, ehe er fortfuhr: »Eine Kanone sieht wie ein gusseisernes Rohr aus. Es funkelt und blendet in der strahlenden Sonne, doch aus weiter Ferne wirkt dieses Leuchten wie Magie. Anfangs hegte ich die Überzeugung, eine Kanone würde nur durch die Hand eines Alchemisten funktionieren. Doch es ist keine Hexerei!«

Er freute sich augenscheinlich über meinen erstaunten Gesichtsausdruck und musste lachen. Dann schob er sich eine neue Stange Kautabak in den Mund.

»Das Prinzip ist lächerlich einfach. Der oskanonische Alchemist hat lediglich verschiedene Bestandteile zu einer Art Pulver gemörsert, das es ganz gewöhnlichen Menschen ermöglicht, eine Explosion zu verursachen.«

Mein Staunen wurde immer größer. Ich hatte von Pulvern gehört, die sehr gefährlich waren, von fliegendem Gift … Aber eine Explosion aus Menschenhand, ohne einen Hexer, das war mir tatsächlich neu.

»Das Innere des Rohres wird mit Kugeln gefüllt, schweren Kugeln aus Stein oder Eisen. Kaiser Vargaz scheint eine Vorliebe für eiserne Kugeln zu haben. Aber was rede ich da!« Román schlug mit der flachen Hand gegen seine Stirn. »Ihr wollt doch die *Adlerschwinge* erkunden. Verzeiht, ich bin abgeschweift.«

»Dafür war es sehr lehrreich«, sagte ich und war ihm tatsächlich dankbar.

»Nun, der Vater der Ersten Präsenz Merideth wollte also ein ebenbürtiges Schiff. Ein Schiff, von dem man in allen Ländern spricht, das auf den gesamten Weltmeeren bekannt ist und vor dem sich selbst die Piraten fürchten sollen.«

»Ich nehme an, er sprach von der *Adlerschwinge*?«

Román grinste. »Ganz richtig.«

»Die Schiffsbauer müssen ein falsches Bild von Genzabars Seglern gehabt haben«, meinte ich. »Die *Adlerschwinge* ist schön anzusehen, wirkt aber im Vergleich zu den Seglern doch eher schwerfällig und träge.«

»Sagen wir, Erste Präsenz Merideths Vater hatte es sich dann doch wieder anders überlegt. Er wollte plötzlich im Besitz eines Schiffes sein, das stabil genug wäre, um bei einer Seeschlacht ohne größeren Schaden zu obsiegen.«

»Wankelmütig wie seine Tochter«, murmelte ich leise und hoffte, dass Román meine Worte nicht gehört hatte.

»So entstand die *Adlerschwinge*, der es an Prunk wahrlich nicht fehlt. Sie ist ein gutes Schiff, Elda Rheanne. Gut und treu. In Stürmen hat sie uns nie im Stich gelassen und uns immer wohlbehalten in den nächsten Hafen gebracht«, erklärte der stellvertretende Erste Maat. Es schien nicht so, als hätte er meine gemurmelten Worte gehört. Innerlich seufzte ich erleichtert auf. Viele dachten so wie ich, doch man tat gut daran, seine Gedanken in der Öffentlichkeit für sich zu behalten. Besonders ich, die ich eine Ritterin war und dem astranischen Adler mit meinem Leben diente, musste vorsichtig sein. Einen weiteren Ausrutscher durfte ich mir nicht erlauben.

»Es ist eine Seltenheit, denn die *Adlerschwinge* hat seit ihrem Stapellauf nur einen einzigen Kapitän anerkannt, und zwar den ehrenwerten Elder Fregattenkapitän Menderz«, meinte Román, und ich konnte die Bewunderung und den Respekt hören, den er seinem Vorgesetzten entgegenbrachte.

»Ein Schiff wählt seinen Kapitän aus? Übertreibst du nicht ein wenig?«

»Oh nein! Die *Adlerschwinge* ist sehr wählerisch gewesen. Bevor Elder Kapitän Menderz zum ersten Mal die Planken betreten hat, hatten ein halbes Dutzend Kapitäne – und zwar hochrangige Admiräle der astranischen Marine – versucht, die *Adlerschwinge* zum Auslaufen zu bewegen. Nichts geschah.«

Ich zog eine Augenbraue hoch. Ich hatte nicht vor, mir von einem Seemann Märchen erzählen zu lassen. Seemannsgarn spann sich bekanntlich gut – aber ich war vorsichtig. In Heptagons verwinkelten Gassen gab es allerhand zwielichtiges Gesindel, das einem die glaubwürdigsten Lügen auftischen konnte. Und ich hatte schon allerlei Kurioses zu hören bekommen.

Dass Román flunkerte, konnte ich ihm von der Nasenspitze ablesen. Ich hatte von der Alchemie und der Hexerei in Oskanon gehört, bezweifelte aber stark, dass ein von Menschenhand gebautes Schiff über solche Fähigkeiten verfügte.

Ich rang mir ein ungläubiges Lächeln ab, das Román vor Stolz die Brust schwellen ließ. Anscheinend bewunderte der Gute Kapitän Menderz so sehr, dass es mir leidgetan hätte, ihm die Wahrheit zu sagen: Schiffe waren lediglich Verkehrsmittel. Und sie würden es auch immer bleiben.

»Hier geht es zu den Quartieren«, sagte Román und zeigte mit dem Finger auf die Luke, von der eine Treppe abwärts führte.

Ich nickte. »Diesen Treppengang kenne ich. Er führt durch das höher gelegene Unterdeck, das für die Passagiere gedacht ist.«

»Ihr habt recht, Elda Rheanne. Die *Adlerschwinge* bietet Platz und Raum für genau fünfundsiebzig Passagiere. Auf unserer Reise begleiten uns mehrere Dutzend Gäste.«

Román stieg die Treppe hinab, indem er immer zwei Stufen auf einmal nahm. Ich folgte ihm in langsamerem Tempo und hoffte, dass man mir mein Schwanken nicht ansah.

»Zur rechten Hand befindet sich die Messe«, erklärte Román.

Neugierig folgte ich seiner ausgestreckten Hand und warf einen Blick in den großen Raum, der sich vor mir auftat. Durch mehrere Bullaugen fielen Sonnenstrahlen und erfüllten die Messe mit einem angenehmen Licht. Die hinterste Wandseite wurde von einem großen Ofen beansprucht, der jedoch angesichts der frühsommerlichen Temperaturen nicht in Betrieb war. Im Boden verankerte Holztische und Bänke standen in ordentlichen Reihen und boten genügend Platz für die komplette Mannschaft sowie die Passagiere.

Eine Schwingtür im hinteren Bereich der Messe führte – dem Geruch und der Dampfwolke nach zu urteilen – in die Kombüse der *Adlerschwinge,* aus der ein munteres Geschirrklappern erklang.

Die Messe war beinahe leer. Ich hatte gehofft, den Novizen hier anzutreffen, und wunderte mich über die Enttäuschung, die mich urplötzlich überfiel. Die kurze Begegnung wollte mir nicht aus dem Kopf gehen, und augenblicklich spulte sich jede kleine Einzelheit erneut in meinem Kopf ab. Die so betörende Schwärze seiner Augen, seine kalte Gleichgültigkeit und die Berührung, die vollkommen unbekannte Gefühle in mir ausgelöst hatte. Sein plötzliches Verschwinden hatte meine Neugier endgültig geweckt.

Nun saßen lediglich zwei Passagiere auf den hölzernen Bänken. Der hochgewachsene Mann mit Spitzbart, in teure Gewänder gehüllt, war allem Anschein nach ein Kaufmann. Mit regem Interesse blätterte er in einem dünnen Heft und trug hier und da Zahlen ein. Seine langgliedrigen Finger waren allesamt beringt. Er schenkte mir ein überhebliches Lächeln, das ich ihm am liebsten aus dem Gesicht gefegt hätte.

Der zweite Anwesende war klein. Zu klein, wie ich erstaunt feststellte, bis das Wort *Zwerg* meinen Verstand erreichte. Ich starrte auf den haarigen Hinterkopf und fragte mich, was ihn wohl aus Gimnaels Minen vertrieben hatte. Zwerge waren selten anzutreffen, und es musste eine äußerst dringende Angelegenheit sein, die ihn so weit aus dem Norden herführte. Noch dazu besaßen Zwerge einen ausgeprägten Familiensinn, und wenn man einen durch Zufall antraf, dann gewöhnlich mitsamt seinem Clan. Vielleicht würde sich die Gelegenheit bieten, sich mit dem Zwerg zu unterhalten. Ich hatte noch nie mit einem Zwerg Gimnaels eine Konversation geführt und wäre eine Närrin, würde ich diese Gelegenheit verstreichen lassen. Wahrlich, die Reise versprach, höchst interessant zu werden.

»Und nun kommen wir zu den Kabinen«, drang Románs Stimme an mein Ohr.

Ich riss den Blick von dem Zwerg los und eilte dem stellvertretenden Ersten Maat hinterher. Der Gang wurde von einigen Talgkerzen erhellt, die in schmiedeeisernen Halterungen steckten. Die Planken waren mit Läufern bedeckt, die unsere Schritte verschluckten und Gemütlichkeit ausstrahlten. An einer T-Kreuzung bogen wir rechts ab. Ich erkannte den Gang wieder – einige Schritte weiter befand sich meine eigene Kabine.

Zielstrebig ging Román voran, vorbei an einer kunstvoll verzierten Doppeltür. Die Klinken waren vergoldet und so gegossen, dass sie die Form ausgebreiteter Adlerschwingen besaßen. Diese Tür war noch weitaus prächtiger als jene, die in Kapitän Menderz' Kajüte führte. Bewundernd strich ich über den sorgsam geschnitzten Rahmen. Román musste meine Bewegungen bemerkt haben, denn er wandte sich um und kam mit ängstlichem Blick auf mich zu.

»Elda Rheanne, bitte fasst diese Tür nicht an!«

»Warum? Du wolltest mir das Schiff zeigen. Ich habe sogleich eine Frage. Wohin führt diese Tür?«

»Dahinter liegt der Salon.«

»Ein Salon? Ich dachte, es gäbe bereits einen Aufenthaltsraum für die Passagiere.«

»Nun … dieser Salon ist … er ist reserviert. Unbefugtes Betreten ist untersagt.«

Ich kniff die Augen zusammen. Eine hochrangige Person

hatte ich nicht an Bord erwartet, und Kapitän Menderz hatte dergleichen mit keinem Wort erwähnt. Schließlich hatte er zu mir gesagt, ich könne mich auf dem Schiff frei bewegen – wo und wann es mir beliebte.

»Ich nehme an, ich lerne diese wichtige Persönlichkeit nachher beim Abendessen kennen.«

Román lächelte schwach. »Ihre Eminenz wird sich nicht auf eine hölzerne Bank bequemen. Ein spezieller Koch wird die Gerichte zubereiten und sie in dem Salon auftischen. Ihr werdet unseren ehrenwerten Gast nicht zu Gesicht bekommen, Elda Rheanne.«

Ich verschränkte die Arme vor der Brust und beäugte abwechselnd Román und die verschlossene Tür. Seinem Gesicht nach zu urteilen sprach er die Wahrheit. Es war ihm verboten, über diesen speziellen Passagier zu reden, und es stand mir nicht zu, ihn deswegen auszuhorchen, obgleich meine Neugier wuchs und wuchs. Erst kreuzte ein mysteriöser Mönch meinen Weg, dann sah ich einen einsamen Zwerg, und zu guter Letzt befand sich an Bord der *Adlerschwinge* eine wichtige Persönlichkeit, über die kein Wort verloren werden durfte. Und dann gab es da noch meinen Auftrag.

Ich schüttelte belustigt den Kopf. »Zeige mir den Rest der *Adlerschwinge*, Román. Mir knurrt langsam der Magen.«

»Aber natürlich, Elda Rheanne!«, rief Román mit neu gewonnenem Enthusiasmus, und ich konnte förmlich spüren, wie die Anspannung von seinen Schultern abfiel. »Ich werde Euch die Laderäume zeigen. Manche Decken sind drei Mannslängen hoch!«

»Was wird darin verstaut?«, fragte ich, da ich mir kein Ladegut vorstellen konnte, das solch eine immense Höhe erreichte.

»Früher gab es einmal eine Luke, die einen direkten Zugang zum großen Laderaum ermöglichte. Es konnten größere Nutztiere geladen werden, Rinder und Pferde. Doch dann ereignete sich ein gewaltiger Sturm, der den Hauptmast zerstörte, sodass er direkt auf die Luke fiel und ein halbes Dutzend Rinder unter sich begrub. Ihr könnt Euch die Schweinerei nicht vorstellen, sechs tote Ochsen an Deck zu befördern. Seitdem lässt Elder Kapitän Menderz nur noch Hühner an Bord. Jetzt werden neben dem Federvieh diverse Fässer und Pakete gestapelt.« Er breitete die Arme aus. »Und davon massenhaft.«

Román führte mich durch etliche Gänge, Stiegen und Luken, bis wir die Laderäume der *Adlerschwinge* erreichten. Bleiverglaste Laternen erhellten einen langen und geraden Korridor, von dem links und rechts Türen abzweigten. Alle Türen waren mit stabilen Eisenschlössern versehen, die nur mit roher Gewalt aufzubrechen gewesen wären. Der Lärm dabei wäre so enorm gewesen, dass ein Einbruch so gut wie ausgeschlossen war.

An einige der Türen waren Schilder genagelt worden, auf denen mir unbekannte Namen standen. Anscheinend konnte man eigene Laderäume mieten, selbstredend für einen höheren Aufpreis als die Unterbringung im regulären Laderaum.

Mein Blick blieb an einer dieser Türen haften – und zwar an jener, auf deren Mitte das Emblem des astranischen Adlers wie ein protziger Goldklumpen prangte und mir spöttisch zuzwinkerte. Ich erwiderte den stechenden Blick des Adlers. Hinter dieser Tür lag mein Auftrag. Und der Wendepunkt meines Lebens. Verdammte Politik. Ich verdrängte den Ärger darüber, als variable Spielfigur auf Merideths Geheiß hin und her geschoben zu werden. Darüber, für ihre Fehler den Kopf hinzuhalten. Wer überbrachte schließlich gerne das bestbewachte und kostbarste Gut Astrans, nur weil Merideth auf einer ihrer Auslandsreisen ausgerechnet den Mann zum Liebhaber nehmen musste, der Kaiser eines riesigen Imperiums war? Niemand. Die Gefahr war schlichtweg zu groß – nur ich war frei, unauffällig und auf Abruf. Wahrscheinlich war meine vorgezogene Vereidigung zur Ritterin lediglich eine Form der Entschädigung gewesen.

Gut, ich hatte davon nur profitiert. Zwar missfiel es mir, bloß als Mittel zum Zweck gesehen zu werden, und Kaiser Vargaz sollte ja nicht mit Liebenswürdigkeit meinerseits rechnen, aber ich würde die Reise als Herausforderung sehen und aus ihr lernen.

»Die Route Heptagon – Esteban scheint profitabel zu sein«, bemerkte ich nach einem Blick auf die Türen, die allesamt verschlossen und mit Namensschildern versehen waren.

»Oh ja! Die meisten Kaufleute handeln mit Korn, Holz und astranischem Wein und kaufen in Genzabar Speiseöl, Stoffe und Gewürze auf. Ihr glaubt nicht, was manche genzabarische Händler Euch für einen Scheffel Korn geben wollen! Die Bevölkerung dort nimmt unser agrarisches Gold mit Kusshand entgegen.«

»Angesichts der Temperaturen und dem Mangel an Süßwasser ist es auch kein Wunder.«

»Und bedenkt die Dürre vor vier Jahren. Die Bewohner Genzabars spüren noch immer ihre Folgen.«

Ich nickte zustimmend. Die Hitzewelle war selbst in Astran zu fühlen gewesen und hatte die schlechteste Ernte seit zwei Jahrzehnten zur Ursache gehabt. Die Preise waren damals in solch schwindelerregende Höhen geschossen, dass viele Totenscheine für Leute aus der armen Bevölkerungsschicht hatten ausgestellt werden müssen.

Nur die Tempel waren während jener harten Zeit reich geworden. Die Menschen strömten in Scharen in die Hallen von Cheron, Hades und Mirane und opferten den Göttern in der Hoffnung auf ein Wunder ihr letztes Hab und Gut, ehe es habgierigen Plünderern in die Hände fiel. Diese Gutgläubigkeit hatten viele mit dem Leben bezahlt, und die steinernen Fratzen und Statuen der drei Götter waren so leblos wie eh und je geblieben. Ich tat schon gut daran, keiner der Gottheiten mein Leben und meine Seele anvertraut zu haben. Jeder war für sein Schicksal selbst verantwortlich. Und die Götter hatten mir in meinem ganzen Leben noch nicht geholfen. Warum sollte sich daran in absehbarer Zeit etwas ändern?

Ich war so in Gedanken versunken, dass ich nicht wahrgenommen hatte, wie ich Román zum Oberdeck gefolgt war. Mein Magen knurrte dazu entsetzlich laut. Ich war erstaunt, dass ich trotz des Schlingerns und des Wankens an Deck beachtlichen Appetit verspürte. Der Ingwer des Novizen war demnach tatsächlich ein Heilmittel.

Just in diesem Augenblick dröhnte der scheppernde Klang einer Glocke über das Deck.

»Ich werde mich nun von Euch verabschieden, Elda Rheanne«, meinte Román und salutierte vor mir. »Euer Abendessen wird angerichtet, und ich habe noch einige Aufgaben zu erledigen.«

Ich lächelte ihm zu. »Ich danke dir für die Führung. Ich habe viel gelernt.«

»Aye, Elda Ritterin! Es war mir eine Ehre!«

Hungrig und mit freudiger Erwartung machte ich mich auf den Weg zur Messe. Dem durchdringenden Klang der Glocke schienen jedoch nur die Passagiere zu folgen. Anscheinend nahmen die Matrosen ihre Mahlzeit zu einer späteren Stunde ein. Obgleich ich die raue Wesensart der Seemänner erfrischend fand, war ich doch auch dankbar, mein Essen in Ruhe und in gesitteter Gesellschaft einnehmen zu können.

Der Duft von gebratenem Fleisch, mit Rosmarin gewürzten Kartoffeln und Gemüse brachte meinen Magen erneut zum ungeduldigen Rumoren. Seufzend presste ich eine Hand auf den Bauch und eilte durch die schummrigen Gänge der Handelsfregatte, vorbei an den verschlossenen Kabinentüren meiner Mitreisenden.

Ich hatte beinahe die Abzweigung erreicht, an der ich links abbiegen musste, um zur Messe zu gelangen, als mir die prächtige Flügeltür erneut ins Auge fiel. Meine Schritte wurden unweigerlich langsamer, bis ich vor dem kunstvollen Konstrukt zum Halten kam. Mein Interesse für das, was sich hinter der Tür befand, überraschte mich selbst. Nur zu gern hätte ich durch das Schlüsselloch gespäht. Ich schüttelte den Kopf. Mich gingen die Abmachungen von Kapitän Menderz mit seinen Gästen nichts an. Ich hatte einen Auftrag auszuführen und nicht herauszufinden, wer oder was sich hinter dieser Tür verbarg.

Dennoch konnte ich mich der Versuchung nicht erwehren, mit den Fingerspitzen über die goldenen Türklinken zu streichen. Ein Kribbeln durchfuhr mich, und ich zuckte zurück. Verwundert starrte ich auf meine Hände. Die Kuppen kribbelten noch immer.

Im selben Moment vernahm ich hinter der Tür das helle Glucksen eines Kindes.

Ich wich einen Schritt zurück. Mein Hunger war in jenem Augenblick wie verflogen.

Geh in die Messe. Sofort!

Ein stummer Schrei fuhr über meine Lippen. Ich presste die Hand gegen meine rechte Schläfe und wich noch weiter zurück. Mein Verstand spielte mir einen Streich. Und doch hatte ich eine Stimme in meinem Geist vernommen. Eine herrische Stimme. Als wenn jemand auf der anderen Seite an der Tür gelehnt stünde und mir die Worte ins Ohr geflüstert hätte.

»Beim Horn der Unterwelt«, murmelte ich, noch immer verwirrt.

Und als wäre es nicht genug, legte sich plötzlich eine Hand auf meine Schulter. Ich erstarrte.

»Beschwört nicht die Dämonen Xadurs«, sagte eine raue Stimme dicht an meinem Ohr, so bedrohlich und leise, dass sich meine Armhärchen aufrichteten.

Die Hand drückte meine Schulter schwer nach unten. Vor meinem geistigen Auge blitzten Erinnerungsfetzen an meine Vereidigung und an meinen Auftrag auf. *Beschützt es. Sorgt dafür, dass es heil und sicher ankommt.* Ich wandte mich geschickt aus dem Griff des Unbekannten, packte den fremden

Arm am Handgelenk und drückte meinen freien Unterarm gegen den ausgestreckten Ellenbogen. Mein Blick traf den des jungen Mönches. Ich sog verwirrt die Luft ein. Sein Anblick brachte mich mehr aus der Fassung, als mir lieb gewesen wäre. Aus den Augenwinkeln sah ich, wie ein langes Stück Holz klappernd zu Boden fiel.

»Es gehört sich nicht, an fremden Türen zu lauschen«, bemerkte mein Gegenüber streng.

Ich konnte noch überrascht feststellen, dass mein Hebelgriff ihn nicht im Geringsten zu schmerzen oder zu beeindrucken schien. Dann drückte er mir in einer blitzschnellen Bewegung seinen freien Zeigefinger hinter das Ohrläppchen und erreichte, dass ich den Griff lockerte und er den Spieß umdrehen konnte.

Nur Sekunden später hatte er mich im eisernen Griff auf die Knie gezwungen. Dann ließ er mich los.

Mit weit aufgerissenen Augen starrte ich den Mann an. Eine Welle der Scham rollte über mich hinweg. So bloßgestellt hatte ich mich lange nicht mehr gefühlt! Nicht, dass ein fremder Mönch mich mit einer faszinierenden Leichtigkeit zu Boden zwang – die Art, wie er es tat, ließ mich wie ein unfähiges Kind erscheinen. Nicht zu vergessen die langen Jahre des harten Trainings in der Akademie, in der ich von männlichen Berufssoldaten so sehr getriezt wurde, dass es Tage gab, an denen ich meine Eltern verfluchte, mich gezeugt zu haben.

Ich blickte in die schwarzen Augen des Novizen und versuchte, dabei so zornig und gefährlich wie möglich auszusehen. Niemand sollte es wagen, an einer Ritterin Hand anzulegen! Ich wusste, was er sagen würde, und bereitete mich mit bebendem Oberkörper auf seinen Spott vor. Eine Ritterin, die sich von einem unterernährten Mönch niederzwingen ließ. Mit geballten Händen schleuderte ich ihm böse Blicke entgegen, und die schnippische Antwort, dass Frauen sehr wohl dazu berechtigt und in der Lage wären, eine Rüstung samt Schwert zu tragen, lag mir bereits auf der Zunge.

Ein belustigtes Lächeln glitt über das kantige Gesicht des Mönches und brachte mich schließlich ganz aus der Fassung. Geschmeidig wie eine Katze ging er vor mir auf die Knie, ergriff seinen Holzstab und hob mit dem runden, abgefeilten Ende mein Kinn an.

»Nun steht schon auf, Elda«, meinte er belustigt. »Und spioniert nicht vor dieser Tür herum. Wenn Ihr noch länger dort stehen bleibt, werden wir ohne Mahlzeit zu Bett gehen müssen.«

Kapitel 4

»Ihr solltet endlich aufhören, mich anzustarren, und stattdessen essen«, sagte der Novize. Er brach ein Stück von dem Brot ab, tunkte es in die Bratensoße und schob es sich in den Mund. Er aß mit solch einem Appetit, dass es mir schwerfiel zu glauben, dass er so schlank sein konnte. Ganze zwei Teller voll mit Fleisch, Kartoffeln und Gemüse hatte er bereits verdrückt.

Lustlos nahm ich einen Bissen vom Fleisch. Es schmeckte köstlich, doch das eben Erlebte hatte mir gründlich den Appetit verdorben. Er hatte mich zu Boden gezwungen, als wäre es das Natürlichste auf Erden. Und ich hatte ihm mit meinem vorschnellen und aggressiven Handeln den Grund dafür geliefert. Ich griff ihn an, er verteidigte sich – und ich zog den Kürzeren. War ich wirklich die Richtige, die das Präsent sicher nach Esteban bringen konnte? Mein Selbstbewusstsein schwand in der Gegenwart des Fremden immer mehr, eine Tatsache, die mich innerlich zutiefst aufwühlte.

»Danke, aber ich verspüre keinen Hunger mehr.« Verärgert schob ich den Teller von mir fort und verschränkte die Arme vor der Brust.

»Dann habt Ihr nichts dagegen …?« Er schielte kauend auf meine Portion.

»Tut Euch nur keinen Zwang an!«, fauchte ich ihn an.

»Ihr seid mir doch nicht etwa böse?«

»Wie könnte ich! Es macht mir selbstverständlich nichts aus, im Halbdunkeln urplötzlich überfallen zu werden!«

»Ich habe Euch lediglich davon abgehalten, etwas zu tun, was Euch im Nachhinein erheblichen Schaden zugefügt hätte.«

»Ihr habt mich wie eine Närrin behandelt!«

Der Novize verzog den Mund. »Ein Narr ist jemand, der nicht einsehen will und kann, dass er im Unrecht ist. Seid Ihr eine Närrin, Elda?«

Ich stockte. Abermals schoss eine heiße Röte in meine Wangen. »Ich betrachte mich als normalen Menschen.«

»Oh, niemand ist ein normaler Mensch! Aber ich verstehe, was Ihr meint. Keine Närrin. Wunderbar.« Der junge Mönch wischte sich die Hände an der Serviette ab und streckte mir seine Rechte entgegen. Ich ergriff sie zögerlich, fürchtete mich vor der erneuten Berührung und vor dem, was sie in mir auslöste.

»Mein Name ist Cormac. Novize und anstrebender Priester in Cherons Tempel.«

»Und ich bin Rheanne. Ritterin im Dienste der Ersten Präsenz Merideth.«

Cormac lächelte schmallippig. »Ich hoffe, aller Zwist von vorhin ist nun begraben. Es würde ansonsten eine sehr anstrengende Überfahrt werden. Die Möglichkeiten, sich auf einer fahrenden Insel aus dem Weg zu gehen, sind ziemlich begrenzt, und die Reise ist noch lang.«

»Ich würde den Umstand nicht vermissen, Euch nicht mehr über den Weg laufen zu müssen«, erwiderte ich prompt.

Meine Finger kribbelten noch immer von dem Hautkontakt, was mich nervös machte. So kannte ich mich nicht. Was zur Hölle war los mit mir? Ich kniff mir verstohlen in den Oberschenkel.

Cormac zog eine Augenbraue in die Höhe. »Ist das so?«

»Versteht mich nicht falsch, Ihr seid ein Priester. Anstrebender Priester … wie dem auch sei. Cheron ist nicht mein Gott. Er repräsentiert zwar die Gerechtigkeit, aber meines Erachtens tun das menschliche Hüter des Gesetzes viel besser. Was soll er vom Himmel aus schon groß ausrichten? Blitze schleudern? Uns mit einem Regenschauer von den Sünden reinwaschen? Ich bin ungläubig. Eine religiöse Person ist mir deshalb nicht geheuer.«

»Redet Ihr immer so unverblümt?«

»Ich dachte, eine Beichte sollte so wahrheitsgetreu wie nur möglich sein. Aus diesem Grunde kehren doch die Menschen in Euren Tempeln ein, oder?«

»Für eine Ungläubige besitzt Ihr erstaunlich viel Wissen.«

»Unglauben geht glücklicherweise nicht mit Dummheit einher«, sagte ich steif. Was dachte er von mir?

Cormac legte den Kopf schief. Seine dunklen Augen wirkten in dem dämmerigen Licht der Kerzen noch schwärzer. »Ein sehr weitreichender Begriff. Was ist schon Dummheit? In vielerlei Hinsicht geht Dummheit mit Leichtsinnigkeit oder Unüberlegtheit einher. Dehnt man den Begriff weiter aus und setzt Dummheit mit Unwissen gleich, kann man die These stellen, dass ein jeder Mensch mit einem Quantum Dummheit gesegnet ist.« Er lehnte sich vor und faltete die Hände. »So wie Ihr.«

Ich atmete scharf ein. Ließ ich mich gerade von einem Novizen aufs Korn nehmen? »Eure Worte interessieren mich nur insofern, als dass ich sie guten Gewissens dementieren kann. Und überhaupt«, fuhr ich fort, noch immer böse, »seid Ihr nicht viel zu rüpelhaft, um ein aufstrebender Mönch zu sein? Ihr werdet noch durch das priesterliche Segnungsritual fallen, wenn Ihr nicht lernt, Euch zu benehmen. Es würde mich nicht wundern.«

»Gut gekontert. Ihr überrascht mich, Elda Rheanne.« Er zeigte ein Lächeln, doch es schien seine Augen nicht zu erreichen. »So viel Schlagfertigkeit hätte ich Euch gar nicht zugetraut. Nun aber zu Eurem Benehmen. Ihr haltet mir Dreistigkeit vor, und selbst schleicht Ihr vor verschlossenen Türen herum und trachtet offensichtlich danach, diese zu öffnen.«

Darauf wollte er also hinaus. Ich schnaubte. »Ja, aber nicht aus reiner Neugier. Meine Intuition sagte mir, dass dort etwas faul war. Ich spürte Gefahr«, entgegnete ich offener als beabsichtigt.

»Bei Cherons Gerechtigkeit – wenn die Imperatoren und Könige nur allein aus ihrem Bauchgefühl heraus entschieden, würden Krieg und Gewalt noch immer eng umschlungen über blutige Schlachtfelder tanzen!«

Ich antwortete nicht darauf, denn dann hätte ich verleugnen oder zugeben müssen, dass ich seine Meinung insgeheim teilte. Doch diese Blöße hätte ich nicht ertragen. Schweigend beobachtete ich, wie er den Teller leerte.

»Und was führt eine astranische Ritterin in die heißen Gefilde Genzabars?«

Ich hob überrascht den Kopf und bohrte den Blick in seinen. Cormacs Mienenspiel verriet keinerlei Gier, sondern lediglich ein aufrichtiges Interesse. Wieder verlor ich mich in dieser unglaublichen Schwärze seiner Augen und beobachtete fasziniert die goldenen Sprenkel. Mein Blick glitt an seinem Gesicht herunter, bis er an seinen Lippen hängen blieb. Cormac biss sich unbewusst auf die Unterlippe. Götter, wie sie sich wohl anfühlen mochte? Ich fuhr wie von der Tarantel gestochen auf. Meine Kehle war staubtrocken. Hatte ich das gerade wirklich gedacht? Hoffentlich nicht laut. Lenke dich ab. Tu etwas, ermahnte ich mich in Gedanken. Ich rutschte auf der hölzernen Bank herum, griff nach dem Becher mit schalem Bier und nahm einen großen Schluck.

»Ich reise auf Geheiß der Ersten Präsenz Merideth«, gab ich krächzend zur Antwort.

»Das habe ich mir bereits gedacht«, erwiderte Cormac mit verschmitztem Grinsen, sodass er eine Reihe ebenmäßiger Zähne entblößte.

»Nun, es heißt nicht umsonst *geheime* Mission. Soll ich mir eine gute Geschichte ausdenken, damit Ihr nicht weiter bohrt?«, antwortete ich eine Spur zu patzig.

Cormac starrte mich an. »Ich würde Euch gespannt zuhören. In jeder Geschichte steckt ein Körnchen Wahrheit.«

»Ihr seid verrückt.«

»Verrückt ist, was manche Menschen bereit sind, Cheron zu opfern, damit ihnen Gerechtigkeit widerfährt«, sagte Cormac mit einem Schulterzucken. Er beließ es dabei und drang nicht weiter in mich. Anscheinend hatte er begriffen, dass ich ihm nicht erzählen würde, was mich an Bord dieses Schiffes gebracht hatte.

Gedankenverloren schob ich den blechernen Humpen von einer Handfläche in die andere. Das schabende Geräusch war angenehm monoton und passte sich den wankenden Bewegungen der *Adlerschwinge* an.

Wieder einmal drehten sich meine Gedanken um den Auftrag, den ich von Merideths engstem Zirkel bekommen hatte. Ich hoffte, dass die Übergabe des Paketes in Esteban problemlos vonstattengehen würde. Dass mir von Kaiser Vargaz – dem Verführer und Liebhaber Merideths – kein Unheil drohte und dass ich meinen Kopf behalten würde. Sollte dieses Staatsgeheimnis an die Oberfläche schwappen, würde es einen Aufstand geben. Also bezahlte Astran für Vargaz' Schweigen – nur gingen der Herrscherin langsam die Geschenke aus. Seufzend strich ich mir eine Haarsträhne aus dem Gesicht, bevor ich bemerkte, dass jede meiner Bewegungen beobachtet wurde.

»Worüber zerbrecht Ihr Euch den Kopf?« Cormac musterte mich wachsam.

»Oh … Kleinigkeiten.«

»Es scheinen mir recht große Kleinigkeiten zu sein«, entgegnete er und beugte sich vor. »Ich kenne diesen Blick, Elda Rheanne. Er war einst mein Spiegelbild.«

»Ich bedanke mich für die Anteilnahme, doch ich kann nicht darüber sprechen.«

»Die gute Merideth muss Euch wirklich ein schweres Bündel auf die Schultern geschnürt haben«, sagte Cormac und tippte sich mit dem Finger an die Schulter.

»Ich diene Astran mit Leib und Seele. Dieser Auftrag ist meine Pflicht, und ich werde ihn verdammt noch mal ausführen.«

Cormacs Mund zuckte belustigt. »Ist das nicht falscher Stolz, der da aus Euch spricht?«

Ich verdrehte die Augen. »Ist das wieder eine Eurer Weisheiten?«

»Sie waren mir bis jetzt jedenfalls sehr dienlich. Es ist eine Gabe, Menschen einschätzen zu können.«

»Und Ihr wollt mir sagen, dass Ihr diese Gabe besitzt«, höhnte ich.

»So ist es«, nickte Cormac gleichmütig. »Ich muss Euch nur ansehen, und schon weiß ich, was für ein Mensch Ihr seid, Elda Rheanne.«

»Nun habt Ihr mich neugierig gemacht. Sagt es mir, Cormac – was für ein Mensch bin ich?« Ich verschränkte die Arme vor der Brust.

Er hob die Augenbrauen. »Würdet Ihr die Wahrheit denn ertragen?«

Ich nickte mit spöttischem Grinsen.

Cormac beugte sich vor und suchte meinen Blick. »Ihr seid eine pflichtbewusste und Eurem Vorgesetzten treu ergebene Frau. Ihr wollt Euch beweisen und zeigen, dass Ihr stark sein könnt, nur versteckt sich dahinter in Wahrheit eine tiefe Verletzlichkeit, die ich noch nicht einzuschätzen vermag. Eure Unverfrorenheit ist ein Mantel der Tarnung, den Ihr über Eure Schultern legt, damit niemand bemerkt, dass Ihr in Wirklichkeit Angst habt. Angst vor Eurem Auftrag und Angst vor dem, was kommen wird. Ihr wollt akzeptiert werden, nur habt Ihr noch nicht gelernt, Euch selbst zu akzeptieren. Ihr wollt als Frau angenommen werden, doch Ihr benehmt Euch wie ein Mann. Ihr sucht die Veränderungen in allen anderen – nur nicht in Euch selbst.« Er schürzte die Lippen und lehnte sich mit unbewegter Miene zurück.

Ich spürte, wie jegliches Blut aus meinen Wangen wich. Wut stieg in mir auf, heiß und brodelnd. Meine Hände dagegen waren eiskalt und zitterten leicht. Ich ballte sie zu Fäusten und versuchte, den Zorn zu verdrängen. Nichts half. Er hatte verflucht noch mal den Nagel auf den Kopf getroffen. Sein Finger bohrte noch immer in der Wunde tief in mir. Mit einem wütenden Aufschrei schnellte ich hoch, und selbst Cormac wirkte zutiefst verdutzt, als meine flache Hand ihn an der Wange traf.

Der Aufschlag hallte durch die gesamte Messe. Zahlreiche Augenpaare blickten zu uns, die Anwesenden tuschelten hinter vorgehaltener Hand. Der Novize packte mein Handgelenk und hielt es eisern umklammert. Ich spürte den Schmerz kaum. Ich fühlte mich befreit – und das, obwohl ich gerade einen Priester Cherons in aller Öffentlichkeit gedemütigt hatte.

In diesem Augenblick begann abermals die Glocke zu ertönen. Cormac ließ abrupt mein Handgelenk los.

»Die Seeleute kommen«, sagte er und wirkte dabei plötzlich verletzbar. Seine Augen suchten die meinen. »Ich … Bringt mich in Eure Kabine.«

Ich starrte ihn mit offenem Mund an. »Haben Euch alle guten Geister verlassen? Was denkt Ihr? Ihr könnt Euch dahin scheren, wo Xadurs Höllen am heißesten sind!«

Cormac stand auf. »Das geht jetzt nicht. So führt mich endlich zu Eurer Kabine!«

»Ich denke nicht daran.«

»Warum seid Ihr nur so stur? Wie Ihr wollt«, schnaubte Cormac wutentbrannt. Ehe ich mich versah, hatte er mich fest im Griff und drückte mir mit der anderen Hand eine kalte Klinge gegen die Nieren. Stromstöße jagten sengend heiß durch meinen Körper. Er war mir so nah, dass ich seinen warmen Atem auf meiner Haut spürte. Doch das Messer, mit dem er mich bedrohte, brachte mich zurück auf den Boden der Tatsachen. Ich musste mich wehren. Mein Leben retten. Er würde mich nicht ein zweites Mal auf die Knie zwingen. Mir blieb kaum die Zeit, mich aus der Umklammerung zu winden. Mit eiligen Schritten verließen wir die Messe und stießen im Gang auf die ersten Seemänner, die sich auf eine warme Mahlzeit freuten. Fragen schossen mir durch den Kopf. Wer war dieser unheimliche Priester? Waren Cherons Mönche wahrlich so skrupellos? Diente der Glauben nicht der Bevölkerung als Fels in der Brandung? Und warum hatte er sichtbare Angst vor den Matrosen?

»Weiter«, zischte er.

»Und wenn ich stehen bleibe?«

»Das würdet Ihr nicht wagen!«

»Macht nicht den Fehler, mich zu unterschätzen«, gab ich zurück und warf den Kopf in den Nacken.

»Und Ihr solltet nicht den Willen der Götter unterschätzen. Geht weiter!«

Ich runzelte verärgert die Stirn, während Cormac mir unsanft in die Seite stieß. Der Wille der Götter? Ich musste mich zusammenreißen, nicht plötzlich laut aufzulachen. Das Benehmen des Mönches zeugte von Respektlosigkeit, und selbst wenn er eine Klinge der Rechtschaffenheit unter seiner Kutte trug, würde diese mich nicht aufhalten. Ich war keinem Gott untertan, sondern nur der Ersten Präsenz Merideth, und ebenjene Regentin würde mir das Fell über die Ohren ziehen, wenn ich bei meiner Mission scheiterte.

Ich blieb abrupt stehen, sodass Cormac über meinen Fuß stolperte. Der erschrockene Ausdruck in seinen Augen entlockte mir ein Lächeln.

»Was tut Ihr denn?«, fragte er entsetzt.

»Ich will Antworten. Und zwar jetzt«, schnauzte ich ihn voller Inbrunst an, sodass eine Handvoll Matrosen uns neugierige Blicke zuwarfen.

Cormac wandte sein Gesicht von den Seeleuten ab. Wut blitzte in seinen Augen auf. »Ihr seid eine Hexe!«

»Und Ihr ein Narr. Ihr wolltet mich belehren, dabei stecken Eure Hände mehr im Dreck als die meinen. Ihr seid ein blinder Passagier, Cormac, oder irre ich mich? Ich bin mir sicher, Kapitän Menderz wäre höchst überrascht, wenn ich Euch zu ihm brächte.«

»Ihr wisst nicht, was Ihr da vorhabt.«

»Ja, das weiß ich wirklich nicht. Um ehrlich zu sein, habe ich eigentlich einen gesunden Respekt vor Priestern, auch wenn ich ungläubig bin. Aber Ihr … Ihr seid kein Mann der Götter. Das sehe ich Euch an.« Ich drückte mich an die Wand und schüttelte seine Hand ab. »Ihr habt die Wahl. Entweder Ihr schenkt mir reinen Wein ein, oder ich werde schreien, dass Euch die Ohren schmerzen, und Euch von den Matrosen wegen körperlicher Belästigung auf die Kommandobrücke zerren lassen.« Ich konnte mir ein aufreizendes Lächeln nicht verkneifen. »Welche Option ist Euch lieber?«

Cormac knirschte mit den Zähnen. Schweißperlen standen auf seiner Stirn. Er nickte geschlagen. »Zu einer Bedingung. Bringt mich in Eure Kabine.«

Ich saß auf meinem verankerten Bett und beobachtete den falschen Mönch. Nachdem wir meine Kabine erreicht hatten, hatte ich Cormac sogleich sämtliche Waffen abgenommen, deren Anzahl beachtlich war. Neben dem Holzstab und dem Schwert an seiner Hüfte trug er noch zwei Dolche und ein halbes Dutzend Messer mit sich. Unter seiner Kutte hatte ich außerdem einen ledernen Beutel mit fremden Kräutern und Tinkturen entdeckt. Ich wollte gar nicht erst wissen, mit welcher Erfolgswahrscheinlichkeit sich damit jemand umbringen ließ, und so lag das Bündel nun in meiner Sicht- und Reichweite.

Cormac hielt meinem Blick mühelos stand. Seine Hände lagen gefaltet in seinem Schoß. Er wirkte beinahe gelangweilt, als wäre ihm seine momentane Situation gleichgültig.

Ich zupfte nachdenklich an meiner Unterlippe. In meiner Truhe befand sich eine Rolle Seil. Ein dünnes, aber dennoch stabiles Seil aus bestem Hanf, das zu der Standardausrüstung eines jeden Ritters gehörte. Jetzt wünschte ich mir, es griffbereit zu haben. Cormac war alles zuzutrauen, und ich wollte mir keine blutige Lippe oder Nase einhandeln.

In der Kabine war es still. Nur das Holzgebälk über unseren Köpfen knarzte und knackte bei den Bewegungen der *Adlerschwinge*. Ich konnte mein eigenes Blut in den Ohren rauschen hören.

Langsam fuhr ich mit den Fingern über das stählerne Klingenblatt meines Schwertes, das ich mir über die Oberschenkel gelegt hatte. Ich wollte nicht riskieren, dass Cormac plötzlich aufsprang und floh oder mich gar anfiel. Die Waffe war mein Schutz, und es stand mir zu, sie zu gebrauchen, ohne von dem Tribunal und der Ersten Präsenz zur Rechenschaft gezogen zu werden.

»Wer seid Ihr?«, richtete ich das Wort an Cormac. »Ihr seid kein Novize aus Cherons Tempel. Nicht aus Heptagon oder aus Astran und mit Sicherheit auch nicht aus den Ländern der Aufgetauchten Welt.«

»Wer ich bin, hat keine Bedeutung.«

»Ich denke doch. Kapitän Menderz wird ein reges Interesse an Eurer Anwesenheit haben. Man bedenke nur, um wie viele Goldkronen Ihr ihn als Schwarzfahrer geprellt habt. Er wird höchst erfreut sein, wenn ich Euch zu ihm bringe. Ihr würdet die Überfahrt wahrscheinlich unten im Laderaum verbringen, aber ich hätte wenigstens ein reines Gewissen. Und Euch wäre ich los.«

Cormac bedachte mich mit einem schmalen Lächeln. »Ein netter Versuch, Elda Rheanne. Ihr müsst jedoch noch ein wenig an Eurer Überzeugungskunst feilen.«

»Ihr spielt mit dem Feuer«, warnte ich ihn, doch ich kam ins Zögern. Schnell straffte ich die Schultern. Die Haltung verriet anderen viel über ihr Gegenüber, und ich durfte Cormac keinen Anhaltspunkt geben, der ihm mein Zaudern verriet.

»Oh, das tat ich schon oft. Und ich lebe noch immer.«

»Sagt mir, wer Ihr seid!«

»Mein Eid verbietet es mir. Habt Ihr nicht auch einen

Schwur geleistet, Ritterin? Seid Ihr nicht eine Hüterin von Ehre und Schwüren? Dann solltet gerade Ihr doch wissen, welche Bedeutung ein Eid hat. Ich kann und werde Euch nichts sagen.«

Mein Geduldsfaden riss. Meine Hand zuckte zum Heft meines Schwertes. Ich sah, wie in Cormacs Augen ein besserwisserisches Leuchten aufglühte, als hätte er meine Reaktion vorausgeahnt. Auf halbem Weg ließ ich meine Hand zurück in den Schoß gleiten. Diesen Sieg wollte ich ihm nicht gönnen.

Ja, ich hatte einen Eid geschworen, genau wie er auch. Doch meinen Schwur musste ich vor dem geflügelten Thron der Ersten Präsenz abgeben. Die Ohren Merideths hatten mein Versprechen mit angehört. Der astranische Adler hatte meine Mission bewilligt – und darin lag der Unterschied.

Ich blickte in Cormacs dunkle Augen. Er verbarg ein Geheimnis, so viel leuchtete mir ein. Es lag an mir, es herauszufinden. Immerhin gefährdete er meinen Auftrag. Ich durfte mich nicht länger mit ihm herumschlagen. Besser, ich brachte ihn so schnell wie möglich zu Kapitän Menderz.

»Ihr habt einen Plan«, erklang Cormacs Stimme. Ich hörte die Neugier darin. »Ich sehe es an Euren Augen. Eure Unsicherheit ist plötzlich verschwunden. Ihr seid eine merkwürdige Frau, Rheanne. So voller Gefühle, die Euch leiten und Euch dabei allerhand Steine in den Weg legen. Es wäre von Vorteil, wenn Ihr nicht stolpert.«

»Wie liebreizend von Euch, dass Ihr Euch Gedanken um mein Wohlergehen macht«, gab ich zurück und versuchte meine Unsicherheit zu überspielen. »Aber seid unbesorgt, mir geht es ganz fantastisch. Ihr habt in einer Hinsicht recht. Ich habe tatsächlich einen Plan. Doch er entstammt einem rational denkenden Verstand und keinem von Gefühlen geleiteten Hirn.«

»Ihr macht mich neugierig. Sagt mir doch, worum es sich dabei handelt.«

Ich nickte und erhob mich. Zügig ging ich geradewegs auf ihn zu. Cormac hatte den Kopf gewandt und beobachtete jeden meiner Schritte mit unverhohlener Neugier. Fast musste ich über seine Gutgläubigkeit und sein Denken, er hätte mich fest unter Kontrolle, lächeln. Ich konnte mir ein spöttisches Schnauben kaum verkneifen – hier saß ein Novize Cherons des Rechtschaffenen und wartete nur darauf, dass ihm, dem Lügner, Gerechtigkeit widerfuhr. Hinter seinem Stuhl blieb ich stehen und beugte mich so zu ihm hinüber, dass mein Mund nahe an sein Ohr kam. Ein wilder, männlicher Geruch stieg mir in die Nase und irritierte mich für einen kurzen Augenblick. Cormac schien mein Zögern bemerkt zu haben und spannte den Nacken an.

»Hört mir gut zu …«, raunte ich.

Dann ließ ich die rechte Hand mit der Kante auf seinen Hals niedersausen. Ich traf Cormacs Halsschlagader an der richtigen Stelle, als hätte ich mir vorher einen Zielpunkt darauf gezeichnet. Er sog pfeifend die Luft ein, bevor er in sich zusammenfiel.

Zufrieden umrundete ich den ohnmächtigen Mönch. Ich hatte den Schlag vorher noch nie ausgeführt und war umso erstaunter, wie gut er doch funktioniert hatte. Zwar bekam ich während meiner Ausbildung auch Unterricht in der

Selbstverteidigung ohne jegliche Waffen, doch mein Lehrmeister hatte mir aufs Dringlichste davon abgeraten, jenen Schlag an einem Menschen auszuüben – außer er wäre mein größter Feind. Nun, Letzteres traf auf Cormac wohl nicht zu, dafür kannte ich ihn zu wenig. Doch er hatte bereits eine kriminelle Tat vollbracht, und ich traute ihm einiges mehr zu.

Mit gesammelten Kräften zog ich Cormac vom Stuhl. Trotz seiner schmalen Statur war er erstaunlich schwer. Offenbar bestand er nicht nur aus Haut und Knochen, sondern besaß Muskeln, die dem Auge verborgen blieben. Ächzend hievte ich ihn auf das verankerte Bett, stemmte die Hände in die Hüften und begutachtete mein Werk.

Die Ohnmacht hielt Cormac noch immer in ihrem eisernen Griff, und selbst als ich ihn unsanft rüttelte, blinzelte er noch nicht einmal mit den Lidern.

Ich eilte zu meiner Truhe und suchte nach dem Seil, mit dem ich den falschen Mönch fesseln konnte.

Es dauerte nicht lange, und Cormac lag ordentlich verknotet vor mir. Zur Sicherheit hatte ich das Seil an einem Eisenring befestigt, der unweit des Bettes in die Wand geschraubt war und eigentlich zur Befestigung von Gepäck bei starkem Seegang diente.

Cormac wirkte fast friedlich, als ich auf sein Gesicht hinabsah. Dennoch wollte ich kein Risiko eingehen und die Zeit seiner Ohnmacht so gut wie möglich nutzen, um etwas über ihn herauszufinden. Auf den Klingenblättern seiner Dolche war keine Gravur zu sehen. Selbst die mit Leder umwickelten Hefte zeugten nur von nüchterner Zweckmäßigkeit: Waffen, die einzig und allein zum Töten genutzt wurden. Das gepflegte Schwert stammte nicht aus Cherons Tempel. Alle rechtschaffenen Klingen des Gottes waren mit dem Emblem Cherons markiert – ein weiterer Beweis dafür, dass Cormac nach Strich und Faden log.

Ich runzelte die Stirn. Pilgerfahrt? Von wegen! Ich konnte nur hoffen, dass der Mann auf meinem Bett nichts Böses im Schilde führte. Bei seinem Arsenal an Klingen war das jedoch schwer vorstellbar. Seufzend beugte ich mich ein weiteres Mal über seinen bewusstlosen Körper und starrte ihm mitten in das kantige, stolze Gesicht. Zum ersten Mal in meinem Leben lag ein Mann in meinem Bett, den ich nicht im Geringsten einzuschätzen vermochte und der zu allem Überdruss eine gewaltige Anziehungskraft ausübte. War Cormac ein gewiefter Betrüger, der sich auf Kosten anderer durch das Leben schlug? Ein Dieb vielleicht oder ein Spion für eine fremde Macht?

Zeit, es herauszufinden. Der Kräuterbeutel und die Waffen gaben mir keine weitere Auskunft. Irgendwo musste doch etwas versteckt sein, das mir einen aufschlussreicheren Hinweis zu seiner Person gab.

Meine Hand zuckte zu der mausgrauen Kutte. Ich empfand es als befremdlich, ihn zu berühren und in seinen Taschen zu wühlen. Aber ich musste es tun. Merideth hätte es von mir verlangt, und selbst ich wusste, dass es meine geschworene Pflicht war.

Als ich die Hand in die tiefen Taschen des Mönchsgewandes gleiten ließ, wurden meine Erwartungen schnell getrübt. Außer Flusen, Krümeln und einem Stück verschrumpelten Ingwers fand ich nichts, und auch die andere Tasche war gähnend leer. Ich musterte Cormac, fest entschlossen, seinem

Geheimnis auf die Schliche zu kommen, bevor er erwachte. Meine Finger glitten zu den Knöpfen seines Gewands und begannen, sie zu öffnen. Ich schluckte. Himmel, jetzt begann ich schon, wildfremde Männer im Namen Merideths zu entkleiden. Ich konnte froh sein, dass Cormac bewusstlos war, er hätte mir zweifelsohne kräftig die Leviten gelesen oder aber meine Versuche, die Wahrheit über ihn zu erfahren, mitleidig belächelt. Der Verdacht, dass Letzteres wahrscheinlicher war, stachelte mich umso mehr an.

Mit jedem weiteren Knopf entblößte ich Cormacs Oberkörper. Meine Finger zitterten, als ich den grauen Stoff der Kutte von seiner Brust zog. Das Weiß seiner Haut schien mir im gewaltigen Kontrast zu seinem wettergegerbten Gesicht zu stehen. Mein Blick fiel auf seinen muskulösen Brustkorb. Wie vom Blitz getroffen fuhr ich zurück. Das konnte nicht möglich sein! Niemals!

Dann verschwamm die Umgebung rings um mich herum. Das Blut rauschte in meinen Ohren. Das Mal, das mir ins Auge sprang, schien mich zu verhöhnen. Ich blinzelte noch einmal verzweifelt, wünschte mir, dass das gerade Gesehene lediglich ein Albtraum wäre. Mir war heiß und kalt zugleich. Schwindel überkam mich und ließ mich wanken, sodass meine Hand nach etwas suchte, das mir Halt gab.

Ich durfte jetzt nicht ohnmächtig werden, aber die Realität war kaum zu ertragen.

Auf Cormacs Brust prangten die Hörner Xadurs. In meinem Bett lag ein Dämon.

Kapitel 5

Ich wusste nicht, wie viele Stunden inzwischen vergangen waren. Wie in Trance saß ich auf dem Boden meiner Kabine. Das gleichmäßige Schaukeln des Schiffes und das monotone Rauschen der Wellen lullten mich in eine tiefe Lethargie, aus der ich von niemandem entrissen werden wollte.

Ich starrte mit leerem Blick auf die hölzernen Wände. Der Schock hatte meinen Körper auf unangenehme Art und Weise zu höheren Leistungen angespornt. Das Adrenalin ließ mein Herz wie einen Vorschlaghammer klopfen, und jedes Geräusch, jeder noch so leise Laut klangen in meinen Ohren unsagbar laut.

Das Zeichen auf Cormacs Brust wollte nicht aus meinem Kopf verschwinden. Ob ich die Augen offen hielt oder schloss – es verfolgte mich. Es zeigte einen skelettierten Widderkopf mit verschlungenen Hörnern und leerem Blick, fein verwoben von weiteren Linien zu einem pulsierenden Emblem des Wahnsinns.

Ich hatte noch nie zuvor in meinem Leben einen Dämon zu Gesicht bekommen. Natürlich hatte ich die Geschichten gehört, fast jedes Kind kannte sie. Es waren Gutenachtgeschichten zum Gruseln; insbesondere die wagemutigen

Heranwachsenden waren von den alten Legenden begeistert. Selbst ich hatte diese Begeisterung geteilt und wie ein Schwamm die Berichte von Abenteurern aufgesaugt, die sich in die Nähe des verschütteten Lochs gewagt hatten, das nach Xadur führte – das Reich der Dämonen.

Ich stöhnte. Geschichten waren eben Geschichten. Unter der Erde konnte niemand lange überleben. Und das Geschehene lag schon Ewigkeiten zurück – wenn es sich überhaupt zugetragen hatte.

Damals, vor langer Zeit, begingen die Alchemisten Oskanons den wohl schlimmsten Fehler, der fortan die Menschheit verfolgte. Ihr fanatischer Experimentierwahn und Forscherdrang waren an sich schon bemitleidenswert, doch die Erschaffung des Dämons blieb ihr einziger Erfolg, der ihre Achtung zudem ins Bodenlose sinken ließ.

Sie entführten die schwarzen Schafe der Gesellschaft und knechteten und folterten sie mit Freuden, bis die armen Seelen unter Schmerz und Pein ihre Menschlichkeit verloren. Die Gepeinigten erhoben sich nun ihrerseits und wüteten unter den Alchemisten wie Todesschwerter, doch da war es schon zu spät – die einstigen Menschen waren nur noch seelenlose Ungeheuer. Die Verluste unter den Alchemisten waren immens, als sie die Dämonen zu dem tiefsten Loch der Erde brachten und sie allesamt in den dunklen Spalt warfen. Xadur wurde dieses Loch genannt, der Eingang in das Reich des Wahnsinns.

So lauteten die Überlieferungen. Allesamt schwachsinnig. Weiter hieß es, die Nachfahren jener Alchemisten damals hätten irdene Kreaturen erschaffen, die den Eingang nach Xadur für ewig bewachen sollten. Golems nannte man sie – Kreaturen ohne Sinn und Verstand, aus Lehm gebildet, die nur dem Befehl ihres Meisters gehorchten. Allerdings gab es auch diese nicht mehr: Ihr Schöpfer, ein Alchemist, war dem Wahnsinn zum Opfer gefallen, und mit ihm waren auch die bizarren Gesellen aus Lehm und Erde verschwunden.

Und heute? Die Welt war einfach zu aufgeklärt – wer glaubte noch an diese Ammenmärchen?

Und trotzdem offenbarten sich mir Xadurs Hörner auf der Brust eines Mannes, den ich nicht kannte, an Bord eines Schiffes, das wir uns unglücklicherweise teilten. Ich barg meinen Kopf in den Händen. Mit gleichmäßigen Bewegungen massierte ich meine Schläfen, hoffte auf eine Linderung. Hoffte, dass alles nur ein furchtbarer Traum wäre und ich mich noch immer in der Kaserne in Heptagon befände, weit, weit fort von dieser Abstrusität.

Langsam ließ ich die Hände zurück in den Schoß fallen. Zurück nach Heptagon? Ich biss die Zähne fest aufeinander, als mich die Erinnerung an meinen Auftrag überkam:

Ihr seid eine Ritterin. Die Liebe und Aufopferung gegenüber dem astranischen Adler tragt Ihr tief verwurzelt in Eurem Herzen. Die Klinge Eures Schwertes ist ein Mahnmal für all diejenigen, deren Herzen dunkel sind. Tragt sie mit Stolz und mit Bedacht. Aus diesem Grunde sende ich Euch aus. Ihr seid zwar jung, doch Euer Herz befindet sich am rechten Fleck. Ihr würdet für die erlauchte Erste Präsenz sterben. Darum vertraue ich Euch die Überwachung des alljährlichen imperialen Handels zwischen dem Hause der Ersten Präsenz und dem des hochgeehrten Kaisers Vargaz an. Ihr seid das bindende Glied zwischen zwei mächtigen

Ländern. Ihr seid die Brücke zwischen Astran und Genzabar. Führt den Befehl aus, im Namen der Ersten Präsenz Merideth!

Eine Gänsehaut zog über meine Arme und den Rücken. Die Worte hatten sich in mein Gedächtnis regelrecht eingebrannt. Ich konnte sie nicht vergessen – und ebenso wenig die Gewissheit, alles zu verlieren, wenn ich scheiterte. Tondberd, Großmeister der astranischen Ritter, hatte jene Sätze zu mir gesagt, zwei Tage bevor ich mit der *Adlerschwinge* meine Reise antrat.

Es waren blumige Worte, die mich – meiner Ansicht nach – im Grunde lächerlich dastehen ließen. Was er meinte, hätte vermutlich eher so geklungen: *Elda Rheanne, du bist die einzige Dumme, die für den jährlichen Ablasshandel zur Verfügung steht. Du schuldest mir außerdem noch einen Gefallen … immerhin hast du deinen Titel nicht ganz freiwillig von mir bekommen. Übergib das vermaledeite Paket, zeig am besten deine Brüste oder spring gleich in sein Bett, damit der genzabarische Hurensohn uns endlich in Frieden lässt!*

Ich lächelte schwach und fuhr mir mit beiden Händen über den Kopf. Wer für die Regierung arbeitete, würde immer hinter ihnen sauber machen. Ich hatte noch nicht einmal eine Ahnung, was sich in dem Paket befand – ich wusste nur, dass es unersetzbar und unbezahlbar war. Letzteres wurde jedoch gerade dementiert: Merideth bezahlte damit für Vargaz' Schweigen. Die Spiele der Mächtigen waren für meinesgleichen ein Albtraum.

Energisch sprang ich auf. Aufgestautes Blut schoss in meine Füße, und mich überrollte ein plötzlicher Schwindel. Meine Hand legte sich um das Heft des Schwertes. Als ich das alte

Leder fühlte, überkamen mich Sicherheit und Entschlossenheit. Ich würde keine Zeit mehr damit verschwenden, mich mit dem Irrsinn meiner aktuellen Situation zu beschäftigen. Schließlich hatte ich andere Sorgen. Ich musste mich um einen bewusstlosen Dämon kümmern.

Breitbeinig blieb ich vor dem Bett stehen und begutachtete Cormac mit grimmiger Miene. Ich staunte, wie lange Dämonen doch ohnmächtig sein konnten. Also nahm ich die Waschschüssel vom Abstelltisch und leerte sie bis auf den letzten Tropfen über Cormacs Gesicht. Fast genoss ich das entsetzte Mienenspiel, mit dem er prustend und spuckend erwachte. Ich beugte mich über ihn und setzte ihm eines seiner Messer an die Kehle.

»Stillhalten«, herrschte ich ihn an. »Ihr seid gefesselt und habt ein Messer am Hals – jede Bewegung wäre nicht zu Eurem Vorteil.«

Cormac verzog die Lippen zu einem Grinsen. Selbst jetzt wagte er es noch, sich über mich lustig zu machen! Ich spürte das Blut in meinen Ohren rauschen. Seine gleichgültige Art trieb mich in den Wahnsinn!

»Ihr seid meinem Geheimnis anscheinend auf die Schliche gekommen«, sagte er, und seine Stimme war von der Ohnmacht noch rau und belegt. Er fuhr sich mit der Zunge über die Lippen.

»Dachtet Ihr allen Ernstes, Ihr könntet eine astranische Ritterin mit Euren Spielchen hinters Licht führen?« Ich presste die Klinge stärker gegen seinen Hals, fühlte den Widerstand, als sich das Metall gegen sein Fleisch schmiegte.

»Und wieder führt Ihr Euch wie eine Närrin auf«, kicherte

Cormac. Er hob den Kopf ein Stück weit vom Kissen und blickte mir tief in die Augen. »Ihr wollt nur das sehen, was Ihr vor Augen habt. Der tiefere Sinn … die eigentliche Wahrheit ist Euch völlig gleich. Bin ich wirklich der, für den Ihr mich haltet?« Cormac ließ den Kopf sinken, und mir entfuhr ein erleichtertes Seufzen. Ich hatte nicht vor, ihm hier in meiner Kabine die Kehle durchzuschneiden – man stelle sich nur die Sauerei vor.

»Ihr habt mich schon einmal belogen. Als ein Novize Cherons habt Ihr Euch ausgegeben – Ihr habt mit dieser Blasphemie den Zorn der Götter auf Euch geladen.«

»Als ob Euch etwas an dem Willen der Götter läge. Ihr seid so gläubig und ehrfürchtig, wie ein Stein leicht ist.«

»Was wisst Ihr schon über meinen Glauben.«

»Ihr seid dem Glauben an eine göttliche Existenz gegenüber nicht abgeneigt. Ihr fürchtet Euch davor. Auch wenn Ihr nie einen Fuß in einen ihrer Tempel gesetzt habt.«

Ich stutzte. »Lächerlich! Erzählt mir keine Märchen. Die Götter sind ein Hirngespinst, entstanden in den Zeiten, als die Menschen etwas brauchten, woran sie glauben können.«

»Das sagt ausgerechnet Ihr, die Ihr mich wenige Augenblicke zuvor der Blasphemie beschuldigt habt.«

»Genug!«

»Und wieder geht Ihr einem Konflikt aus dem Weg«, entgegnete Cormac seelenruhig. »Ehrlich, Rheanne, Ihr müsst noch viel lernen. Euer Tunnelblick verdirbt Euren Verstand und die Weitsicht, die Ihr besitzen müsst, um in Zeiten wie diesen bestehen zu können.«

»Aus dem Munde eines Dämons klingen diese Worte äußerst glaubwürdig«, zischte ich.

»Ich bin kein Dämon.«

»Sicherlich! Und ich bin die uneheliche Tochter Meriths!«

Cormac musterte mich interessiert. »Nein. Ihr seid hübscher anzusehen als dieser fette Trampel.«

Ich sog hörbar die Luft ein. Er spielte mit mir! Er spielte mit mir wie eine Katze mit ihrer Beute. Und die Ecke, in die er mich drängte, rückte immer näher. Irgendwann würde ich mit dem Rücken zur Wand stehen und ihm hilflos ausgeliefert sein. Ihm, dem Dämon, der gefesselt in meinem Bett lag. Es war wie der Auftakt einer Komödie, die in den Theatern Heptagons zum Besten gegeben wurden.

»Ich bin kein Dämon«, wiederholte Cormac mit fester Stimme. »Wäre ich einer, würden diese lächerlichen Stricke mich nicht halten können. Ich hätte Euch längst Eurer Seele beraubt, obwohl ich sagen muss, dass es sehr nett ist, mit Euch zu plaudern. Vielleicht hätte ich etwas gewartet, bevor ich Euch zu einem willenlosen Wesen verwandelt hätte.«

»Ihr wisst, was Dämonen widerfährt, wenn diese die Oberfläche der Aufgetauchten Welt betreten.«

»Lächerliche Gesetze, die in dem Kanon der Alchemisten vor vielen Jahrhunderten aufgesetzt wurden.« Cormacs Augen wurden schmal, und aus seinem Gesicht verschwand jeglicher Ausdruck. »Ihr solltet Xadurs Ausgeburten nicht auf die leichte Schulter nehmen. Die Dämonen sind mächtig. Mächtiger als jeder Schwertkämpfer oder Schütze. Sie sind hinterhältig und erbarmungslos, ihre Gier nach menschlichen

Seelen kennt keine Grenzen. Ich bin kein Dämon. Und ich hoffe, ich kann es Euch beweisen.«

Ehe ich mich versah, hatte Cormac den Kopf ruckartig gehoben. Das Messer in meiner Hand drang mühelos durch die dünne Haut an seinem Hals. Ich riss das Messer zurück, verhinderte, dass die Klinge seine Luftröhre oder Stimmbänder zerschnitt. Ein dünnes Rinnsal Blut rann an der Schnittwunde herab. Es war rot.

»Hättet Ihr vielleicht … ein Tuch?«, krächzte Cormac.

Ich starrte wie gebannt auf die Wunde, aus der noch immer Blut tropfte, seinen Hals hinabrann und das Laken färbte. Rotes Blut. Menschliches Blut. Ich schüttelte ungläubig den Kopf. Er hatte das Mal Xadurs auf seiner Brust eingebrannt, also war er ein Dämon. Er musste ein Dämon sein! Doch sein Blut war rot und rein und nicht schwarz wie die Nacht.

Geistesabwesend trat ich zum Waschtisch, nahm ein gebleichtes Leinentuch und presste es auf Cormacs Wunde.

»Ihr seid ein Mensch«, sagte ich nach einer Weile. Meine Stirn war gerunzelt, und meine Gedanken rasten wie Rennpferde.

»Das sagte ich Euch doch. *Wollte* es Euch sagen«, grunzte Cormac verärgert. »Eure Fähigkeit des Zuhörens und des Abwägens sind minder ausgeprägt. Ich hoffe, Ihr habt nicht allzu viele Menschen in Eurer Laufbahn als Ritterin verhört. Ich möchte wetten, dass der Großteil auf dem Scheiterhaufen oder am Galgen geendet ist.«

Ein irres Kichern kam über meine Lippen. »Nein. Ihr seid der Erste.«

»Prüfung nicht bestanden«, schnaubte Cormac. »Absolut nicht bestanden!«

»Nur durch Fehler erlangt man Weisheit und Erfahrung.« Ich übte mehr Druck auf die Wunde aus und freute mich über sein schmerzverzerrtes Gesicht.

»Verdammt! Ihr seid eine ebenso schlechte Ärztin wie Ritterin.«

Ich zuckte unbeeindruckt mit den Schultern. »Ihr sagtet doch selbst, ich müsste noch sehr viel lernen.«

»Dann zeigt wenigstens Erbarmen und bindet mich los. Ich habe nämlich kein Gefühl mehr in den Händen.«

»Nur weil Ihr mir bewiesen habt, dass Ihr kein Dämon seid, bedeutet das noch lange nicht, dass ich Euch vertrauen kann. Trotz allem tragt Ihr das Mal von Xadur auf Eurer Brust. Woher habt Ihr es?«

»Die Zeit ist noch nicht gekommen, es Euch zu sagen.«

»Eure Entscheidung. Aber dann erwartet keine Barmherzigkeit von mir. Nach Sonnenaufgang werde ich Euch zu Kapitän Menderz bringen.«

Ich erhob mich von dem Bett und schritt zu dem bleiverglasten Bullauge. Mit den Fingern schob ich den karmesinroten Vorhang beiseite und spähte nach draußen. Der Morgen dämmerte bereits. Plötzlich spürte ich, wie die Müdigkeit mich übermannte. Ich hatte die gesamte Nacht nicht geschlafen, hatte einen anstrengenden Tag gehabt, und mein Bett war durch Cormac besetzt und voller Blut. Seufzend wandte ich mich ihm wieder zu.

»Ihr werdet es erfahren. Alsbald. Doch nicht hier.« Cormac sprach sehr leise, und ich hielt den Atem an, um ihn zu verstehen. Sein Blick war auf die Decke gerichtet, er wirkte nachdenklich. »Ich sage Euch nur so viel, dass ich mit Xadurs Dämonenbrut nichts zu schaffen habe. Im Gegenteil. Ich verfluche sie.«

Ich legte den Kopf schief und betrachtete ihn mit unverhohlener Neugier. Cormac verstand es, mein Interesse zu entfachen und mich durch seine anschließende Schweigsamkeit bis aufs Tiefste zu reizen.

»Ihr verflucht sie? Kennt Ihr sie etwa persönlich?« Ich konnte mich des Spottes in meiner Stimme nicht erwehren. Ich betrachtete ihn wie ein Lehrmeister seinen Schüler: abschätzend und gleichgültig. »Der Zugang zu Xadur ist vor Jahrhunderten versiegelt worden. Wenn es ihn denn überhaupt gegeben hat. Die Golems haben ihn bewacht, bis sie und ihr verrückt gewordener Meister spurlos verschwanden. Ich bitte Euch – wer glaubt noch an diese Märchen? Himmelherrgott! Diese alten Kamellen werden wohl noch in tausend Jahren erzählt werden!«

»Das Böse kann man nicht besiegen, indem man sich davon abschottet.«

»Das ist doch Irrsinn! Ihr wollt mir gerade weismachen, dass unter der Erde Wesen hausen, die aus der Ära der Alchemisten stammen. Wenn dem so wäre, hätte die Menschheit der Aufgetauchten Welt sicher davon Wind bekommen.« Ich beäugte ihn, studierte den sturen Zug um seinen Mund und die schwarzen Augen, die im starken Kontrast zu seiner Blässe standen. »Aus welchem Zeitalter kommt Ihr, Mann? Die Zeit der Verschwörungstheoretiker ist gottlob vorbei.«

»Ich habe meine Informationen.«

»Und das bedeutet? Dass die Dämonen einen perfiden Plan ersinnen, mit dem sie in aller Heimlichkeit die Weltherrschaft an sich reißen werden? Uns armen Menschen die Seele rauben?« Ich verkniff mir ein spöttisches Lachen.

Cormac nickte. »Das wird die Zukunft sein.«

Ich konnte nicht länger an mich halten und brach in Gelächter aus. Himmel – und er verzog bei dem Unsinn, den er von sich gab, noch nicht einmal die kleinste Miene! »Ihr amüsiert mich, Cormac! Ich hätte nicht gedacht, dass Ihr zur Komik neigt!«

»Das Loch ist offen.«

»Was?« Beinahe hätte ich mich an meinem eigenen Speichel verschluckt.

»Das Loch, der Eingang nach Xadur, steht offen.«

»Wie? Das ist ja wohl nicht Euer Ernst.«

»Das ist die Realität, Rheanne. Ich sagte doch, ich habe meine Informationen.«

»Natürlich habt Ihr diese. Und aus dem Mund eines falschen Priesters klingt all das auch wirklich glaubwürdig«, schnaubte ich. »Ich habe schon so einigen Schwachsinn zu hören bekommen, aber Ihr, Cormac, übertrefft ihn mit Abstand.« Ich zupfte an meiner Unterlippe. Was dachte Cormac sich dabei? Dass ich ihn ernst nahm? In Angst und Schrecken verfiel, weil der tiefste Abgrund der Aufgetauchten Welt auf wundersame Art und Weise wieder zugänglich geworden war? Das war doch lächerlich! Niemand fiel auf solch einen Schwachsinn herein.

»Ihr glaubt mir nicht«, stellte Cormac fest. »Dennoch hieltet Ihr mich noch vor fünf Minuten für einen echten Dämon.«

Sein Blick hielt meine bissige Antwort zurück. Ich stutzte und schloss den Mund. Stattdessen machte ich einen Schritt auf ihn zu. Nachdenklich musterte ich ihn. Seine Augen verrieten keine Lüge, im Gegenteil: Er wirkte zum ersten Mal ehrlich.

»Woher habt Ihr das Brandmal?«, fragte ich ihn erneut.

»Rheanne … bitte.« Er sah gequält zu mir auf.

Ein Stich des Mitleids fuhr durch meine Brust. Ich hatte schon allerlei Gewaltopfer zu sehen bekommen, kannte diesen Ausdruck der Trauer und der Scham, und doch zeugte Cormacs Blick von einer qualvollen Intensität, die mir den Atem raubte. Himmel – was hatte dieser Mann nur durchgemacht?

Ich holte tief Luft und massierte mir mit den Fingerspitzen die Schläfen. Leichte Kopfschmerzen begannen gegen meine Schädeldecke zu pochen.

»Ihr seid ein Buch mit sieben Siegeln, Cormac«, seufzte ich. »Was zur Hölle verbergt Ihr vor mir?«

Er sah mich ernst an. »Ihr müsst mir vertrauen.«

Vertrauen. Schon allein der Klang des Wortes ließ meine Armhärchen sich aufrichten. Und außerdem wusste ich nicht im Geringsten, warum ausgerechnet er es von mir verlangte. Schließlich war er der Gesetzesbrecher, der blinde Passagier. Zu allem Übel besaß er dazu noch einen Hang zum Wahnsinn.

»Ihr vertraut mir nicht«, stellte Cormac fest. Sein Mundwinkel zuckte.

»Eine nachvollziehbare Tatsache, findet Ihr nicht?«, nickte ich.

»Ihr habt den Ingwer genommen. Ihr habt ihn gegessen, und er hat Euch geholfen, oder etwa nicht?«

»Da dachte ich auch noch, vor mir stünde ein rechtschaffener Mönch«, erwiderte ich steif. »Ihr könnt mich nicht umstimmen. In weniger als einer Stunde wird Kapitän Menderz ansprechbar sein, und dann werde ich Euch in seine fähigen Hände überstellen.«

Ich schielte hinüber zu Cormac, der mich mit einer höflichen Gleichgültigkeit ansah. Kopfschüttelnd fragte ich mich, woher er nur diese Seelenruhe nahm – ich hätte gerne etwas davon gehabt.

Er war mir ein Klotz am Bein. Ich musste mich auf die sichere Überstellung des Paketes für den Kaiser konzentrieren, nicht auf einen blinden Passagier, der an Dämonen glaubte.

Ich stand auf, streckte mich und begann Cormacs Habseligkeiten in einen Jutebeutel zu stopfen, um diesen mitsamt seinem Besitzer, Menderz vor die Füße werfen zu können.

In diesem Augenblick begann es, wie wild an der Tür zu hämmern.

Kapitel 6

»Elda Rheanne, Elda Rheanne!«

Ich erstarrte. Mein Blick huschte zu Cormac. »Ihr gebt keinen Laut von Euch!« Ich warf die Tagesdecke über ihn und hoffte, dass die Person vor meiner Tür nicht auf das Bett aufmerksam wurde.

»Elda Rheanne!«

»Ich komme!«, rief ich und öffnete mit einem Schwung die Tür.

Román lief mir fast in die Arme. Nur mit Mühe konnte ich ihn von mir wegdrücken.

»Elda Rheanne, oh Mirane sei Dank, dass Ihr schon wach seid!«

Ich habe wegen deiner schlampigen Kontrolle an Bord die ganze Nacht kein Auge zugetan, du Held, schoss ich in Gedanken zurück. »Ich bin ein Frühaufsteher«, erwiderte ich stattdessen und hörte, wie Cormac unter der Decke schnaubte.

»Es ist etwas Furchtbares geschehen, Elda Rheanne!« Román schluchzte, und ich stellte verwundert fest, dass der Seemann Tränen in den Augen hatte. »Etwas wirklich Grausames! Ihr müsst mit mir kommen, ich flehe Euch an! Niemand weiß, was wir tun sollen!«

Ich packte seinen Arm. »Ist gut! Ist ja gut, Mann! Beruhige dich. Atme tief ein und sage mir, was passiert ist.«

Zitternd holte Román Luft, ehe er begann: »Jules … er … er ist nicht mehr derselbe! Er geht und atmet, aber seine Augen …« Ein erneutes Schluchzen entfuhr ihm. »Es ist so schrecklich, Elda Rheanne! Er ist wie eine menschliche Puppe, lebendig, aber doch irgendwie tot! Selbst der Doktor ist ratlos! Die Männer haben Angst. Sie sagen, es ist Eure Schuld!«

»Meine?«, rief ich, eine Oktave zu hoch.

»Weil Ihr doch eine Frau seid!«

»Verdammt, Román! Das hat damit nichts zu tun! Du glaubst doch nicht etwa auch an dieses dumme Märchen?!«

»N-nein«, stotterte er.

»Wo ist Jules jetzt?«

»Im Mannschaftsquartier. Wir wollten ihn hinlegen, doch wir schaffen es nicht. Und jetzt … jetzt läuft er. Aber immer gegen die Wand!« Románs Augen waren vor Entsetzen weit aufgerissen. »Sein Gesicht … Elda Rheanne, es ist voller Blut! Und wir können ihn nicht davon abhalten!«

»Beruhige dich. Und führe mich zu Jules.«

Román nickte und stürzte sogleich los. Ich griff nach meinem Schwert, schob es in die lederne Schlaufe meines Waffengurts und eilte ihm nach.

An Bord der *Adlerschwinge* war es ruhig. Die meisten der Passagiere schliefen noch ahnungslos, wie ich wehleidig feststellen musste. Der Weckruf der Glocke würde erst in einer Stunde erklingen. Bis dahin konnte ich mir ein Bild von der Lage machen. Ich hatte nicht die leiseste Ahnung, was gerade im Mannschaftsquartier vor sich ging. War der Seemann namens Jules dem Wahnsinn zum Opfer gefallen? Es gab viele Personen, die eine Neigung zur Labilität besaßen. Oder aber er hatte etwas gesehen, das ihn in einen Schock versetzt hatte.

Wir eilten durch die Gänge. Hier und da sah ich vereinzelt einen Matrosen, der seiner Arbeit nachkam und die Talgkerzen, die den Gang beleuchteten, auswechselte.

»Wie viele wissen, was mit Jules geschehen ist?«, fragte ich keuchend.

»Nur die Nachtschicht«, gab Román zur Antwort. »Die restliche Besatzung weiß nur so viel, dass irgendetwas Schlimmes mit einem unserer Männer passiert ist. Die haben wir aber nicht ins Quartier gelassen. Wir sind gleich da!«

Der stellvertretende Erste Maat bog in einen gut beleuchteten Gang ein, der in den Heckbereich der *Adlerschwinge* führte, in dem sich die Quartiere der Matrosen sowie deren Waschraum befanden. Er blieb schwer atmend vor einem Durchgang stehen, der von einem Vorhang verdeckt war. Im Gang hatten sich einige Matrosen versammelt, die tuschelnd und nervös von einem Fuß auf den anderen traten.

»Ich habe die Elda Ritterin geholt«, sagte Román und schlug mit der flachen Hand gegen den Holzrahmen.

Auf der anderen Seite des Vorhangs wurde ein Schatten sichtbar. »Und sie trägt keine Schuld daran?«, kam die argwöhnische Antwort.

Ich rollte genervt mit den Augen.

»Sie schwört, die ganze Nacht in ihrer Kabine gewesen zu sein. Die Elda Ritterin hat keinen Fuß auf das Oberdeck gesetzt!«

»Ich habe doch gar nicht …«, hob ich an.

»Glaubt mir, Elda Rheanne. Die Männer vertrauen Euch dann mehr«, unterbrach mich Román raunend.

Ich nickte verwundert, wurde aber jäh abgelenkt, als der Vorhang zur Seite gezogen wurde. Ein Schwall abgestandener Luft, vermischt mit dem Duft männlichen Schweißes und Alkohol, schlug mir entgegen. Ich bemühte mich, flach zu atmen. Ich war einiges an Gerüchen gewohnt – die Quartiere in der Akademie geizten nicht mit ähnlichen Düften, doch dieser raubte mir für einen kurzen Moment die Luft.

Als ich den Kopf hob, blickte ich geradewegs auf die haarige Brust eines Matrosen. Ich reckte ihn noch mehr, bis ich ein unrasiertes Gesicht sah, aus dem mich stechende Augen fixierten. Seine muskulösen Schultern glänzten vor Schweiß. Anstelle der Uniform trug er nur ein einfaches Leinenhemd, aus dem dunkle Brusthaare quollen, und eine kurze Hose, die sich so stramm um seine Schenkel schlang, dass jederzeit die Nähte platzen konnten. In seinem Mundwinkel steckte ein Zahnstocher, den er mit der Zunge fahrig hin und her schob.

»Ist sie das?«

Román nickte. »Elda Ritterin, darf ich vorstellen: Elder Timotheus, Quartiermeister der *Adlerschwinge*.«

Auch ich deutete eine knappe Kopfbewegung an. »Freut mich. Wo ist Jules?«, sagte ich dann zu Román.

»Fasst ihn lieber nicht an«, warnte mich Timotheus. »Er blutet wie ein abgestochenes Schwein, der arme Kerl. Keiner weiß, was für eine Krankheit er sich eingefangen hat. Selbst den Doktor hat der Anblick förmlich umgehauen.«

»Er war kerngesund, als wir ablegten«, meinte Román. Er wrang die Hände, eine Geste der Hilflosigkeit.

»Mag sein. Es kann aber auch sein, dass es ihn in Heptagons zweifelhafte Viertel verschlagen hat und er mit kranken Huren vögelte.«

»Jules ist ein ehrenhafter Mann!«

»Die Antwort darauf werden wir wohl nie erfahren.« Timotheus deutete mit dem Daumen über seine Schulter. »Jules ist nur noch ein Wrack. Eher werde ich König, als dass der wieder reden kann.«

»Ich bezweifle, dass ich etwas für ihn tun kann«, meinte ich. »Ich kenne mich im medizinischen Fachbereich nur begrenzt aus. Seine Wunden werde ich versorgen, doch eine Diagnose werde ich nicht stellen können.«

»Vielleicht habt Ihr Ähnliches schon einmal gesehen«, entgegnete Román, und in seinem Blick lag ein Flehen um Beistand, dem ich nur schwer widerstehen konnte. »Ihr seid eine weit gereiste Frau, Elda Rheanne. Eine Ritterin der Ersten Präsenz! Euer Intellekt ist dem unseren um Längen voraus. Ihr wisst sicherlich, was zu tun ist.«

Mir fiel beinahe die Kinnlade herab. Ich und weit gereist? Román musste ein vollkommen falsches Bild von mir haben.

Timotheus folgte uns mit grimmiger Miene. Seine Muskeln waren angespannt, die Hände geballt. Ich hatte nicht vor, den hünenhaften Quartiermeister zu reizen, und konzentrierte mich auf Románs Rücken.

»Da ist er.« Románs Stimme zitterte verdächtig. Sein riesiger Adamsapfel hüpfte auf und ab.

Dann richtete ich meine Aufmerksamkeit auf die Person,

auf die sein Zeigefinger deutete. Jules. Der wahnsinnige Matrose.

Er stand mitten im Raum. Die Arme hingen schlaff an beiden Seiten herab, als besäßen sie keine Bedeutung oder Funktion. Das Hemd, das seinen Oberkörper bedeckte, war an einigen Stellen zerrissen und von Speichel und Dreck beschmutzt. Ein abscheulicher Geruch ging von ihm aus, und ich musste die Nase rümpfen, als mein Blick auf seine nasse Hose fiel.

Doch noch mehr erschreckte mich der Anblick seines Gesichts. Einige Seemänner hatten mit feuchten Tüchern das Blut von ihm entfernt. Die tiefen Wunden und Abschürfungen zogen sich über Wangen, Stirn und Kinn. Noch immer rann vereinzelt Blut aus den offenen Stellen.

Am schlimmsten aber war der Anblick seiner Augen.

»Der Himmel stehe uns bei«, hauchte ich entsetzt. Selbst die entstellten Leichen, die ich während meiner Ausbildung zu Gesicht bekommen hatte, waren im Vergleich zu Jules' Anblick ein Kinderspiel gewesen.

Wie irre rollte Jules mit den Augen. Die Pupillen waren mit dem Weiß zu einem ekelhaften Brei verschmolzen, als hätte eine plötzliche Hitze sie versengt. Blut floss aus seinen Augenwinkeln, als weinte er.

»Und? Habt Ihr dergleichen wirklich schon einmal gesehen?« Timotheus' Worte klangen wie aus weiter Ferne.

Ich schüttelte den Kopf, zwang mich zur Konzentration. »Nein … noch nie.«

»Ist es eine Krankheit? Ist es ansteckend?«

»Ich sagte doch, ich bin keine Medizinerin. Was ihm fehlt,

kann ich beim besten Willen nicht sagen. Aber ich denke weniger, dass eine Ansteckungsgefahr besteht.«

»Denkt Ihr es, oder wisst Ihr es?«

»Ich kann Eure Sorge nachvollziehen, Elder Timotheus, doch ich bin genauso ratlos wie Ihr.«

»Denken allein bewahrt meine Männer nicht vor … vor *dem* da.« Der Quartiermeister nickte zu dem sabbernden Jules. »Was sage ich ihnen? Jules ist … er war ein guter Mann. Die Männer werden wissen wollen, was ihm zugestoßen ist. Ich bin ihnen eine Erklärung schuldig. Und zwar eine verdammt gute!«

»Kapitän Menderz muss über den Vorfall in Kenntnis gesetzt werden«, sagte ich. »Bis dahin muss Jules in einen separaten Raum geschafft werden, den man von außen abschließen kann.«

»Ihr wollt ihn einsperren? Er ist doch kein Verbrecher!«

»Er kann aber auch nicht sabbernd hier stehen bleiben«, entgegnete ich schroff. Ich fuhr mir mit den Händen übers Gesicht. Die Müdigkeit drohte mich zu überwältigen. Ich hätte im Moment alles dafür gegeben, zurück in meine Kabine gehen zu können. Seufzend sah ich zu Jules.

»Bei Mirane! Was ist das?«, rief Román und wich mit weit aufgerissenen Augen von ihm zurück. In den Händen hielt er ein Tuch, mit dem er anscheinend die Wunden versorgen wollte.

»Was ist los?«

Beinahe gleichzeitig waren Timotheus und ich an seiner Seite. Ich folgte Románs ausgestrecktem Finger, der abwechselnd auf Jules' Nase und Ohren zeigte. Und in diesem Augenblick sah auch ich es. Eine schwarze Flüssigkeit rann aus den Öffnungen beider Sinnesorgane. Schwarz wie die Nacht.

»Schwarzes Blut«, flüsterte ich heiser, und ein eisiger Schauder überkam mich. In meinen Ohren rauschte es.

»Was ist das?«, wiederholte Román. »Was bedeutet das alles?«

»Schwarzes Blut. Das Blut der Kreaturen aus der Verdammnis.« Timotheus war leichenblass. »Das ist Dämonenblut!«

Román schrie vor Furcht auf, wich zurück und stolperte über seine eigenen Füße. »Schafft ihn hier weg! Bei Miranes Güte – über Bord mit ihm!«

»Beruhige dich, Mann! Niemand wirft hier irgendwen über Bord. Außer ich dich gleich – wenn du nicht die Schnauze hältst!«, fuhr Timotheus ihn an und zog ihn am Kragen auf die Füße. »Lauf sofort zu Kapitän Menderz. Sag ihm, er soll kommen und sich zum Henker noch mal beeilen!«

Gerade als Román sich umdrehte, wurde Jules von einem fürchterlichen Krampfanfall geschüttelt. Er zitterte und rollte wie wild mit den Augen, sodass nur noch das Weiße zu sehen war. Schwarzes Blut schoss aus seiner Nase und besudelte seine Brust und den Boden. Sich windend und krümmend, sackte er auf die hölzernen Planken und erbrach einen Schwall Dämonenblut. Sein Brustkorb wölbte und senkte sich, als würden unsichtbare Kräfte daran ziehen, wir hörten das Bersten seiner Rippen. Timotheus und ich waren zutiefst schockiert. Wir wollten wegsehen, doch unser Blick war wie festgeschraubt auf den sterbenden Jules gerichtet.

Der Todeskampf des Matrosen war nur von kurzer Dauer. Ein keuchender Laut kam über seine Lippen, ein letztes Aufbäumen – dann fiel er in sich zusammen und hauchte auf den Planken der *Adlerschwinge* sein Leben aus.

Ich stützte mich ächzend auf Timotheus' starker Schulter ab, ehe ich mich um die eigene Achse drehte und aus dem Quartier eilte, so schnell es ging.

Ich erreichte gerade noch rechtzeitig das Oberdeck. Selbst die kühle Morgenbrise verschaffte keine Linderung. Mein Verstand war wie ausgeschaltet, als ich mich über die Reling lehnte und übergab.

»Was, sagt Ihr, hätte ihn so zugerichtet? Ein *Dämon*?« Kapitän Menderz ließ das Leinentuch zurück auf Jules' leblosen Körper fallen und erhob sich mit knackenden Knien aus seiner gebückten Position. Er wirkte gefasst, doch ich sah die schockierte Blässe in seinem Gesicht.

Timotheus, Román und ich standen mit finsterer Miene neben der Leiche. Der Quartiermeister nickte bestätigend. In meinen Ohren klang das Wort Dämon noch immer ungeheuerlich, als wäre der Vorfall ein schlechter Scherz. Nie hätte ich es für möglich gehalten, dass sich vor meinen Augen die wohl bekannteste Legende der Alchemisten bewahrheiten könnte. Vor wenigen Minuten noch hatte ich Cormacs Ausführungen höhnisch für irre erklärt. Doch Jules war tot, und die schwarze Masse, die aus seinen Ohren und der Nase floss, sprach für sich.

»Bei Hades' Sichel, was hat man dem armen Jungen angetan?«, rief Menderz noch immer aufgebracht. »Derjenige, der für … für diese kriminelle Tat verantwortlich ist, wird blutig gepeitscht und danach einen verdammten Tag lang in die Salzlake geworfen!«

»Elder Kapitän, was ist mit dem schwarzen Blut?«, warf Román vorsichtig ein.

»Schwarzes Blut … Dämonen … als ob es Dämonen gäbe!«, brüllte der Kapitän. »Wer noch immer an diese Geschichten glaubt, ist so dumm wie ein Sack Stroh! Woher sollen diese Ungeheuer denn kommen? Hm? Aus dem alten Erdloch? Cheron, verdamm mich! Die Dämonen sind ausgerottet, wenn es sie überhaupt je gab, und das da«, er deutete herrisch auf Jules' Leichnam, »ist die Tat eines Psychopathen, der aller Wahrscheinlichkeit nach unter den Passagieren zu finden ist.«

»Ihr reiht mich also in den Kreis der Verdächtigen ein?«, fragte ich vorsichtig.

»Ich vertraue meinen Männern und kenne jeden einzelnen von ihnen. Bevor Ihr aufgetaucht seid, war alles so, wie es sein sollte. Ja, Elda Rheanne, deswegen verdächtige ich auch Euch.«

»Das ist ein schwerer Vorwurf, Kapitän, aber Ihr liegt mit Eurer Verdächtigung bei mir völlig falsch. Es wäre ein Fehler, die Möglichkeit eines dämonischen Übergriffs von vornherein auszuschließen. Dafür sprechen die Indizien eine zu eindeutige Sprache.« Meine eigenen Worte klangen in meinen Ohren absurd. Himmel, was gab ich da von mir? Dämonischer Übergriff? Jetzt begann der Wahnsinn auch schon nach mir zu greifen.

Ich sah zu Jules' verdecktem Leichnam. Nur zu gut erinnerte ich mich an den Anblick. Selbst im Tode erahnte man die Schmerzen, die er verspürt haben musste. Sein Gesicht war eine grotesk verzerrte Grimasse. Menschenhände waren zu vielem fähig, insbesondere im Verletzen anderer besaßen sie ungeahnte Fähigkeiten. Doch dieser Mord war anders. Von dem Toten ging eine Aura aus, die selbst mich ängstigte. Der Todesfall würde mich für den Rest der Zeit an Bord beschäftigen.

Ich musterte Menderz eindringlich. Der bullige Kapitän war aufgebracht, ja, beinahe schon hysterisch, und ich hoffte, ihn beruhigen zu können.

Irgendwo an Bord dieses Schiffes versteckte sich ein Mörder, der mit schwarzem Blut hantierte. So sahen die Fakten aus. Dass wir es mit einem echten Dämon zu tun hatten, musste erst noch bewiesen werden.

Doch Cormacs Worte, die zunächst so aberwitzig geklungen hatten, erschienen mir plötzlich nüchtern und wahrheitsgetreu. Seufzend wandte ich mich an den Quartiermeister. »Ihr habt es doch auch mit eigenen Augen gesehen. Das schwarze Blut kam direkt aus seiner Nase, dem Mund, den Augen und Ohren. Ihr sagtet es selbst: Es handelt sich um das Blut der Verdammten.«

»Dämonenblut«, bestätigte Timotheus. Sein Stiernacken war bis zum Bersten angespannt, ich konnte jeden einzelnen Muskelstrang erkennen. »Die Überfahrt steht unter einem bösen Omen, Kapitän.«

»Der … Täter muss sich noch an Bord befinden. Die *Adlerschwinge* ist eine schwimmende Insel. Wenn wir das Schiff von oben bis unten gründlich durchsuchen, werden wir ihn früher oder später finden«, sagte ich.

»Und wie fängt man einen Dämon?«, fragte Menderz spöttisch. »Man wird ihn wohl kaum fesseln können! Oder ihn mit Schwertern und Säbeln bezwingen. Eine närrische Idee, und das aus dem Munde einer Ritterin.«

»Gebt mir ein paar Tage, Kapitän. Wenn ich das Ungeheuer dann nicht gefunden habe, werde ich mich Eurem Entschluss fügen und mich als Verdächtige behandeln lassen.« Ich schluckte. Meine Stimme war anfangs sicher gewesen, doch je mehr ich über meine eigenen Worte nachdachte, desto dümmer kamen sie mir vor. Ich hatte Menderz gerade um ein Ultimatum gebeten. Ich, die ich von Dämonen so viel verstand wie ein Esel vom Fliegen. Meine einzige Hoffnung ruhte auf Cormac.

Ich hielt inne. Hatte ich gerade das Wort Hoffnung und Cormac in einem Satz gedacht? War nicht er es gewesen, der mich an den Rand des Wahnsinns getrieben hatte? Der in mir Wut und Zweifel entfachte?

Kapitän Menderz' Augen verengten sich zu zwei Schlitzen. Dann rang er sich ein erschöpftes Nicken ab. »Einen Tag, Elda Rheanne. Bis zum morgigen Sonnenaufgang könnt Ihr tun und lassen, was Ihr wollt. Jagt Eurem lächerlichen Verdacht nach. Stellt die *Adlerschwinge* auf den Kopf – aber verschont mich bitte mit Eurer wahnwitzigen Idee.« Schwungvoll setzte er sich seinen Seemannshut auf den Kopf, dass die rot und gelb gefärbten Federn darauf zitterten. »Ich werde meinerseits Nachforschungen anstellen. Ermittlungen, die auf Fakten beruhen und nicht einem Märchen entspringen«, betonte er nochmals.

Ich starrte ihn fassungslos an. »Einen Tag? Nur … einen Tag?«, brachte ich schließlich hervor.

»Ihr habt richtig verstanden. Einen Tag, an dem Ihr Eure

Zeit verschwenden könnt. Dieser Zeitraum ist großzügig bemessen, danach muss ich Euch festsetzen«, erwiderte Menderz und hob müde die Hand. »Schafft Jules fort. Wickelt ihn in Decken und legt ihn in den Eisraum. Seine Familie wünscht sich sicherlich ein ordentliches Begräbnis. Himmelherrgott«, murmelte er leise im Vorübergehen. »Lass mich bitte aus diesem Albtraum erwachen.«

Im Stillen stimmte ich ihm zu.

Kapitel 7

»Ihr habt ihn um *was* gebeten?« Cormacs Ton hätte kälter nicht sein können.

Ich fuhr mir mit beiden Händen durch die Haare. »Ich brauche Zeit! Was hätte ich denn sonst tun sollen? Mich wie eine Kriminelle behandeln und einsperren lassen? Das ist doch Schwachsinn!«

»Schwachsinn ist, dass Ihr glaubt, Ihr könnt es mit einem Dämon aufnehmen.«

»Ihr denkt also auch, dass Jules Opfer eines Dämons geworden ist?«

»Natürlich. Etwas anderes zu vermuten wäre dumm. Der Kapitän ist dumm. Er übersieht, in welcher Gefahr sich alle an Bord der *Adlerschwinge* befinden. Und Ihr seid ebenfalls dumm«, knurrte er. »Ihr werdet bei dieser Jagd eher Euer Leben lassen, als Ihr denken könnt.«

Ich bedachte Cormac mit einem bösen Blick. Ja, ich wusste, dass er recht hatte. Zu glauben, ich könnte es mit einem Dämon aufnehmen, wäre selbst für mich zu naiv gewesen.

Cormac saß auf der Bettkante und massierte sich die Handgelenke, die von den Fesseln blau angelaufen waren. Nachdem ich von der Unterredung mit Kapitän Menderz in meine Kabine zurückgekehrt war, war Cormacs Anblick beinahe eine Erleichterung gewesen. Ich hatte ihn wortlos von den Fesseln befreit und ihm über das Geschehene Bericht erstattet.

Doch eine Frage blieb in meinem Kopf. »Warum gerade jetzt?«, fragte ich fordernd. »Was ist der Zusammenhang? Es erscheint alles so verworren! Erst taucht Ihr auf, mit dem Mal auf der Brust, erzählt mir, das Loch nach Xadur stünde offen. Kurz darauf wird ein Mann seiner Seele beraubt, und aus seinen Wunden dringt schwarzes Blut.«

»Ihr rückt mich doch nicht wieder in den Fokus Eurer Hauptverdächtigen?«

Ich schüttelte den Kopf. »Nein. Mein Bauchgefühl sagt mir, dass ich Euch glauben kann.« Meine Hand beschrieb einen Bogen, als könnte ich mit dieser Geste meine Fragen und Zweifel einfangen. »Ich meinte, dass die Ereignisse zu abgestimmt sind. Mein ganzes Leben lang habe ich die Existenz von Dämonen nicht einmal in Erwägung gezogen. Und jetzt das.«

»Das ist die Realität. Findet Euch damit ab.«

Ich starrte Cormac mit offenem Mund an. Dann stieß ich ein ungläubiges Lachen aus. »Ich hatte eigentlich eine Erklärung erwartet. Was für ein Spiel spielt Ihr mit mir, Cormac? Was wisst Ihr wirklich?«

»Das Böse will bestehen bleiben, Rheanne, und es tut alles Erdenkliche, um zu überleben. So war und wird es immer sein. Mag die Menschlichkeit auch völlig verschwunden sein, die jeweiligen Triebe ermöglichen das Überleben. Das Ziel der Dämonen ist es, zu überleben. Wie wir. Der einzige Unterschied liegt darin, dass sie nach Seelen lechzen.«

»Das ist doch Irrsinn.« Ich rieb mit den Handflächen über meine Oberarme.

Cormac streckte den Rücken durch und brachte einige seiner Wirbel zum Knacken. »Erschreckt Euch die Vorstellung, dass etwas in dieser Welt existiert, was nicht mit dem rationalen Verstand erklärbar ist?«

»Natürlich! Was denkt Ihr denn? Bisher konnte ich mir alles erklären. Kriege, Naturkatastrophen, Maschinen. Leben entsteht durch die Natur, nicht durch Menschenhand. Ich will auch gar nicht die Fähigkeiten und Kräfte der Alchemisten anzweifeln! Gewiss sind sie interessante Genies.« Ich verzog das Gesicht. »Aber die Erschaffung einer seelenlosen Kreatur muss doch selbst für Eure Ohren lächerlich klingen.«

Cormac sah mich mit einer Abschätzigkeit an, die mir den Atem nahm. Ich fühlte mich klein, wertlos. Es war, als hätte ich ihn soeben auf das Tiefste beleidigt.

»Ihr verurteilt etwas, das Ihr nicht begreifen wollt. Und könnt«, erwiderte er kalt.

Ich stieß pfeifend die Luft aus. »So klärt mich endlich auf! Ihr seid es schließlich, der ein dämonisches Zeichen eingebrannt auf seiner Brust trägt, nicht ich.«

Cormac zuckte unter meinen Worten zusammen. Aber was blieb mir übrig? Ich wollte Antworten. Und zwar welche, die ich verstand und die nicht mit Absurdität getränkt waren.

»Also gut«, seufzte Cormac. »Ich werde Euch sagen, was Ihr wissen müsst. In den letzten Wochen und Monaten habe ich mich intensiv mit den Dämonen beschäftigt«, sagte er mit fester Stimme. »Ich habe Schriften studiert und Bücher gewälzt, nächtelang. Grund dafür war die Entdeckung der Tatsache, dass der Zugang nach Xadur offen steht. Ich sah es mit eigenen Augen.«

»Das sagtet Ihr bereits. Nur stellt sich mir eine Frage. Ihr studiert die Dämonen, entdeckt, dass der Zugang nicht länger versiegelt ist. Ihr begebt Euch auf dieses Schiff als blinder Passagier, und ein Mord ereignet sich. Es ist aber kein gewöhnlicher Mord, nein, Jules wurde seiner Seele beraubt. Es scheint, ein Dämon ist an Bord. Hier, fernab von Xadur.« Ich kniff die Augen zusammen und bohrte meinen Blick in den seinen. »Wenn es da keinen Zusammenhang gibt, bin ich die Königin von Astran! Was habt Ihr mit den Dämonen zu schaffen, verdammt?«

Er sollte mir nicht noch einmal ausweichen! Ich hatte von seinen Ausflüchten die Nase gestrichen voll. Ich wollte, ich *musste* die Wahrheit wissen. Aus seinem Mund.

»Kennt Ihr denn die Aufzeichnungen aus den Jahren der ersten Alchemisten, die die Dämonen erschufen?«

Ich schüttelte den Kopf. »Nein. Aber das beantwortet auch nicht meine Frage.«

»Es steht viel Wissenswertes darin. Zum Beispiel, wie man sie tötet. Oder ihnen Schaden zufügt.«

Ich schleuderte ihm bitterböse Blicke entgegen. »Kapitän Menderz' Kajüte ist nur einen Katzensprung entfernt«, drohte ich.

»Nun denn. Ich ergebe mich. Stellt mir eine Frage, die Euch besonders schwer auf dem Herzen lastet.«

»Ihr habt das offene Loch gesehen. Kamen Dämonen heraus? Habt Ihr Kontakt zu ihnen aufgenommen? Habt Ihr sie verfolgt, oder verfolgen sie Euch? Warum tragt Ihr dieses Mal?«

»Das ist mehr als eine Frage. Ich kann Euch nur sagen, dass das Loch offen ist und die Dämonen in die Aufgetauchte Welt eindringen können. Mehr Antworten bekommt Ihr nicht.«

Ich wollte aufbrausen, doch sein dunkler Blick brachte mich abrupt zum Schweigen. Er schien bis in mein tiefstes Inneres zu blicken. Ich errötete und senkte den Blick, fühlte mich plötzlich wie ein aufdringliches Schulmädchen, das gescholten wurde, und weniger wie eine Würdenträgerin Astrans, die im Namen Merideths die Wahrheit suchte.

Ich holte tief Luft und riss mich zusammen. Seufzend beobachtete ich Cormac, wie dieser sich an den Tisch setzte und sein Arsenal an Messern darauf ausbreitete. Er tat es mit einer Seelenruhe, als gehörte die Kabine ihm.

Er war ein merkwürdiger Mann, zweifelsohne. Trotz des kahl geschorenen Schädels war er attraktiv, auf markante Art und Weise sogar schön.

Ich ertappte mich dabei, wie ich ihn anstarrte, und riss den Blick von ihm los. Sein Mundwinkel zuckte verdächtig, als ob er meine Blicke gespürt hätte. Ärger wallte in mir auf. Dieser Mann trieb mich in den Wahnsinn!

Und doch vertraute ich ihm mehr als jedem anderen an Bord, und das, obwohl ich ihn noch nicht einmal einen Tag kannte. Müde strich ich mir eine Haarsträhne aus dem Gesicht. Es war zum Verrücktwerden, aber ich war auf seine Unterstützung angewiesen.

Ich verbannte das mulmige Gefühl aus der Magengegend, das da herrührte, dass ich nichts über seine Vergangenheit wusste, und schluckte meinen Stolz herunter.

»Ich brauche Eure Hilfe.«

Cormac hob noch nicht einmal den Kopf. Mit größter Sorgfalt widmete er sich seinen Messern und Dolchen, prüfte die Schärfe und ließ eines nach dem anderen in den Weiten seiner Kutte verschwinden.

»Hört Ihr mir überhaupt zu?«

»Selbstverständlich. Eure Bitte um Hilfe beinhaltete die Forderung, dass ich den Dämon für Euch finde und eliminiere, denn Ihr seid dazu nicht in der Lage.«

»Eigentlich wollte ich Euch bitten, mir beizubringen, wie man diese Kreaturen erkennt und bezwingt«, gab ich zur Antwort.

Nun sah er mich überrascht an. »Ihr wollt kämpfen?«

»Ich bin eine Ritterin. Der Umgang mit Waffen und der Kampf sind mir vertraut. Meine Ausbildung war hart und anstrengend. Ich trage meinen Rang nicht grundlos. Zeigt mir, wie man einen Dämon tötet. Ihr sagtet, Ihr hättet darüber gelesen.«

»Ihr seid eine bemerkenswerte Frau, Rheanne«, meinte Cormac belustigt. An seinen Augenwinkeln bildeten sich kleine Lachfalten.

»Spart Euch Eure Komplimente, wenn Ihr Eure Worte doch nicht ernst meint«, entgegnete ich, fest entschlossen, dem Bösen gegenüberzutreten. Wenn das meine neue Pflicht sein sollte, wollte ich wenigstens das Beste daraus machen. Denn dies war der Kodex, an den ich mich zu halten hatte:

Alles, was ihr tut, das tut nach bestem Wissen im Namen des astranischen Adlers.

»Ihr meint es tatsächlich ernst«, stellte Cormac nach einer Weile fest. Er schien verwundert, als hätte er mit meiner Entscheidung nicht gerechnet. »Euer Entschluss beeindruckt mich wirklich. Die meisten hätten auf der Stelle kehrtgemacht, sobald es um Dämonen geht. Und Ihr wollt gegen sie in die Schlacht ziehen.«

»Einer reicht mir fürs Erste.«

»Fürwahr. Ein einziger Dämon richtet schon erheblichen Schaden an.« Er erhob sich vom Stuhl, kam geradewegs auf mich zu und legte den Kopf schief. Dann tippte er mit dem Zeigefinger gegen meine Stirn. »Das Problem ist nur – Dämonen sind nahezu unbesiegbar. Mit einem Schwert könnt Ihr absolut nichts gegen die Kreaturen der Verdammnis ausrichten. Sie würden Euch auslachen, bevor sie Euch zerquetschen.«

Mir war, als würde Cormac den Boden unter meinen Füßen fortreißen und ich in bodenlose Leere fallen.

»Außer Ihr nehmt das hier.« Grinsend reichte er mir einen kurzen Dolch, der in einer einfachen ledernen Scheide steckte.

»Ich habe weder die Zeit noch die Geduld für Eure makabren Scherze«, fauchte ich ihn an. Der Schreck saß mir immer noch in den Gliedern.

»Ihr wolltet meine Hilfe. Und hier stehe ich und helfe Euch.«

»Eure Güte kennt wahrlich keine Grenzen.«

Cormac zog eine Augenbraue in die Höhe. »Ihr verschwendet kostbare Zeit mit Eurem Spott. Die frühen Morgenstunden sind schon lange verstrichen, und die Sonne wandert immer weiter gen Westen.«

»Ich weiß.« Grob riss ich ihm den kleinen Dolch aus der Hand. Er musste mich nicht an das Ultimatum erinnern. Nur noch etwas mehr als ein halber Tag stand zwischen mir und Kapitän Menderz' Entschluss, alle Passagiere in Gewahrsam zu nehmen.

Ich zog den Dolch einige Zentimeter aus der ledernen Scheide. Er glitt geschmeidig aus der schützenden Hülle. Das Klingenblatt glänzte im Kerzenschein. Cormac hatte ihn gut gepflegt. Ich roch den schwachen Duft von Polierfett. Verwundert stellte ich fest, dass der Dolch ohne jegliche Besonderheit war. Es handelte sich um eine schmucklose Handwaffe, wie sie normale Leute trugen. Und damit sollte es möglich sein, einem Dämon den tödlichen Stich zu versetzen? Warum nicht mit meinem eigenen Schwert?

»Dämonen«, erklärte Cormac, »scheuen den offenen, ehrbaren Zweikampf. Sie sind hinterhältige Meuchler, die dann zuschlagen, wenn Ihr ihnen den Rücken zukehrt oder Euch in Sicherheit wiegt. Die erste Lektion, die ich Euch beibringen werde, ist das Aufrechterhalten Eurer Wachsamkeit. Ihr müsst zu jeder Sekunde bereit sein, Euch zu verteidigen.«

Just in diesem Moment stürzte er zum Bett, nahm eines der Kissen und warf es mir zu. Verdutzt fing ich es. Zu spät fühlte ich das Ende von Cormacs Holzstab, der sich unter mein Kinn bohrte.

»Eins zu null für den Dämon.«

Ich schmetterte das Kissen auf den Boden. »Ich habe auf Eure erklärenden Worte gewartet!«

»Erklärungen sind theoretischer Bockmist. Ihr lernt schneller, wenn Ihr das Beigebrachte sogleich umsetzen müsst«, antwortete er ohne jegliches Mitleid. Er senkte den Stab und lehnte ihn schließlich an die Wand.

»Und das wisst Ihr alles aus alten Büchern?«

»Einmal das, und ich hatte jemanden, mit dem ich tagtäglich Kämpfe austrug.« Er sagte das, als wären sein Können und Wissen eine Selbstverständlichkeit. »Das Verhalten von Dämonen ist unterschiedlich stark ausgeprägt«, fuhr er fort und begann, in der Kabine auf und ab zu gehen. »Der Großteil von ihnen folgt dem Trieb, zu fressen und so viele menschliche Seelen zu bekommen wie möglich. Doch diejenigen, die wirklich gefährlich sind, sind diejenigen, die ihren Verstand zu gebrauchen wissen. Sie fressen nicht nur die Seelen der Menschen, sie können auch von ihnen Besitz ergreifen. Diese Art wurde von den Alchemisten ›Puppenspieler‹ getauft, denn sie beherrschen es hervorragend, sich für jemand anderen auszugeben. Damals, bevor die Alchemisten die Dämonen in das Loch warfen, gab es nur wenige dieser Art. Sie vernichten ihr Opfer auf perfidere Art und Weise als die niederen Dämonen. Sie sind so menschlich, dass man ihnen vertraut. Man ahnt nicht, was sie wirklich sind.« Cormac war hinter mir stehen geblieben, und ich wandte mich ihm zu. Ich spürte seinen warmen Atem auf meinem Hals. »Puppenspieler verkörpern oft den Wunschtraum ihrer Opfer … Deswegen fällt es ihnen auch so leicht, deren Vertrauen zu erlangen.« Ich hielt unwillkürlich den Atem an, als er einen Schritt auf mich zukam und wir nur noch wenige Zentimeter voneinander getrennt waren. »Das scheinbar Perfekte an den Puppenspielern macht sie zu einem willkommenen Freund. Man weiht sie in die tiefsten Geheimnisse der Seele ein, und ihr Hunger wird größer und größer. Und der Wille des Opfers kleiner und kleiner.« Er umfasste meine Schultern und zog mich näher zu sich heran. Mit weit geöffneten Augen ließ ich es geschehen. »Und je mehr die Menschen sich in Sicherheit wiegen, desto fester ist die Umklammerung des Dämons geworden. Aber bedenkt eines«, vernahm ich seine raue Stimme dicht an meinem Ohr, »auch diese Dämonen wollen nichts weiter als Eure Seele. Sie lieben es nur, vorher damit zu spielen.«

Ich schauderte, als Cormac einen Arm um meine Hüfte schlang und mich mit starkem Griff an sich presste. Fast wäre ich dazu verleitet gewesen, den Kopf auf seine Schulter zu legen und für einen Moment die Augen zu schließen, der Müdigkeit und der wohligen Wärme nachzugeben.

Dann spürte ich die kalte Klinge an meiner Niere. Eine eisige Angst griff nach meinen Eingeweiden. Als ich den Blick hob, sah ich geradewegs in Cormacs spöttisches Grinsen.

»Zwei zu null für den Dämon.«

Ich fühlte, wie eine beschämende Röte meine Wangen durchzog. Hastig trat ich einige Schritte zurück.

»Was habe ich Euch zuvor erklärt, Rheanne? Wachsam und immer auf der Hut zu sein.« Cormac schlenderte zum Bett und ließ sich darauf fallen. »Was wurde Euch auf der Akademie nur beigebracht?«

»Eine Menge!«, fauchte ich ihn wütend an. Die Situation war mir sehr unangenehm. »Ihr verkennt mein Potenzial. Ich bin müde und habe Euretwegen die ganze Nacht kein Auge zugetan.«

»Diese Entschuldigung kann ich als solche nicht akzeptieren.«

»Gut. Gut! Dann sagt mir wenigstens, wie ich mit diesem lächerlichen Zahnstocher eine Ausgeburt der Hölle bezwingen kann.« Ich deutete aufgebracht auf den Dolch.

»Mit dieser Einstellung überhaupt nicht.«

»Was erwartet Ihr von mir? Dass ich Euch auf Knien anflehe?«

»Das wäre zumindest ein Anfang.«

»Zur Hölle mit Euch, Cormac«, zischte ich mit kalter Stimme. Tränen der Wut brannten in meinen Augen.

»Wo wollt Ihr hin?« Cormac hatte sich erhoben und sah mich unschlüssig an.

»Das geht Euch einen Dreck an!«

Mit heißen Wangen stürzte ich zu der Tür, öffnete sie und floh aus meiner Kabine.

Kapitel 8

Wie automatisch trugen meine Beine mich zur Messe der *Adlerschwinge*. Hunger und Müdigkeit hatten meinen Körper geschwächt und in eine mehr schlecht als recht funktionierende Maschine verwandelt.

Verärgert wischte ich mir mit dem Handrücken über die Augen. Ich hätte wirklich beinahe angefangen zu heulen. Mir diese Blöße vor Cormac zu geben hätte ich jedoch im Leben nicht ertragen können. Ich wusste schon jetzt, wie seine Reaktion darauf ausgefallen wäre. Eine spöttische Bemerkung, ein wissender Blick, wie schwach ich doch war. Seit unserer Begegnung schwand mein Selbstvertrauen mehr und mehr, und ich suchte tief im Inneren nach dem Grund dafür. Er hatte mich durchschaut. Er konnte mir bis auf die Seele blicken, als wäre ich ein offenes Buch. Wie machte er das? Ich fand keine Erklärung. Cormac wusste zu gut, wie er mich als Trottel dastehen lassen konnte. Ich schnaubte aufgebracht. Wie eine Närrin hatte ich mich aufgeführt! Ich warf mich in die Umarmung eines Mannes, den ich erst seit wenigen Stunden kannte, und hatte die Kontrolle über meine geschulten Reflexe vollends verloren.

Frustriert schüttelte ich den Kopf. Irgendetwas stimmte

nicht mit mir. Dieser Auftrag, diese Reise … Seit wir aufgebrochen waren, spielte mein Verstand mir Streiche.

Und ich sollte an Bord der Fregatte einen Dämon finden? Ich, die ich noch nicht einmal Cormacs Lektion bestanden hatte? Die ich der Situation in meiner Kabine entflohen war?

Erneute Röte färbte meine Wangen. Ich schämte mich für meine eigene Torheit. Ich war selbst daran schuld – ich bot Cormac Dutzende Gelegenheiten, sein Bild von mir zu bestätigen: eine verunsicherte und aufbrausende Ritterin, die nicht mit Kritik umzugehen wusste. Weit entfernt von einer stolzen Kämpferin.

Die Reise nach Esteban würde wahrlich lang und trostlos werden.

Seufzend trat ich in die Messe. Sogleich wandten sich mir fragende Blicke und fremde, teils verängstigte Gesichter zu. Ein weiteres Seufzen kam über meine Lippen, als ich den Tatsachen ins Auge blicken musste. Jules' Mord war allem Anschein nach nicht geheim gehalten worden.

Ich schleppte mich zur Essensausgabe. Die Auswahl fiel außerordentlich mager aus: Ich konnte mich zwischen Kräcker und Trockenobst entscheiden. Die nächste warme Mahlzeit gab es erst zur Mittagszeit.

»He da, Elda, setzt Euch doch zu uns!«

Meine Augen schwenkten zu der Hand, die aufgeregt in der Luft wedelte. Sie gehörte zu einem dickbäuchigen Kaufmann in teuren Gewändern und einer für meinen Geschmack zu engen Strumpfhose, die an männlichen Beinen sowieso lächerlich aussah. Auf seinem Kopf thronte ein mit Federn bestückter Hut; sein speckiger Nacken und Hals – soweit man diesen unter dem Doppelkinn ausmachen konnte – waren mit allerlei Goldketten geschmückt.

Ich ahnte Schlimmes. Die astranische Elite war nicht minder anstrengend, und eine angenehme, sinnvolle Konversation konnte man mit ihnen so gut wie gar nicht führen. Meistens drehte sich das Gespräch um Kostenvoranschläge, Warenumschlagplätze und Geld. Es ging eigentlich immer nur ums Geld.

Neben dem beleibten Kaufmann saßen weitere Händler, einer bunter als der andere. Ganz am Ende der Tafel hockte der Zwerg und starrte in den mittlerweile leeren Humpen, als lägen auf dem Boden all die Antworten zu seinen Fragen.

Es war letztendlich die Neugier, die mich an den Tisch der Kaufleute trieb. Die Gelegenheit, ein paar Worte mit dem Zwerg zu wechseln, wollte ich mir nicht entgehen lassen. Vielleicht brachten die Gespräche ja meine eigenen Ermittlungen voran.

»Verehrte Elder«, sagte ich und nickte höflich in die Runde.

»Nehmt doch Platz«, rief der Dickwanst munter und stieß seinem Sitznachbarn unsanft den Ellenbogen in die Seite, damit dieser rutschte. »Hier. Genau, so ist's recht!« Er klopfte breit grinsend auf den freien Platz.

Ich fühlte mich wie ein Lamm, das von einem Rudel Wölfe belagert wurde. Lächelnd richtete ich meinen Umhang so, dass das Heft des Schwertes und des Dolchs von Cormac für alle gut sichtbar waren.

»Welch eine Ehre wird uns mit Eurer Anwesenheit zuteil, Elda Ritterin«, sagte der Händler.

Reihum nickten die Köpfe.

»Und welche Ehre, an dem Tisch der erfolgreichsten Händler Astrans zu sitzen«, gab ich zurück. Das war gelogen. Die wirklich reichen Kaufleute besaßen ihre eigene Handelsflotte.

»Ihr schmeichelt uns, Elda.« Der Kaufmann sonnte sich sichtlich in dem Kompliment. »Mein Name ist Edvard Herstor, und das dort sind die Elder Gierd, Brunheld, Lahstrom, Wolm und Lemae. Und natürlich unser nordischer Freund … ich glaube, sein Name lautet Porrinpopo oder so ähnlich.« Edvard lachte gackernd. »Ich verstehe ihn nur undeutlich.«

Ich musterte den Zwerg. Das lange rotblonde Haar hatte er zu einem lockeren Zopf gebunden. Ein ebenso langer, zweigeteilter Bart, der ihm bis zur Brust reichte, war an einzelnen Stellen sorgfältig geflochten und mit bernsteinernen und silbernen Ringen versehen. Er hielt die Lider gesenkt, als wollte er keine Aufmerksamkeit auf sich ziehen.

»Ihr braucht ihm nicht Eure kostbare Zeit zu schenken, Elda. Er versteht die astranische Mundart kaum, bis auf einige banale Floskeln wie ›guten Tag‹. Glaubt mir, wir haben schon versucht, uns mit ihm zu unterhalten! Ihr könnt über seine Mutter schimpfen und scherzen – er nickt nur höflich!« Edvard schlug sich auf seine prallen Schenkel. »Ist das die Möglichkeit? Jeder andere wäre aufgesprungen und hätte mir die Nase blutig geschlagen. Und der da nickt und lächelt dabei auch noch!«

»Euer Benehmen dem Zwerg gegenüber ist ekelerregend«, erwiderte ich eisig. »Ihr solltet Euch schämen, in Eurem Alter dergleichen noch lustig zu finden.«

Ich spürte Edvards starrenden Blick in meiner Seite. Dann erzitterte seine Wampe, als er zu lachen begann.

»Ach, kommt schon! Seid doch nicht so prüde! Als ob Ihr Euch die lange Reise nicht auch etwas versüßen wollt.«

»Mag sein, doch nicht auf Kosten anderer.«

»Sie ist eine Ritterin, Ed«, warnte Brunheld. »Du solltest es dir nicht mit ihr verderben.«

»Recht hast du. Wo sie doch die einzige Frau an Bord ist.«

»Die Frau, die Euch die Hände abhacken darf, wenn Ihr mir zu nahe rückt. Und zwar ohne vom Tribunal zur Rechenschaft gezogen zu werden«, erwiderte ich leichtfertig.

»Genug«, brummte ein anderer Händler, der den Namen Lemae trug. Er nickte zu Edvard und Brunheld. »Ihr benehmt Euch wie die Affen im Zirkus.«

»Das sehe ich auch so«, bestätigte Lahstrom. »Sie ist womöglich die Einzige, die weiß, was an Bord dieses verfluchten Schiffes vor sich geht.«

Nahezu gleichzeitig wandten sich alle Köpfe in meine Richtung.

Ich zerbrach einen Kräcker und schob mir zwei Stücke in den Mund. Langsam kauend blickte ich in die Runde, sah die Neugier und zum Teil ängstliche Erwartung in den Gesichtern der Händler.

Sogar der Zwerg sah gespannt zu mir, und zum ersten Mal keimte der Verdacht in mir auf, dass dieser nordische Mann sehr wohl die astranische Mundart beherrschte.

Ich lächelte wissend. Diese geldgierigen alten Männer waren einfach zu dumm.

»Es herrscht eine Stimmung an Bord, als stünde das Schiff unter Hades' Todesfluch«, fuhr Lahstrom fort.

Einige der Händler murmelten ihre Zustimmung.

»Gerüchten zufolge gab es einen Toten«, sagte Lemae.

»Einen Toten!«, krähte Edvard und fasste sich an die Brust. Seine Goldketten klimperten. »Er soll eine mysteriöse Krankheit gehabt haben, die ihm alles Blut aus den Adern gezogen hat. Vollkommen ausgetrocknet soll er sein, nur noch ein von Hautfetzen überspanntes Gerippe!«

Unruhiges Fußscharren erklang.

»Wir sind unseres Lebens nicht mehr sicher!«, sprach er plärrend weiter. »Es heißt, ein jeder von uns könnte daran erkranken. Widerliche Parasiten, die einem unter die Haut kriechen und dort ihr fürchterliches Werk beginnen. Sie nagen sich vor bis in die Tiefen des Gehirns und verschlingen deinen Verstand.«

»Und der Kapitän hält es nicht für nötig, uns persönlich darüber in Kenntnis zu setzen«, fuhr Brunheld auf.

Aufgebrachtes Kopfschütteln. Ich traute meinen Ohren kaum.

»Ich werde keine Minute länger mehr auf diesem Schiff reisen«, hetzte Edvard. »Nicht, bevor ich die Wahrheit erfahren habe!«

»Elda Ritterin, Ihr wisst doch sicherlich über den Vorfall Bescheid? Sagt uns, was dem armen Matrosen widerfahren ist.«

Wieder wandten sich mir alle Köpfe zu. Ich bezweifelte, dass die Wahrheit die Männer beruhigt hätte. Vielmehr hätte ich ihren lächerlichen Tratsch nur angeheizt.

»Ich weiß nicht mehr als Ihr, verehrte Elder. Ich vernahm jedoch ebenfalls Gerüchte über einen Toten an Bord.«

Lemae kniff die Augen zusammen. »War es ein Unfall, eine

Krankheit, Selbstmord oder gar Mord? Diese Frage müsste zuerst geklärt werden.«

»Einen Selbstmord schließe ich aus«, erwiderte Wolm. »Er hätte sich doch einfach in die Fluten stürzen können. Die See raubt einem Mann schnell das Leben.«

»Welch tragisches Ende …«

»Dabei hörte ich, dass der Mann Familie hatte.«

Lemae nickte zustimmend. »Ihr habt recht, Brunheld. Weib und Kinder überlässt man nicht dem bitteren Schicksal. Er wäre ein Feigling. Und bislang habe ich Seemänner immer als tapfer empfunden.«

»Wenn es aber ein Mord gewesen wäre, stünden wir im Kreis der Verdächtigen«, sagte Gierd leise.

»Wir alle«, bekräftigte ich seine Worte.

»Selbst Ihr als Ritterin? Ihr seid eine Hüterin des astranischen Gesetzes – Euch zu verdächtigen wäre absurd!«

»Nein, es wäre schlau«, entgegnete Lemae gelangweilt. Mit der Rechten zwirbelte er seinen Spitzbart. Er schien der Einzige am Tisch zu sein, der so etwas wie Verstand besaß. Sein schmaler Kopf schwang in meine Richtung. »Ihr seid mit Abstand die beste Schwertfechterin an Bord. Wir Händler und Kaufleute kämpfen lieber mit Waagschale und Gold als mit Stahl und Bogen. Von daher schließe ich aus, dass einer von uns die Tat begangen hat. Ihr jedoch, Elda Ritterin, kennt Euch mit dem Töten aus.«

Verfluchtes Schwein, dachte ich. Mein Mund öffnete und schloss sich sogleich wieder. Über Lemaes schmale Lippen huschte ein Lächeln.

»Ich töte ausschließlich Mörder und Diebe«, antwortete

ich ihm so ruhig, wie ich es vermochte. »Und zwar im Namen des astranischen Adlers. Einen Unschuldigen zu töten widerspricht meinem Ehrenkodex.«

»Es ist nur ein Gebot. Eine Richtlinie. Sie zu brechen wäre lächerlich einfach – und Menschen lieben es, Regeln zu brechen.«

Am Tisch war es unheimlich still. Selbst Edvard starrte Lemae und mich mit offenem Mund an.

Und für diesen Mann legte ich meine Hand ins Feuer? Lemae war ein undankbarer Mistkerl oder aber ein gewiefter Dämon, der alle an Bord gegen mich aufhetzen wollte.

»Eure Anschuldigungen sind haltlos. Sie besitzen weder Hand noch Fuß, und das astranische Tribunal würde Euch aufgrund der fehlenden Beweislage auslachen.«

»Ist es nicht verdächtig, dass eine Ritterin alleine reist?« Lemae tat so, als hätte er mich nicht gehört, und richtete sich auf. Seine Worte wurden mit nachdenklichem Kopfnicken belohnt. Ich spürte, wie mein Puls vor aufwallender Wut schneller wurde.

»Woher wollen wir wissen, dass Ihr wirklich eine Gesandte des astranischen Adlers seid? Habt Ihr ein Dokument, das Euch als solche ausweist? Ihr könnt uns einen Bären aufbinden und seid in Wahrheit eine skrupellose Mörderin. Und deshalb, verehrte Elder«, rief er und deutete mit dem Zeigefinger auf mich, »halte ich es für angebracht, den Kapitän dieses Schiffes über diese Möglichkeit in Kenntnis zu setzen. Er soll uns den Beweis geben, dass Ihr eine Ritterin der Ersten Präsenz seid.«

Ich erstarrte. Lemae würde mit seiner Anschuldigung

Menderz in die Hände spielen – und ich wäre machtlos, den Dämon an Bord der Fregatte zu finden.

Ich besaß nichts, was meinen Auftrag bestätigte. Die Botschaft, die mir der Kurier vor einigen Tagen gebracht und die mich zu Großmeister Tondberd geführt hatte, war im Feuer gelandet. Und Tondberds Worte, die meine Mission beschrieben, konnte ich kaum vor Lemae wiedergeben.

»Ich schließe mich dem an«, sagte Lahstrom.

Lemae nickte eifrig.

»Ich werde den Kapitän rufen lassen«, rief Edvard, und seine Stimme brannte in meinen Ohren.

»Ihr begeht einen Fehler, Elder«, sagte ich und zwang mich selbst zur Ruhe. »Ihr nehmt mir die Möglichkeit, den Mörder des Matrosen zu finden. Er befindet sich zweifelsohne an Bord der *Adlerschwinge*.«

»Ihr gebt also zu, dass der Seemann ermordet wurde«, fuhr Wolm auf.

Alle Blicke waren auf mich gerichtet. Mein Herzschlag setzte für einen Moment aus, als ich mir meines Fehlers bewusst wurde. Was hatte ich nur getan …

»Ha! Was habe ich Euch gesagt, verehrte Elder!« Lemaes Spitzbart zitterte vor Erregung. »Diese Frau hier …«

»… ist eine Ritterin des astranischen Adlers und unterliegt mit Herz und Seele dem Befehl der Ersten Präsenz Merideth, unserer Regentin.«

Lemae verstummte abrupt. Die Augen der Anwesenden richteten sich auf Cormac, der sich lautlos der Tafel genähert hatte. Ein Dutzend Steine fielen von meinen Schultern.

»Und wer seid Ihr?« Lemae klang unsicher.

»Ein aufrichtiger Diener Cherons, des Rechtschaffenen.«

Eine schwere Hand legte sich auf meine Schulter und drückte sie kurz. »Elda Rheanne? Dürfte ich Euch einen Augenblick unter vier Augen sprechen?«

»Moment!« Edvard sprang auf, und seine Wampe stieß bebend gegen die Tischkante. »Sie ist keine …«

»Keine was?«, unterbrach Cormac ihn mit eiskaltem Blick, dass Edvard sichtlich darunter schrumpfte. »Hat einer der Elder noch etwas zu sagen?«

Betretenes Schweigen war die Antwort. Ich hätte am liebsten hysterisch aufgelacht.

Der Druck auf meiner Schulter wurde stärker. »Ritterin Rheanne, folgt mir bitte.« Seine Stimme duldete keinen Widerstand. Gehorsam erhob ich mich und deutete in Richtung der Händler ein Kopfnicken an.

»Habt Ihr den Verstand verloren? Ihr seid doch gar kein Priester und zudem noch nicht einmal ein Passagier!«, zischte ich, als wir außer Hörweite waren.

»Das interessiert die doch nicht.«

»Und warum habt Ihr die Kabine verlassen? Die Männer werden sich an Euer Gesicht erinnern.«

»Na und?«

Ich sog hörbar die Luft ein. Als wir uns im Gang befanden, schüttelte ich seine Hand ab, die zuvor eisern meinen Ellenbogen umklammert hatte.

»Was soll das heißen – na und? Ihr seid völlig verrückt!«, fuhr ich ihn wütend an.

»Ein wenig mehr Dankbarkeit wäre angebracht. Ich habe

Euch gerade aus einem Haufen toll gewordener Männer gerettet.«

»Was ich mit Sicherheit auch alleine geschafft hätte.«

Cormac zog wortlos eine Augenbraue in die Höhe.

»Schön – Ihr wart mir eine große Hilfe. Ist das besser?«

»Fast. Wenn Ihr Euch den Sarkasmus spart.«

Ich stemmte immer noch aufgebracht die Hände in die Hüften und funkelte ihn an. »Denkt bloß nicht, dass ich jetzt auf die Knie gehen werde und voller Ehrfurcht zu Euch aufblicke.«

»Nein … Ihr würdet zweifelsohne lächerlich dabei aussehen. Aber Ihr solltet zumindest Respekt vor Eurem Lehrmeister haben.«

»Lehrmeister?« Mir verschlug es fast die Sprache.

»Ich dachte, es wäre an der Zeit, die Regeln neu aufzustellen. Da Ihr vorhin voller Frustration geflohen seid, halte ich es für angebracht, eine klar definierte Hierarchie zu erstellen. Ihr seid meine Schülerin, und ich bin Euer Lehrer«, erwiderte Cormac und grinste.

»Ist das Euer Ernst?«

»Natürlich.« Immer noch lag das Grinsen auf seinen Lippen. »Und das hier«, er wedelte mit dem Dolch direkt vor meiner Nase, »bekommt Ihr erst, wenn ich es für richtig halte.«

Ich hatte nicht einmal mitbekommen, wann er ihn aus meinem Waffengürtel gezogen hatte, und stöhnte frustriert auf. »Ihr seid ein Scheusal, Cormac.«

»*Meister* Cormac«, korrigierte er mich und überhörte gewissenhaft mein Schnauben. »Und nun folgt mir. Während

Eurer … Konversation mit den kaufmännischen Dilettanten habe ich ebenfalls Nachforschungen betrieben. Kommt mit.«

Und ich, die Schülerin meines neuen, gefühllosen Lehrers, tat, was er verlangte.

Kapitel 9

Kurze Zeit später erreichten wir das Mannschaftsquartier. Mein Blick fiel auf die Planken, die an der Stelle, wo Jules gestorben war, noch immer dunkel verfärbt waren. Es war ein großer Fleck, und ich vermutete, dass entweder Román oder einer der Matrosen versucht hatte, die Planken vom Blut zu säubern.

Die Bilder des sich krümmenden Jules' flammten in meinem Kopf auf, und ich schloss kurz die Augen.

Als ich sie wieder öffnete, sah ich auf Timotheus' breite Brust. Durch meine Gedanken geisterte die Frage, wie, bei allen Göttern, Cormac es geschafft hatte, dem hünenhaften Quartiermeister verständlich zu machen, warum er sich ohne einen Passagierschein an Bord der *Adlerschwinge* befand.

»Elda Ritterin«, begrüßte mich Timotheus. »Habt Ihr die Goldkronen dabei?«

Ich starrte ihn irritiert an. Einer bösen Ahnung folgend, schwenkte mein Blick zu Cormac, der mir ein entwaffnendes Lächeln schenkte.

»Verzeiht, in der Eile vergaß ich die Börse«, stotterte ich mit hochrotem Kopf. »Cormac berichtete mir, dass er mir etwas zeigen wollte, und meine Gedanken waren einzig und allein darauf fixiert.«

Timotheus kaute auf seinem Zahnstocher. »Ich werde darüber hinwegsehen, weil Ihr dabei helft, Jules' Mörder zu fassen. An einem anderen Tag hätte ich Euch für Euer Versäumnis, Euren Gefährten nicht gleich für die Überfahrt anzumelden, in der nächsten Stadt des Schiffes verwiesen.« Er wischte sich mit dem Handrücken über die Nase. »Seht zu, dass dies nicht noch einmal geschieht. Euch als Ritterin steht eine solche Unzuverlässigkeit nicht gut.«

Wenn meine Augen Blitze sprühen konnten, dann taten sie es in diesem Moment. Ich straffte die Schultern. »Natürlich. Es wird nicht wieder vorkommen.«

»Das will ich auch gehofft haben«, knurrte Timotheus, doch seine Miene wurde sanfter. »Der Priester muss in Eurer Kabine nächtigen.«

Meine Alarmglocken begannen zu läuten. »Aber warum? Es wird doch nicht alles belegt sein? Die *Adlerschwinge* bietet Platz und Raum für viele Gäste.«

»Leider ist kein Bett in dieser Klasse mehr frei. Es gibt noch einige Doppelzimmer und Kabinen für adlige Passagiere. Doch die kann ich Euch nicht anbieten. Er war nicht angemeldet und darum nicht eingeplant. Ihr werdet Euch damit arrangieren müssen – er ist ein Priester, bei Mirane.« Sein Blick schweifte zu der dunklen Stelle am Boden. »Ich will, dass dieser verfluchte Dämon gefasst wird, der Jules das angetan hat.«

»Das will ich auch«, sagte ich und wünschte Cormac im selben Moment die Pest an den Hals.

»Dann wäre das ja geklärt.«

»Eure Weitsicht und Euer Vertrauen machen Euch zu einem rechtschaffenen Mann«, meinte Cormac und legte ihm eine Hand auf die Schulter. »Cheron wird Euch reichlich belohnen.«

Ich hatte ihn noch nie so höflich erlebt.

Timotheus starrte ihn mit ausdrucksloser Miene an. »Das ist mir herzlich egal. Hab mir aus Cheron nie viel gemacht. Er ist nicht mein Gott. Wäre er gerecht, so hätte er nicht zugelassen, dass ein Dämon Jules' Seele frisst wie ein Kind Süßigkeiten.«

Ich nickte zustimmend. Ja und amen, endlich jemand, der nicht wie ein treudoofes Schaf dem sogenannten Willen der Götter nacheiferte, sondern dem Glauben kritisch gegenüberstand.

Ich wandte mich zu Timotheus. »Wem gehören die Handelsschiffe, die sich der *Adlerschwinge* angeschlossen haben?«

»Die *Lotusblüte* ist Eigentum des Kaufmanns Klerens Bruk aus Heptagon. Das zweite Schiff ist die *Stromwinde*, ebenfalls im Besitz eines Kaufmanns, dessen Name nicht ganz so geläufig ist. Jerend Wilson heißt er, ein astranischer Staatsbürger, dessen Wurzeln jedoch im nördlichsten Teil Genzabars liegen. Seine Mutter stammt von dort.«

»Ihr habt die Männer überprüft?«

»Selbstverständlich. Kapitän Menderz ist sehr penibel und gewissenhaft. Unter keinen Umständen eskortiert die *Adlerschwinge* Schiffe von Männern, die in kriminelle Machenschaften verwickelt sind. Immerhin repräsentiert diese Handelsfregatte das astranische Imperium.«

»Klingt logisch.«

»Und beide Schiffe folgen der *Adlerschwinge* nach Esteban?«, wollte Cormac wissen.

Timotheus schüttelte den Kopf. »Die *Stromwinde* kehrt in ihren Heimathafen zurück. Sie liegt nicht allzu tief im Wasser, ein Gefährt, das sowohl see- als auch flusstauglich ist. Jerend Wilson verlässt den Konvoi, sobald wir das Flussdelta nahe der Stadt Renza erreicht haben, und fährt flussaufwärts weiter nach Jibril.«

»Ihr seid gut unterrichtet.«

Der Quartiermeister zuckte mit den Schultern. »Das ist meine Aufgabe.«

»Habt Ihr eine Meldung erhalten, dass sich an Bord der beiden Handelsschiffe etwas Ähnliches wie auf der *Adlerschwinge* ereignet hat?«, fragte ich.

»Nein, Elda Ritterin.«

Ich runzelte die Stirn und dachte verbissen nach. Der Mörder war noch immer an Bord. Und trotzdem sagte mir mein Bauchgefühl, dass es kaum möglich sein würde, das Scheusal der Verdammnis zu finden.

»Ich sprach mit den Männern, die gestern Dienst hatten«, erklärte Cormac. »Zur Nachtschicht werden die Luken zum Unterdeck geschlossen gehalten. Laut deren Aussagen ist keiner der Passagiere nachts auf dem Oberdeck gewesen. Kurz vor Mitternacht hat der Kapitän seinen regelmäßigen Kontrollgang gemacht und verschwand dann wieder in seiner Kajüte. Doch er war noch nicht einmal in der Nähe von Jules … der saß nämlich im Krähennest.«

»Dann muss es einer der Matrosen gewesen sein«, mutmaßte ich. Ich wandte mich an Timotheus. »Wie viele hatten in jener Nacht Dienst?«

»Es müssten an die vierzig Mann gewesen sein. Aber das

steht alles in den Protokollen und im Dienstplan. Wenn eine Schicht beendet ist, loche ich die Karte, unterzeichne sie und lasse sie zu Kapitän Menderz bringen, der sie wiederum in seinem Tresor verschließt.«

Ich seufzte. »Vermutlich steht es uns nicht zu, das Logbuch und die Dienstpläne einzusehen.«

»Das ist richtig.«

Für einen kurzen Moment herrschte Schweigen.

»Elder Timotheus … seid Ihr ein ehrenhafter Mann?«

Timotheus schob den Zahnstocher mit der Zunge auf die andere Seite. Die Antwort kam prompt: »Sicher, bei Miranes Licht, das bin ich.«

»Und Köpfchen habt Ihr auch«, fuhr Cormac fort. »Als Quartiermeister seid Ihr sicherlich besser informiert als der Kapitän selbst. Die Männer vertrauen Euch. Sie kennen Euch. Und Ihr kennt sie.«

»Was wollt Ihr damit sagen?«

»Ich möchte jeden einzelnen der Matrosen befragen. Und mit jeden meine ich auch jeden.«

Der bullige Mann nickte. »Sagt das doch gleich, Mann. Die meisten von ihnen schlafen gerade. Haben endlich ein Auge zubekommen.«

»Ich werde jetzt gleich mit ihnen reden müssen.«

»Aber sie schlafen! Hatten eine harte Nacht. Eine verdammt harte Nacht. Ich werde sie nicht aufwecken.«

»Und mir steht ein verdammt harter Kampf mit einem Dämon bevor.«

Timotheus und Cormac maßen sich wie zwei streitlustige Hähne. Dann wich der hünenhafte Mann einen Schritt zurück und spuckte treffsicher seinen Kautabak in eine bereitstehende Schale.

»Redet mit Jeffrey. Er hatte in der Nacht Dienst und weiß über alles Bescheid. Aber seht zu, dass er Euch kein Ohr abkaut.«

Wir fanden Jeffrey in der Messe.

Der saalähnliche Raum war wie ausgestorben. Nur der Zwerg saß noch immer an dem Tisch, an dem am Abend zuvor die astranischen Händler gesessen hatten. Ab und an hob er den blechernen Humpen an seine Lippen.

Der Duft von Abwaschwasser hing in der Luft und paarte sich mit dem Geruch von Schweiß und nassen Füßen. Jeffrey hatte uns den Rücken zugekehrt, er war ein Matrose von schlaksiger Statur, dem ich nicht zugetraut hätte, dass er bei hohem Wellengang die Taue festzurren konnte.

»Jeffrey?«

Langsam drehte sich sein Kopf in unsere Richtung. Ich sah in ein schmales Gesicht, das von einem nicht sehr sorgfältig gestutzten Bart umrahmt wurde. Sein linkes Auge war milchig, doch der Blick aus seinem rechten Auge war wachsam und bohrte sich in meinen.

»Das ist mein Name.«

»Dürfen wir uns setzen?«

»Bitte.« Er machte eine einladende Handbewegung. »Alle Bänke und Tische sind frei. Sucht Euch einen aus.«

Cormac zog eine Grimasse.

»Oh!«, rief Jeffrey gedehnt und grinste. »Ihr meint *meinen* Tisch. Nun denn, es ist mir eine Ehre, mit einem griesgrämigen Priester und einer burschikosen Soldatin Konversation zu betreiben.«

Nun war es an mir, das Gesicht lang zu ziehen.

»Ein Spaß, nur ein Spaß. Bei Mirane, Ihr seht aus, als hinge die Sichel Hades' über Euren Köpfen.«

»Was wisst Ihr über Jules' Tod?«

Jeffrey starrte Cormac an. Ich bemerkte, wie Interesse in seinem Blick aufflammte, obgleich er von Cormacs Direktheit überrascht schien. Langsam hob er seinen Humpen und nahm einen großen Schluck.

»Nun, was ich darüber weiß? Dass er tot ist. Das weiß ich«, sagte er schließlich.

Ich verkniff mir ein Prusten, als ich Cormacs verwirrten Gesichtsausdruck bemerkte.

»Habt Ihr schon einmal in einem Raum schlafen müssen, in dem ein Mann qualvoll gestorben ist? Unheimlich ist das. Meine Pritsche ist nur wenige Schritte von der Stelle entfernt. Bekomme deswegen kein Auge zu.« Jeffrey seufzte theatralisch. »Ich hab versucht, mich auf die andere Seite zu legen. Aber wenn ich das tue, starre ich mitten auf Thomsons Arsch. Das ist genauso schlimm. Also hatte ich die Wahl zwischen Arsch und Blutlache. Ich entschied mich fürs Bier.« Er prostete uns zu.

»Ich habe keine Zeit für Späße«, entgegnete Cormac frostig.

»Ich auch nicht, Mann, ich auch nicht. Wenn's wenigstens ein Spaß wäre. Aber es ist die bittere Realität.«

»Die bittere Realität ist, dass ich meine Faust gleich in Eurer Nase vergrabe.«

»Darf man denn das als Priester?« Jeffrey beugte sich zu mir. »Ist der immer so drauf?«, flüsterte er.

»Die meiste Zeit«, antwortete ich lächelnd. »Man gewöhnt sich daran.«

Der Matrose legte den Kopf schief und betrachtete Cormac mit spitzbübischem Grinsen. »Ihr wollt wissen, ob ich während der Nachtschicht etwas Verdächtiges gesehen habe.«

»Habt Ihr denn etwas gesehen?«

»Nein«, erwiderte Jeffrey prompt.

Cormac massierte sich mit den Fingerspitzen die Schläfen. »Das ist reine Zeitverschwendung.«

»Aber ich habe allerlei gehört.«

Ungeduldig warteten wir ab, bis Jeffrey abermals einen großen Schluck nahm, rülpste und anschließend mit dem Hemdsärmel über seinen Mund fuhr.

»Die Matrosen erzählen mir so einiges«, fuhr er fort. »Skurrile Sachen, traurige Erlebnisse aus ihrer Vergangenheit oder diverse Frauengeschichten. Das meiste davon ist großer Bockmist. Wisst Ihr, ein Seemann führt ein einsames Leben, auch wenn er an Bord eines Schiffes unter Menschen ist. Das Dasein als Matrose ist furchtbar, das habe ich schnell verstanden. Jeder hat seinen Platz. Alles hat seine Struktur. Man funktioniert wie eine Maschine, ein kleines Rädchen inmitten eines sich ständig drehenden Systems.«

»Ihr seid kein Seemann mit Herz und Seele?«

Jeffrey lachte. »Cheron bewahre mich! In meinem früheren Leben war ich Schütze im astranischen Heer. Habe eine Ratte auf fast zweihundert Fuß getroffen. Dann riss die Sehne meines Bogens, und in der nächsten Sekunde war ich auf einem Auge blind.« Er deutete mit dem Zeigefinger auf sein linkes Auge. »Am nächsten Tag stand ich ohne ein Kupferstück auf der Straße.«

»Das tut mir leid«, antwortete ich.

»Braucht es nicht. Ich schlage mich durch. Die Heuer auf der *Adlerschwinge* ist anständig. Bin mittlerweile fast ein halbes Jahrzehnt an Bord … Diese Arbeit ist jetzt mein Leben, auch wenn es mir nicht passt.«

»Zurück zum Thema«, drängte Cormac ungeduldig.

»Ihr wollt wissen, was ich gehört habe?«

»Ja, Mann!«

»Na ja, soweit ich mich erinnern kann, war die Nacht ausgesprochen ruhig. Kein starker Wellengang, sternenklarer Himmel, milde Temperaturen. Eine Nacht, wie ein Seemann sie sich wünscht. Kurz nachdem ich meine Schicht begonnen hatte, kam Kapitän Menderz und plauderte mit mir. Er weiß um mein Auge Bescheid, deswegen verübe ich nur Aufgaben an Deck und nicht im Krähennest oder an den Segeln. Der Käpt'n sagte mir, ich solle die Laternen am Heck in einer Stunde kontrollieren. Das habe ich auch getan. Wollte schließlich nicht riskieren, dass sich der Konvoi über das Meer verteilt, wenn Ihr versteht.

Ich habe also meine Runde gedreht und ein wenig mit den Männern gequatscht, die mir über den Weg liefen. Jules saß oben im Nest. Man sagte mir, er hätte sich eine Flasche Schnaps mit nach oben genommen. Die hat er heimlich aus der Messe mitgehen lassen, dieser Hund. Verzeiht. Hades erbarme sich seiner Seele.«

»Und weiter?«

Jeffrey kratzte sich am Hinterkopf und überlegte. »Die Nacht verging. Es war kurz vor Morgengrauen, als Jules plötzlich vor mir stand. Der Kerl war leichenblass im Gesicht und hat geschwitzt wie ein Schwein kurz vorm Schlachten. Er war sehr aufgeregt und faselte wirres Zeug. Hab ihn an der Schulter gepackt und kräftig geschüttelt. Mann, hatte der eine Fahne! Er stank, als wäre er gerade aus einer Hafenkneipe gestolpert.«

»Habt Ihr ihn verstanden? Was hat er gesagt?«, hinterfragte Cormac.

»Ach, ich glaube, er hat im Suff gesprochen. Er sagte, er hätte ein Kind gesehen. Ich habe natürlich gefragt, ob er sich das nicht eingebildet hätte. Aber er war felsenfest davon überzeugt. Er meinte, das Kind hätte ihn mit durchdringendem Blick angeschaut, obwohl er hoch oben im Nest saß. Ich sagte ihm daraufhin, dass das kompletter Bockmist sei. Es gibt schließlich kein Kind an Bord.« Jeffrey schniefte und schob den Humpen von einer Hand in die andere. »Und dass jemand vom Deck aus Jules direkt in die Augen sehen konnte, ist auch Schwachsinn. Wie soll das denn gehen?«

»Hat er gesagt, wie das Kind ausgesehen hat?«

Jeffrey starrte Cormac belustigt an. Er kicherte. »Glaubt Ihr etwa dieses Märchen?« Als er Cormacs kalten Blick bemerkte, wurde er wieder ernst. »Ich weiß es nicht. Weiß es wirklich nicht. Jules meinte, es war ein Kind, aber es hätte nicht den Blick eines Kindes gehabt. Er hatte Angst vor dem, was er geglaubt hat, gesehen zu haben. Panische Angst. Und kurze Zeit später war er tot.«

Es klang wirklich merkwürdig. Hatte Jules tatsächlich ein

Kind gesehen? Aber wer würde so unverantwortlich sein, es nachts unbeaufsichtigt zu lassen? Zudem reisten nur Männer an Bord der *Adlerschwinge*, gierige Händler, die gewiss Besseres zu tun hatten, als ein Kind mitzuschmuggeln.

Ich sah zu Cormac. Auch er hatte die Stirn gerunzelt, und ich konnte förmlich sehen, wie es hinter ihr arbeitete.

Eine innere Stimme sagte mir, es wäre gar nicht so abwegig, dass sich ein Kind an Bord aufhielt. Irgendetwas verband ich mit Jeffreys Bericht, doch es wollte mir nicht einfallen. Verbissen ballte ich die Hand zur Faust. Kind. Kinderaugen. Wo bei den Göttern hatte ich an Bord der *Adlerschwinge* etwas wahrgenommen, was ich in Verbindung mit einem Kind brachte?

»Ich glaube nicht an diese Geschichte«, meinte Jeffrey und schlug zur Bekräftigung seiner Worte die Faust auf den Tisch. »Genauso wenig glaube ich daran, dass eine Frau an Bord Unglück bringt.«

»Und was glaubt Ihr dann?«, wollte Cormac wissen.

»Dass der Alkohol Jules' Verstand ganz schön in Mitleidenschaft gezogen hat! Vielleicht hat er ein Kind gesehen. Vielleicht aber auch nicht. Gut möglich, dass er diesen Zwerg dort für ein Kind gehalten hat.« Jeffrey stützte die Ellenbogen auf der Tischplatte ab, faltete die Hände und bettete sein Kinn darauf.

Ich lehnte mich etwas zurück und beobachtete aus den Augenwinkeln den Zwerg. Er saß noch immer wie apathisch vor seinem Humpen, als wäre er dort festgeklebt.

»Wisst Ihr etwas über ihn?«, fragte ich den Matrosen.

Jeffrey hob den Blick und zuckte mit den Achseln. »Er ist ein Zwerg. Er versteht noch nicht einmal unsere Sprache. Ich hörte nur, dass einige der Passagiere sich über ihn lustig gemacht haben.«

»Einen Versuch war es wert«, seufzte Cormac. »Gab es sonst noch einen Zwischenfall in jener Nacht, Jeffrey?«

Der Angesprochene schüttelte heftig den Kopf. »Nein.«

Cormac und ich sahen uns kurz an. Es waren keine Worte mehr nötig, der Matrose hatte uns alles gesagt, was er wusste. Mit steifen Gelenken erhob ich mich und stellte voller Wehmut fest, dass mein Bett und die verdiente Ruhe in weite Ferne gerückt waren.

Wie gerne hätte ich dem Verlangen nachgegeben, mich auf eine der hölzernen Bänke der Messe zu legen und die Augen zu schließen. Ich fühlte mich so elend wie schon lange nicht mehr. Selbst in meiner Ausbildung hatte ich mehr Schlaf gefunden, und das wollte etwas heißen, denn der Weckruf erklang an der Akademie vor Morgengrauen, und ich war nie früher als nach Mitternacht zu Bett gekommen.

Ich fuhr mir mit den Händen über das Gesicht.

Wenn mir nur einfallen würde, wo an Bord ich das Kind gesehen hatte. Oder gehört.

»Ich sollte den Nordmann befragen«, meinte ich, nickte hinüber zu dem Zwerg und unterdrückte ein Gähnen.

Cormac sah mich ernst an. »Ihr solltet Euch zuerst etwas ausruhen.«

Ich riss mich von dem faszinierenden Anblick seiner dunklen Augen los und schüttelte wild den Kopf. »Nein! Kapitän Menderz hat mir bis morgen früh Zeit gegeben. Bis dahin will ich ihm wenigstens einen Verdächtigen präsentieren, sonst sperrt er uns womöglich alle ein.«

»Verwechselt Ehrgeiz nicht mit falschem Stolz, Rheanne«, sagte Cormac.

»Glaubt mir, ich würde momentan nichts lieber tun, als mich für einige Stunden hinzulegen. Aber die Pflicht ruft. Ich werde den Zwerg befragen.« Ich zögerte. »Begleitet Ihr mich?«

»Irgendjemand muss doch auf Euch achtgeben.« Er lachte leise, dieses Mal ohne Spott. Erstaunt stellte ich fest, dass ihm der warme Klang in seiner Stimme gut stand. Ich mochte ihn, diesen neuen Klang.

»Wollt Ihr nicht losgehen?«

Ich nickte hastig, als ich merkte, dass ich Löcher in seine Brust starrte. Innerlich verfluchte ich mich. Herrgott, da hatte ich einmal für längere Zeit nicht geschlafen, und schon drifteten meine Gedanken in Sphären, die mich eigentlich nicht zu interessieren hatten. Denn Cormac war das Kaliber Mann, dem ich besser aus dem Weg ging. Er machte mich nervös. Und seine Launenhaftigkeit war mir unheimlich.

Mit steifen Schritten bahnte ich mir einen Weg durch die Tisch- und Bankreihen. Ich spürte Cormacs musternden Blick in meinem Rücken.

Als wir in die Nähe des Tisches kamen, an dem der Zwerg saß, hob dieser den Kopf, sah uns, schob seinen leeren Humpen zur Tischmitte und stand flink auf. Noch ehe ich begriff, was er vorhatte, war er auch schon auf den Flur gehuscht.

»Verflucht«, murmelte ich. »Hätte nie gedacht, dass diese kleinen Nordmänner solch eine Geschwindigkeit an den Tag legen.«

»Sollten wir ihm nicht … hinterher?«

Ich folgte Cormacs ausgestrecktem Finger. Geschlagen

seufzte ich, während ich mich in Bewegung setzte, um den Zwerg einzuholen.

Mitten im Laufen stieß ich plötzlich mit jemandem zusammen, den ich beim Abbiegen übersehen hatte, und mir blieb kurz die Luft weg. Mit raschelnden Roben ging die Person zu Boden. Überrascht bremste ich meine Schritte und erkannte den Händler Edvard Herstor, als er sich auf alle viere stemmte und mühsam vom Boden erhob. Ächzend klopfte er sich den Staub von der Kleidung, ehe er mich mit äußerst vorwurfsvollen Blicken bedachte.

»Das ist edler Brokat! Das Werk eines berühmten Schneiders in Astran!«

»Verzeiht. Ich habe Euch nicht gesehen«, unterbrach ich ihn hastig. Seine edle Garderobe interessierte mich nicht. »Habt Ihr zufällig den Zwerg gesehen?«

»Bevor Ihr mich umgerannt habt? Sicherlich. Er ist den Niedergang hinauf auf das Deck.« Seine Wampe zitterte. »Warum? Was ist denn mit ihm?«

»Nichts«, gab ich abweisend zur Antwort und hoffte, er würde mich nicht mehr mit Fragen belästigen.

»Ich kann Euch beim Suchen helfen. Das Schiff ist riesig, und ein Zwerg ist … klein. Winzig.«

Aber immer noch größer als dein Verstand, dachte ich just in diesem Augenblick und rang mir ein Lächeln ab. »Danke, aber das ist nicht nötig.«

Edvard bedachte mich mit unschlüssigem Blick und sah aus, als würde er gleich vor Neugier platzen. Ich packte Cormac am Hemdsärmel und zog ihn hinter mir her.

Wir erreichten das Oberdeck. Die Kühle des Fahrtwinds war wohltuend, wenngleich der Anblick der heranrollenden Wogen meinem Magen gar nicht guttat. Ich schnappte nach Luft und suchte im selben Moment nach einem mich stützenden Gegenstand.

»Ist alles in Ordnung?« Cormacs Stimme klang wie aus weiter Ferne und ging in dem Brechen der Wellen beinahe unter.

Ich nickte. »Ja … nein.« Dann würgte ich. »Die Wellen … ich darf sie nicht sehen. Mir wird davon schlecht.«

»Nehmt das, bis Ihr Euch an den Seegang gewöhnt habt.«

Ich wandte den Kopf in seine Richtung und sah dann auf seine dargebotene Hand. Ich erkannte den Ingwer darin, erinnerte mich an den scharfen Geschmack und die wohltuende, beruhigende Wirkung.

Ich streckte die Hand aus und hielt plötzlich inne, als ich aus den Augenwinkeln eine mir vertraute Gestalt ausfindig machte.

»Da!«, rief ich und deutete zum Großmast der *Adlerschwinge*, an den gelehnt der Zwerg saß. Das lange rotblonde Haar wehte im Fahrtwind. Die Hände hatte er auf seiner Brust gefaltet, die Augen waren geschlossen.

Unbeholfen stakste ich in Richtung des Zwerges. Cormac beobachtete meine Bewegungen auf dem schlingernden Schiff mit einer gewissen Belustigung. Ich hätte ihm das Grinsen am liebsten aus dem Gesicht geschnitten – er hatte mit dem Wanken offensichtlich keine Probleme. Ich schnaubte. Er schien meinen Ärger bemerkt zu haben, denn er umfasste meinen Ellenbogen, um mich zu stützen. Mein

Innerstes erstarrte bei seiner – zugegeben – recht groben Berührung. Dennoch spürte ich die Wärme seiner Hand. Seiner starken Hand. Ich biss mir auf die Lippe und schüttelte sie trotzig ab. Lieber kotzte und stolperte ich über das Deck der Fregatte, als mich wie ein dummes Mädchen von Cormac führen zu lassen und seine Berührung dabei auch noch als angenehm zu empfinden.

»Entschuldigung, Elder, hättet Ihr einen Moment Zeit?«

Der Zwerg erwiderte meinen Blick nicht, sondern gab den Schlafenden.

Ich schnippte mit den Fingern. Wenigstens das ließ ihn den Kopf kaum merklich in meine Richtung drehen.

»Elder? Ich habe einige Fragen an Euch.«

»Seid Ihr sicher, dass er uns versteht?«, unterbrach mich Cormac zweifelnd.

»Oh ja! Ich habe ein Gespür dafür, wenn jemand lügt. Oder ein Geheimnis in sich trägt.« Ich sparte mir einen anklagenden Blick in Cormacs Richtung und wandte meine Aufmerksamkeit wieder dem Zwerg zu. Wenn er mich weiterhin ignorierte, würde auch meine Höflichkeit irgendwann schwinden. Ich stemmte die Hände in die Hüften. »Ihr werdet des Mordes an Jules angeklagt, Elder. Es wäre nur zu Eurem Vorteil, wenn Ihr meine Fragen beantwortet, da ich bei Eurem Verhör mit Sicherheit freundlicher sein werde als der äußerst aufgebrachte Fregattenkapitän.« Nun öffnete der Zwerg immerhin ein wenig die Augen und blinzelte uns aus zusammengekniffenen Schlitzen an. Ich schenkte ihm ein bezauberndes Lächeln.

Hinter mir hustete Cormac. »Sollen wir noch auf eine Antwort warten oder lieber gleich den Weg zur Kapitänskajüte antreten?«

Ich wartete eine kleine Weile, stellte zufrieden fest, dass sich auf der Stirn des Zwerges eine steile Falte bildete, und drehte mich zu Cormac.

»Lasst uns gehen«, sagte ich und schritt beherzt los.

Cormac beeilte sich, zu mir aufzuschließen. »Eure Verhörmethoden sind recht unorthodox«, meinte er belustigt. »Ich frage mich nur, was geschieht, wenn er Euch wirklich nicht verstanden hat.«

»Er hat mich verstanden«, entgegnete ich mit einer mir unbekannten Seelenruhe.

»Ist das wieder eines Eurer Bauchgefühle?«

»Kann sein. Es ist schwer zu erklären. Ich weiß es einfach.«

»Ihr seid wirklich eine merkwürdige Frau, Rheanne«, seufzte er kopfschüttelnd.

Ich verlangsamte meine Schritte. »Ihr macht Euch wieder über mich lustig. Aber ich sage Euch eines: Es ist mir mittlerweile herzlich egal.«

»Das war keine Beleidigung. Eher ein Kompliment.«

Nun war es an mir, den Kopf zu schütteln. »Ihr habt eine merkwürdige Art, einer Frau Komplimente zu machen. Wenn es denn wirklich eines war«, fügte ich hastig hinzu.

»Das war es«, antwortete er leise und sah mir in die Augen.

Zu lange, wie ich feststellte. Ich wandte das Gesicht ab, während mein Herz unweigerlich schneller schlug. Doch bevor ich noch länger über die Bedeutung seiner Worte nachdenken konnte, vernahm ich hinter mir Schritte.

»He … wartet, Elda.«

Die Stimme klang kehlig und stockend, als wägte der Besitzer jedes einzelne Wort ab, bevor er es aussprach.

Ich blieb stehen. Ein triumphierendes Lächeln stahl sich auf meine Lippen, was Cormac mit hochgezogenen Brauen zur Kenntnis nahm.

»Ihr … Ihr habt Eure Worte nicht so gemeint. Oder?«

Der Zwerg hatte die Arme vor der Brust verschränkt, den Kopf schief gelegt und die stämmigen Beine demonstrativ gespreizt.

»Das lasst mein Geheimnis sein«, gab ich zurück und musterte den Zwerg. Seine veilchenblauen Augen funkelten verärgert, wenngleich sich ein verschreckter Ausdruck in sie geschlichen hatte.

»Warum tut Ihr so, als würdet Ihr die astranische Mundart nicht verstehen?«

»Das wiederum ist mein Geheimnis«, erwiderte der Zwerg kühl.

Geheimnisse. Ich schluckte. An Bord dieses Handelsschiffes gehörten Geheimnisse anscheinend zum Ladegut. Wohin ich auch blickte, wen ich auch traf – sie alle hatten etwas zu verbergen.

»Elda Ritterin Rheanne.« Ich neigte zur Begrüßung respektvoll den Kopf. »Verzeiht die Umstände, doch wenn es Euch nichts ausmacht, würde ich Euch gern einige wenige Fragen stellen.«

»Es macht mir aber etwas aus.«

»Cormac, wartet hier mit ihm auf mich. Ich bin rasch wieder da. Kapitän Menderz müsste sich zu dieser Stunde in seiner Kajüte befinden.« Ich straffte die Schultern und schritt mit betont sicheren Schritten über das Deck.

»Das ist doch nicht Ihr Ernst?«

»Doch«, sagte Cormac unbeeindruckt. »Ist es.«

Der Zwerg zog die Nase hoch. »Holt sie zurück. Ich beantworte ja ihre verdammten Fragen!«

Es gab sicherlich einen ruhigeren Platz an Bord des Schiffes, an dem man den Zwerg hätte verhören können. Wir zogen uns hinter das Trinkfass an Deck zurück, wo wir weitestgehend ungestört waren.

»Wie heißt Ihr?«

»Korringrur Schmetterschild«, knurrte der Gnom.

»Und von woher kommt Ihr?«

»Edea in Gimnael.«

Ich nickte. »Was führt Euch nach Esteban?«

»Geschäfte.«

»Welcher Art?«

»Geht Euch nichts an.«

»Ich denke doch.«

»Ich aber nicht. Wir befinden uns nicht länger im astranischen Hoheitsgebiet. Euer Rang ist hier auf offener See nicht von Bedeutung. Ihr könnt mich nicht zwingen, Euch etwas zu sagen, was ich nicht sagen will«, antwortete Korringrur und entblößte seine schiefen Zähne.

Ich zuckte mit den Schultern. »Andere Frage. Reist Ihr zum ersten Mal mit der *Adlerschwinge*?«

»Ja.«

»Wart Ihr zuvor schon mal auf See?«

»Ja. Einige Male.«

»Kanntet Ihr Kapitän Menderz vor Eurer Abreise?«

»Nein.«

»Kanntet Ihr andere Besatzungsmitglieder?«

»Nein.«

»Könnt Ihr gut mit einem Schwert umgehen?«

»Ich weiß mich damit nicht eigenhändig zu verletzen.«

»Wart Ihr letzte Nacht an Deck?«

»Nein.«

»Wart Ihr letzte Nacht an Deck?«

Korringrur stutzte. »Nein!«

»Wart Ihr letzte Nacht an Deck?«

»Verdammt, nein, wie oft denn noch?«

»Wart Ihr letzte Nacht an Deck?«

Jetzt war er aufgesprungen. Seine Brust bebte vor Wut, und seine Hände hatte er zu kleinen Fäusten geballt. An seiner Schläfe pochte eine Zornesader. »Bei den Heiligen!«, explodierte Korringrur. »Ich habe Nein gesagt, Ihr inkompetente Blechschüssel! Nein! Versteht Ihr? Nein! Nein, nein und nochmals nein! Was soll ich denn an Deck gemacht haben letzte Nacht, hm?«

»Genau das will ich ja von Euch wissen!«, wiederholte ich und wappnete mich innerlich gegen seinen verbalen Angriff.

Überrascht vor Schmerz jaulte ich auf. Korringrur hatte mir heftig gegen das Schienbein getreten und anschließend den Stiefel mit voller Wucht auf meinen Fuß sausen lassen. Ich spürte, wie meine Knochen kreischend protestierten. Für seine kleine Gestalt besaß er eine außerordentliche Trittkraft.

»Ich glaube, er ist unschuldig«, stieß ich zwischen zusammengebissenen Zähnen hervor. Mein Peiniger hatte sich derweil fluchend aus dem Staub gemacht.

»Es ist außerordentlich erfrischend, Euch bei Euren Nachforschungen zu begleiten«, meinte Cormac trocken, während seine Mundwinkel verdächtig zuckten.

Ich schnitt eine Grimasse, konnte mich gegen das Grinsen jedoch nicht wehren. »Lasst das! Ich konnte ja nicht ahnen, dass er gleich handgreiflich wird.« Dann wurde ich wieder ernst. »Trotzdem werde ich ihn weiter beobachten. Die Schilderung von Jules weist Hinweise auf, die Korringrur verdächtig machen.«

»Ihr solltet das Geschwätz eines Matrosen nicht für bare Münze nehmen.«

»Ignorieren kann ich es aber auch nicht.« Ich raufte mir die Haare. »Eigentlich gibt es sonst überhaupt keinen Anhaltspunkt. Herrgott, es ist doch nur ein Schiff. Ein Schiff!«

»Geht in Eure Kabine. Gönnt Euch einen Augenblick der Ruhe.«

»Nein.« Ich schüttelte den Kopf. »Das geht nicht. Ihr wisst es. Die Zeit rinnt mir wie Sand durch die Finger.«

»Wenigstens Euren Fuß solltet Ihr verbinden. Mit einer Bandage heilt eine Verstauchung wesentlich schneller.«

Ich blickte hinab auf meinen Stiefel. Mein Fuß fühlte sich riesig und aufgebläht darin an, das gepolsterte Leder drückte unangenehm. Cormac hatte recht – ich musste mich erst einmal um mich kümmern, ehe ich einen klaren Kopf bekommen und die Dinge nüchtern betrachten konnte.

Humpelnd setzte ich mich in Bewegung.

Kapitel 10

Ich saß im Sessel meiner Kabine, hatte die Arme auf die breiten Lehnen gelegt, den Kopf nach hinten gelehnt und genoss das weiche Leder unter meinem Rücken. Beinahe war ich versucht gewesen, die Augen zu schließen.

Letztlich war es wieder Cormac, der mich vom Schlafen abhielt – er und die Tatsache, dass der Mörder noch frei herumlief. Der falsche Mönch zog einen der beiden Stühle heran, drapierte ein Kissen darauf und verfrachtete kurzerhand meinen verletzten Fuß obenauf.

»Stillhalten«, fuhr er mich an, als ich, meinen Reflexen folgend, das Bein zurückziehen wollte.

»Das ist nicht nötig … Ich habe mir den Fuß verstaucht und nicht meine Hände. Ich kann immer noch ein Schwert führen.« Demonstrativ hielt ich ihm beide Hände entgegen.

Er hob noch nicht einmal den Blick, sondern öffnete den mir wohlbekannten Beutel mit Kräutern, Phiolen und Tinkturen und legte ihn vor sich.

»Was macht Ihr da?«

»Seid nicht immer gleich so skeptisch, Rheanne. Ich will Euch helfen. Zieht den Stiefel aus.«

Wenngleich gekränkt über seine Äußerung, kam ich seiner

Anweisung doch nach und begann, die Riemen und Schnallen fachmännisch zu lösen. Das Nachlassen der Spannung auf meinem verletzten Fuß entlockte mir ein erleichtertes Seufzen. Viel zu schwer glitt der Stiefel über meinen Fuß. Korringrur hatte ordentliche Arbeit geleistet: Mein Spann schillerte und glänzte bereits in den prächtigen Farben eines stetig anschwellenden Hämatoms.

»Ich werde mich einem Zwerg künftig nur noch auf wenige Schritte nähern, eingekesselt und geschützt von einem voll ausgerüsteten Infanterieregiment. Schwere Infanterie, versteht sich«, sagte ich und starrte auf den geschändeten Fuß. Die riesige Beule am Schienbein wagte ich mir erst gar nicht anzusehen.

»Ihr habt den armen Kerl schließlich bis aufs Äußerste gereizt. Ihr könnt froh sein, dass Ihr kein Mann seid. Ein Zwerg hat die perfekte Größe, um einem … erheblichen Schaden zuzufügen.«

Ich verkniff mir ein Grinsen. »Bei der nächsten Begegnung werde ich ihn darauf hinweisen.«

Ich beobachtete Cormac, wie er verschiedene Kräuter und getrocknete Blumen mit einem Stößel in der zweckentfremdeten Waschschüssel zu einem Brei zermörserte. Ab und an gab er einige Tropfen einer übel riechenden Flüssigkeit hinzu, die mich schon jetzt nicht mehr an der medizinischen Wirkung zweifeln ließ. Was so stank, musste helfen.

»Woher wisst Ihr so viel über die Kräuterheilkunde? Haben die Priester Cherons es Euch beigebracht?«

Cormac ging nicht auf meinen Zynismus ein. »Eine alte Bekannte lehrte mich die wesentlichen Dinge der Heilkunst.

Ich weiß Kräuterumschläge zu machen und heilende Tees für Erkältungen und Allergien anzusetzen. Es ist eigentlich nicht schwer.« Er zuckte die Achseln. »Man darf nur die Kräuter nicht verwechseln.«

»Klingt logisch.«

Cormac betrachtete prüfend den Brei in der Schüssel, ehe er ihn für gut genug befand und ihn auf ein ausgebreitetes Leinentuch schmierte. Dann trat er zu mir, ging vor dem Stuhl auf die Knie und begann, den Umschlag um meinen Fuß zu wickeln. Die Kühle war angenehm, wenngleich die Berührung etwas schmerzte.

Fachmännisch bandagierte Cormac meinen Fuß mit Mullbinden. Als er fertig war, wischte er sich die Hände an einem trockenen Tuch ab.

»Danke«, murmelte ich und zog umständlich den Stiefel wieder an.

Er erwiderte nichts darauf, sondern nickte nur und hielt mir seine Hand entgegen. Ich ergriff sie zögerlich, als er daraufhin einen Schritt zurücktrat und mich auf die Beine zog.

Das letzte Mal, als ich ihm so nahe gewesen war, hatte er mir eine Klinge an die Nieren gepresst. Das hier war anders. Ich spürte seinen Atem auf meinem Gesicht, seine Wärme, roch den Duft der Kräuter an seinen Händen. Ich biss mir auf die Lippe und senkte die Augen. Meine Hand lag noch immer in der seinen. Ich war vollkommen überfordert. Ich wusste, dass ich etwas sagen sollte, doch gleichzeitig hätte ich kein Wort herausgebracht.

Ein hungriges Knurren half mir aus der Verlegenheit. Ich

wurde rot, riss meine Hand aus seiner und legte sie auf meinen Magen.

»Ihr solltet in der Messe eine Kleinigkeit zu Euch nehmen. Ein leerer Magen hilft uns nicht weiter.« Cormacs Stimme klang besorgt, und der Blick, mit dem er mich ansah, war nachdenklich und mitfühlend.

»Ich … Ich geh dann mal«, stotterte ich, noch immer etwas durcheinander. Als ich jedoch mein Gewicht auf den verletzten Fuß verlagerte, musste ich einen Laut des Schmerzes unterdrücken.

Mit brennenden Wangen schloss ich die Tür hinter mir, hüpfte einige Schritte vorwärts, ehe ich mit dem Rücken gegen die Wand sank. Ich fuhr mir mit beiden Händen über das Gesicht. Mein Puls war noch immer beschleunigt, als galoppierte eine Horde Rinder durch meine Venen.

Ich zwang mich zur Ruhe und wartete, bis der Schmerz nachließ. Die gerade erlebte Begegnung zog noch einmal an meinem geistigen Auge vorbei. Was dachte ich mir eigentlich dabei? Warum fühlte ich mich zu jemandem hingezogen, den ich gerade mal einen Tag kannte? Solch ein Verhalten war kindisch und unprofessionell. Ich war eine Ritterin, deren Rang auf dem Spiel stand. Ich hatte einen Auftrag zu erfüllen. Deswegen war ich an Bord – und nicht, um mich Hals über Kopf in einen Fremden zu verlieben, der ein ebenso wechselhaftes und unberechenbares Gemüt hatte wie eine schwangere Frau.

Dennoch konnte ich mich nicht gegen das wohlige Gefühl wehren. Ich war verwundert, hatte ich mir nach der Affäre mit Tondberd doch geschworen, nie wieder bei einem Mann zu liegen. Und jetzt das. Seufzend löste ich mich von der Wand und folgte humpelnd dem ungeduldigen Ruf meines Magens.

Ein Schwall feuchtwarmer Luft schlug mir entgegen, als ich mir von dem Smutje eine Portion Eintopf auf den Teller geben ließ, der so zähflüssig war, dass er mehrmals die Kelle am Tellerrand abschlagen musste.

Dennoch versprach der Duft mehr als das Äußere. Mit vollem Teller und einem Kanten Weißbrot machte ich mich auf die Suche nach einem Tisch, an dem ich möglichst meine Ruhe hatte.

Als ich den Blick über die Messe schweifen ließ, erkannte ich Edvard Herstor, Lemae und Lahstrom, die die Köpfe zusammengesteckt hatten und eifrig tuschelten. Sie unterhielten sich so angeregt, dass ich unweigerlich die Ohren spitzte. Diesen Kaufmännern war alles zuzutrauen – und dass sie etwas planten, war offensichtlich.

Ich holte tief Luft, verfluchte mich für meinen Plan schon im Voraus, setzte ein freundliches Lächeln auf und lenkte meine Schritte gen astranische Handelsreisende.

»Verehrte Elder«, rief ich und nickte den dreien höflich zu. Obgleich ich mich zwang, mich zu beherrschen, klang meine Stimme frostig. Die letzte Begegnung lag wenige Stunden zurück, ich hätte nicht gedacht, dass Lemaes Demütigung mich innerlich noch so sehr kränkte.

Die Händler schienen mich nicht zu beachten. Ich trat dicht an den Tisch heran, stellte den Teller mit Eintopf laut knallend darauf ab und machte es mir auf der Holzbank bequem.

Endlich schwenkte Edvards Blick in meine Richtung. Als er mich erkannte, weiteten sich seine wässrigen Augen und verliehen ihm das Äußere eines hungrigen Kükens.

»Ihr!«, sagte er nur, und in jenem einen Wort lagen Schock, Furcht und die Nervosität eines Jugendlichen, der bei etwas Verbotenem erwischt wurde.

»Ja. Ich«, erwiderte ich und schob mir einen vollen Löffel in den Mund. Götter, der Brei schmeckte wider Erwarten himmlisch!

»Ihr und Euer priesterlicher Gefährte habt anscheinend ein Talent dafür, unangekündigt zu erscheinen«, meinte Lemae spitz. Sein schmales Gesicht wurde bei der Rüge noch länger. »Dies ist eine private Unterredung.«

»Und das hier ist eine öffentliche Messe. Tische und Bänke sind für jedermann zugänglich.« Ich brach ein Stück Weißbrot ab und tunkte es in den Eintopf. »Lasst uns das Kriegsbeil von heute Morgen begraben, Elder. Wir könnten einander behilflich sein. Ich sorge für Eure Sicherheit an Bord, und Ihr erzählt mir als Gegenleistung von dem neuesten Tratsch. Eine Hand wäscht die andere. Was haltet Ihr davon?«

Kauend wischte ich mir die Hände an einer Stoffserviette ab, ehe ich die Kaufmänner aufmerksam musterte. Lahstrom und Edvard hielten sich zurück. Es war Lemae, der in dieser kleinen Truppe das Sagen hatte. Es überraschte mich nicht, war er doch der Einzige, der Intellekt besaß. Intellekt und ein gewisses Maß an Hinterhältigkeit, das spürte ich intuitiv. Ich musste ihn unbedingt im Auge behalten. Ich wusste von Cormac, dass Dämonen wunderbar polarisieren konnten – Lemaes Charisma überzeugte zwar nicht mich, dafür hatte er die Kaufleute spielend auf seine Seite gezogen. Edvard und Lahstrom bildeten hierbei seinen engsten Vertrautenkreis.

»Ich traue Euch immer noch nicht recht über den Weg«, sagte Lemae und zwirbelte seinen Spitzbart. »Womöglich dreht Ihr uns aus Eurem Vorschlag irgendwann einen Strick und lacht Euch ins Fäustchen, während wir wegen Verleumdung an den Pranger gestellt werden.«

Ich verdrehte die Augen. »Ihr traut mir wirklich zu, Euer Vertrauen so zu missbrauchen? Ich möchte doch nur allen Hinweisen nachgehen. Ihr habt sicher schon den einen oder anderen Verdächtigen ausgemacht.«

»Das würdet Ihr wohl gern wissen. Fakt ist, dass *wir* jedenfalls mit unseren Ermittlungen mehr vorankommen als Ihr. Ich sollte bald mit dem Kapitän ein ernstes Wort wechseln. Es kann schließlich nicht sein, dass unbewaffnete Händler die Arbeit einer Ritterin ausführen!«

»Es hat Euch niemand darum gebeten«, murmelte ich bissig. Ich hätte Lemae am liebsten festgenommen. Ein plausibler Grund wäre mir schon eingefallen. Eiserne Handschellen ständen ihm sicherlich gut.

Lemae bedachte mich mit einem bösen Blick. »Ich kann Euch hören, Elda Rheanne.«

»Oh. Ihr solltet das auch hören.«

»Ich verbitte mir dieses …« Er verstummte abrupt und holte tief Luft, was seinen Bart zum Zittern brachte. »Ah, verstehe! Ihr reizt mich. Ihr wollt, dass ich vor Wut explodiere und Euch dann versehentlich Informationen zukommen lasse.« Lemae lachte. »Wirklich schlau, das muss ich sagen. Aber wirkungslos bei mir.«

Ich unterdrückte ein wütendes Zähneknirschen und schob mir Löffel für Löffel in den Mund. Lemaes fehlender Wille, mir bei den Untersuchungen behilflich zu sein, rückte ihn weiter in den Kreis der Hauptverdächtigen. Dieser Händler war eine Natter – böse und unberechenbar, dazu verfügte er über das Talent, sich aus brenzligen Situationen einen Vorteil zu verschaffen.

Ich würde selbst Erkundigungen über die Händler und alle anderen Passagiere an Bord einholen, beschloss ich kurzerhand. Ein Besuch bei Timotheus, dem Quartiermeister, war sowieso nötig. Ich musste ihm ja noch die Goldkronen für Cormacs Passage zahlen. Er wusste mit Sicherheit am besten über sämtliche Mitreisenden an Bord Bescheid.

Elder Timotheus schien wenig begeistert zu sein, mich zu sehen. Nur das samtene Säckchen, schwer von goldenen Münzen, entlockte ihm ein leichtes Lächeln. Der Höflichkeit halber bot er mir einen Becher Zitronenwasser an, den ich dankend annahm.

Das Mannschaftsquartier war größtenteils leer. Einige wenige Seemänner lagen in den Hängematten, unter ihnen erkannte ich Román. Die weichen Gesichtszüge des stellvertretenden Ersten Maats waren im Schlaf verzerrt, als plagten ihn Albträume, die Stirn glänzte vor Schweiß.

Ich ließ mich auf einen der dreibeinigen Hocker fallen, seufzte und leerte den Becher mit großen Schlucken. Trotz des penetranten Geruchs war die Ruhe im Schlafsaal eine Wohltat.

Ich wusste nicht recht, wie ich anfangen sollte. Wie konnte

ich ihn zum Reden bringen? Ich durfte das jetzt nicht verpatzen. Timotheus unterbrach mein Schweigen, indem er sich vor mir aufbaute.

»Was führt Euch wirklich zu mir, Elda Ritterin?«, fragte der Hüne. »Habt Ihr nicht einen Mörder zu fassen?«

»Das ist es ja«, seufzte ich. »Wenn ich bis jetzt wenigstens einen Anhaltspunkt hätte, außer dass der verfluchte Übeltäter ein Ungeheuer ist!« Ich nestelte an einer Haarsträhne, sortierte meine Gedanken oder versuchte es zumindest. »Zu Beginn meiner Ausbildung hatte ich es mit einem Serienmörder aus Heptagon zu tun, der mehrere Mädchen ermordet hatte. Am Tatort fand man immer nur ein Körperteil. Schließlich hätte man aus den verschiedenen Teilen einen ganzen Körper zusammensetzen können. Die Verdächtigen, die wir zu dieser Zeit befragten, stammten allesamt aus der Oberschicht. Es stellte sich schließlich heraus, dass der Mörder ein trauernder Vater war, dessen Sohn sich das Leben nahm, nachdem seine Verlobte ihm den Laufpass gegeben hatte.« Kopfschüttelnd sah ich zu Timotheus auf. »Wer aber tötet einen Matrosen auf einem Segelschiff? Mitten in einem der Weltmeere, wo doch jede Hand gebraucht wird?«

»Der Gewalt fehlte schon immer jegliche Logik«, brummte Timotheus. »Außerdem ist der Mörder ein Dämon. Schon allein das ist eigentlich ein Grund, das Ruder herumzureißen und nach Astran zurückzusegeln. Aber Menderz ist in dieser Hinsicht so stur wie ein verdammter Steinbock!«

»Es steht viel auf dem Spiel, sollte das Schiff Esteban nicht erreichen«, nahm ich den Kapitän in Schutz. Immerhin würde es auch mich bitter treffen, wenn die *Adlerschwinge* zu früh wieder in Heptagons Hafen einlief, ohne an ihr eigentliches Ziel gelangt zu sein.

»Sagt das der Familie von Jules. Die wird Euch für Eure Anteilnahme ewig schätzen.«

»Ich trauere mit ihnen, aber umkehren hilft nun auch nichts mehr. Ich werde alles in meiner Macht Stehende tun, um das Biest zu finden und unschädlich zu machen. Wenn ich doch bloß einen einzigen Anhaltspunkt für meine Untersuchungen hätte.«

Timotheus seufzte hörbar. »Also, Elda, was wollt Ihr wissen? Ihr sitzt da wie eine Sprungfeder. Ich kann Euch Eure Fragen förmlich von der Nasenspitze ablesen.«

Ich strahlte ihn an. »Was wisst Ihr zum Beispiel über den Händler Lemae?«

»Die dürre Bohnenstange mit dem Flaum an der Lippe?« Timotheus stieß ein dröhnendes Lachen aus, was seine Brustmuskeln zum Beben brachte. »Ein recht wohlhabender Kaufmann aus dem Norden Astrans, soviel ich weiß. Er hat ein kleines Handelsimperium von seinem Vater geerbt, und der hatte es wiederum von den Seinen. Er soll ein weiteres Kontor in Esteban haben. Zu klein, um in der großen Handelsliga mitspielen zu können, aber wichtig genug, um sich nicht vor der Armut fürchten zu müssen.«

»Und Edvard Herstor?«

»Ein Speichellecker, wie er im Buche steht. Man sagt, er wolle in Esteban einen reichen Gönner ausfindig machen, um seine Geschäfte auszuweiten. Ob ihm das gelingt, ist eher zweifelhaft. Ihm fehlt es an Charisma und auch an Ehrlichkeit.«

»Ich traue ihnen nicht.«

»Niemand traut Kaufleuten«, antwortete Timotheus unbeeindruckt. »Sie gehen für ihren eigenen Profit über Leichen.«

»Auch über seelenlose Leichen?«

»Möglich.« Der Quartiermeister sah mich fest an. »Ich beschuldige niemanden. Ich verhalte mich so wie sonst auch. Erst wenn der Mörder überführt ist und in Ketten liegt, werde ich dafür sein, ihn zu foltern und ihm seine gerechte Strafe zukommen zu lassen.«

»Bis dahin kann ich also nicht auf Eure Hilfe zählen«, stellte ich fest. Ich trommelte mit den Fingern auf meinem Oberschenkel. Vermutlich war es besser, sich nicht zu viele Vertraute zu suchen. Auch bei Timotheus war die Möglichkeit gegeben, dass er der Dämon war. Schon allein der Gedanke daran trieb mir kalte Wellen den Rücken hinab. Ich schüttelte mich. »Eine Frage habe ich aber noch.«

»Stellt sie.«

»Gibt es an Bord ein Kind?«

Timotheus glotzte mich an, ehe er schallend zu lachen begann. »Ich merke, Ihr habt Jeffreys Bekanntschaft gemacht! Dieses Märchen kursiert seit einigen Stunden. Macht den Männern ganz schön Angst. Ich habe ihm gesagt, er soll verdammt noch mal die Schnauze halten, wenn er Esteban heil erreichen will.« Seine Augen wurden schmal. »Glaubt nicht alles, was er sagt. Er ist ein Kriegsveteran. Und die haben manchmal … einen kleinen Schaden. Wenn Ihr versteht.«

Ich blinzelte und nickte, überhörte die eigentliche Beleidigung in seinen Worten. Ich stand wieder ganz am Anfang. Der Tag war verflogen, doch ich hatte nichts, worauf ich mich stützen konnte oder was mir bei der Suche dienlich gewesen wäre. Alles, was ich herausgefunden hatte, waren leere Worte gewesen.

Mit hängenden Schultern und immer noch schmerzendem Fuß verließ ich das Mannschaftsquartier und trottete scheinbar ziellos durch den gewölbten, von Korridoren durchzogenen Korpus der Fregatte.

Ich wollte nicht in meine Kabine zurück und mich in der Gegenwart von Cormac meiner Ratlosigkeit hingeben. Seine durchdringenden Blicke waren das Letzte, was ich jetzt brauchte. Antworten, Hinweise, Beweisstücke – ich hätte im Moment alles dafür getan, um ein Indiz in die Hand zu bekommen.

Irgendwann musste ich zurück und mich Cormac stellen. Ihm sagen, dass mir seine Nähe nicht geheuer war, ich sie aber gleichzeitig auch nicht missen wollte. Dass ich ihn in diesem Kampf brauchte.

Ich ballte die Hand, war für einen Augenblick verleitet, sie in die dunkle Holzvertäfelung zu rammen, als mein Blick den Ort wiedererkannte, an dem Cormac mich zu Boden gezwungen hatte. Und an dem ich eine glockenhelle Stimme vernommen hatte. Die Stimme eines Kindes!

Das Blut rauschte in meinen Ohren. Ich fühlte mich wie auf Drogen. Der Gang drohte vor meinen Augen zu verschwimmen. Ich nahm die verschlossene Tür ins Visier, die vergoldeten Adlerschwingen glänzten im Kerzenschein.

Was auch immer sich hinter dieser Tür befand: Es war ein Schlüssel, ein Wegweiser. Ein Fortschritt.

Ich machte auf der Stelle kehrt und eilte zum Heckkastell.

Kapitän Menderz war von meinem unangekündigten Besuch noch weniger erfreut als der Quartiermeister. Dichte weiße Rauchschwaden hüllten seine bullige Gestalt beinahe vollständig ein, sobald er an seiner Pfeife zog und den Rauch aus seinen Backen blies. Meine Nase begann von dem penetranten Gestank nach süßem Apfeltabak erbarmungslos zu brennen.

Menderz betrachtete mich aus zusammengekniffenen Augen, die Arme vor der Brust verschränkt. Er hatte sich weit zurückgelehnt, und mir fiel auf, dass er seine Kapitänsuniform nicht trug, sondern ein eng anliegendes Leinenhemd, unter dem sich seine Muskeln spannten. An der Wand, direkt neben der sauber aufgehängten Uniform, hing der dreieckige Seemannshut an einem Nagel.

Ich erwiderte Menderz' Blick mit stoischer Gelassenheit. Meine Frage oder vielmehr meine Bitte, die keinen Widerspruch duldete, hing noch immer unbeantwortet in der nebligen Luft. Er musste zuerst das Schweigen brechen. Wenn ich es täte, würde ich mir nur eine Blöße geben und hätte ihn gleich auf Knien anflehen können.

»Wisst Ihr eigentlich, was Ihr da von mir verlangt?« Seine Stimme war kaum mehr als ein Flüstern. Dennoch lag in ihr eine Bedrohlichkeit, die mich aufhorchen ließ.

Ein höfliches Lächeln glitt über meine Lippen, und ich nickte. »Ich bin mir dessen durchaus bewusst.«

»Wäret Ihr nicht eine Gesandte der Ersten Präsenz, würde ich Euch allein schon für diese Forderung in Ketten legen lassen.«

»Mein Glück, dass der astranische Adler über mich wacht.«

»Wie recht Ihr habt«, knurrte der Kapitän. Er faltete die Hände vor der Brust. »Was wäre – theoretisch gedacht –, wenn ich Euch keine Antwort gäbe? Jedenfalls keine, die Ihr Euch erhofft?«

»Es würde mich zweifeln lassen, ob Ihr Eurem Amt die Verantwortung zuteilwerden lasst, die dafür erforderlich ist. Ein Kapitän ist ein ehrenwerter Mann voller Ideale und Stolz. Er würde seine Untergebenen nie im Stich lassen und lieber mit seinem Schiff in den Tiefen der Ozeane versinken, als die Rettungsboote der Frauen und Kinder zu betreten. Ihr seid doch ein Kapitän, oder, Elder Menderz?«

Seine Mundwinkel zuckten belustigt. »Ihr überrascht mich. So viel Tiefe hätte ich Euch nicht zugetraut, Elda Rheanne.«

»Ihr beantwortet meine Frage nicht.«

»Und Ihr weicht mir ebenfalls geschickt aus.« Er lachte leise. »Wir haben augenscheinlich etwas gemeinsam.«

»Nein, das haben wir nicht.«

»Oh, Ihr wollt wohl keine kostbare Zeit vergeuden, die Euch schneller durch die Finger rinnt, als es Euch lieb ist.« Seine Wangen zogen sich zusammen, als er an der Pfeife zog und einen Schwall weißen Rauches in die Luft stieß. »Immer direkt, immer auf den Punkt. Beharrlichkeit mag gut oder gar eine noble Eigenschaft sein, doch Ihr könntet deswegen noch äußerst schmerzhaft auf die Nase fallen.«

»Sicherlich. Aber die Betonung liegt auf dem Wort ›könntet‹. Genauso gut könntet Ihr Eures Amtes entledigt werden, da Ihr als Hauptverantwortlicher Untätigkeit bewiesen habt, die schon einem Mann das Leben gekostet hat.«

»Ist das eine Drohung, Elda Ritterin?«

»Nur wenn Ihr sie als solche empfindet. Jedoch stellt sich mir dann wiederum die Frage, weswegen Ihr Euch bedroht fühlt. Ist es die Angst vor dem Mörder? Oder die Angst, wegen des Todesfalls zur Rechenschaft gezogen zu werden?«

Menderz legte den Kopf schief und trommelte mit den Fingerspitzen auf der glatt geschliffenen Schreibtischplatte. »Ihr seid sehr aufmerksam, Elda Ritterin, doch eine Kleinigkeit macht Euer ganzes Konstrukt, das Ihr Euch aufgebaut habt, um den Täter zu finden, zunichte. Es gibt keine Dämonen. Vielleicht gab es sie einmal, aber heutzutage nicht mehr. Diese Geschichten gehören einer längst vergangenen Epoche an, und den Göttern sei Dank hat sie sich nicht wiederholt.« Menderz' Zeigefinger zielte direkt auf meine Brust. Sein Blick war anklagend, als er abermals das Wort erhob: »Eure fanatische Suche nach einem Dämon macht Euch blind für das, was wirklich an Bord geschieht! Ein Mörder wütet unter meinen Matrosen, und die einzige Person an Bord, die ausgebildet sein sollte, ihn unschädlich zu machen und zur Rechenschaft zu ziehen, jagt einem Irrglauben nach.«

»Es ist die Realität«, antwortete ich voller Inbrunst, sodass Menderz überrascht die Augen hob.

»Ihr seid felsenfest davon überzeugt?«

Ich nickte. »Ihr habt den Toten ebenfalls mit eigenen Augen gesehen. Ihr habt gesehen, was aus seinen Wunden floss. Es war schwarzes Blut und damit nicht menschlichen Ursprungs.«

»Und das ist für Euch der Grund, wissen zu wollen, wer sich in dem verschlossenen Salon aufhält?«

»Ich muss über alle Passagiere an Bord Bescheid wissen, um meine Aufgabe erfüllen zu können. Bei der Ersten Präsenz Merideth: Tut Eure Pflicht gegenüber dem astranischen Adler und sagt es mir.«

»Ihr glaubt allen Ernstes, in dem Salon hält sich ein Dämon versteckt? Das ist doch lächerlich. Meine Pflicht besteht darin, jegliche Gefahr von meinen Männern abzuwenden. In meinen Augen seid Ihr eine solche Gefahr, Elda Rheanne. Eure Fantasie wird Euch zum Verhängnis werden. Ihr verrennt Euch da in etwas. Anstatt einen Mörder zu suchen, jagt Ihr ein Phantom.«

»Dann muss ich einen anderen Weg finden, um mir Einsichten zu verschaffen.«

Menderz glotzte mich an, als wäre ich ein exotisches Tier auf nur drei Beinen. Dann fing er schallend an zu lachen, sodass die Adern an seinem Hals anschwollen. »Die Götter sind meine Zeugen! Ihr habt ja keine Ahnung! Ihr legt Euch mit Personen an, mit denen Ihr Euch nie – und damit meine ich *niemals* – messen könnt!«

»Das wird sich noch herausstellen«, flüsterte ich. Unsicherheit lähmte meine Beine. Ich blinzelte mehrmals, doch Menderz' spöttischer Gesichtsausdruck wollte nicht weichen.

»Wer sich im Salon aufhält, ist streng vertraulich. Es handelt sich um einen astranischen Ehrengast und Helden. Euer Verdacht ist so lächerlich wie absurd. Der Salon ist für Euch tabu, darüber gibt es keine Diskussion.« Kapitän Menderz schnaubte aufgebracht. »Kümmert Euch um Euren Auftrag, Elda, und überlasst Jules' Tod mir. Ihr könnt Euch glücklich schätzen, dass meine Matrosen Eure Nachforschungen als beruhigend empfinden, auch wenn Ihr mir gerade das Gegenteil beweist. Ich werde Euch nicht in Gewahrsam nehmen. Ich werde Euch an Bord dulden und Euch freundlich grüßen, sollten wir uns über den Weg laufen.« Menderz' Augen zogen sich zusammen. »Doch kommt nicht mehr hierher. Für Euer Geschwätz und Eure Verdächtigungen habe ich weder Zeit noch Geduld. Haben wir uns verstanden?«

Zum ersten Mal fragte ich mich, warum das Schicksal dieser Reise mich so hart hatte treffen müssen. Meine Zähne knirschten, so sehr presste ich sie aufeinander. Wütend ballte ich die Hände.

Ja, Aspirantin Rheanne stand mir besser als der Titel der Ritterin. Ich legte die Hand auf das Heft meines Schwertes. Mit gerade einmal zwei Dutzend Jahren jagte man einem gestandenen Mann kaum Angst ein. Menderz saß hinter seinem Schreibtisch wie ein Fels in der Brandung, unbeeindruckt von den brechenden Wogen, die auf seiner steinernen Haut lediglich ein paar Kratzer hinterließen.

»Ich werde Euch den Beweis liefern, Kapitän. Bei meiner Ehre und bei meinem Leben, ich schwöre es.«

»Jaja.« Menderz wedelte müde mit der Hand, als wollte er eine lästige Fliege verscheuchen. In diesem Fall war ich das störende Insekt. »Tut mir einen Gefallen und verschwindet. Ich«, sagte er und hob den Kopf, »muss mich um die Sicherheit der Passagiere kümmern.«

Mit pochendem Herzen nickte ich. Ich hatte verstanden. Er vertraute mir nicht mehr, hielt mich für unfähig, genauso wie Cormac.

Ich streunte wieder wie ein herrenloser Hund durch die

Adlerschwinge. Cormac. Meine Gedanken kehrten zu dem uneingeladenen Gast in meiner Kabine zurück. Ich teilte sie nun mit einem Mann, über den ich so gut wie nichts wusste. Der mir einerseits Angst machte und der andererseits beruhigend auf mich wirkte. Und seltsamerweise anziehend. Mir war nur nicht klar, wie ich auf ihn wirkte. Nutzte er mich aus? War ich eine kleine Spielfigur in seinem undurchsichtigen Treiben? Oder empfand er auch etwas für mich? Hatte er das Knistern zwischen uns bemerkt? Eine auffrischende Böe strich durch meine Haare und blies sie mir ins Gesicht. In ein eigenwilliges Gesicht, wie mein Adoptivvater es genannt hatte. Es war etwas zu oval geschnitten, mit verschiedenfarbigen Augen: Das eine war grün, das andere blau. Die Lippen waren zu schmal, die Nase eine Spur zu stupsnasig, und die Stirn schien ewig gekräuselt zu sein, als hätten die sich bildenden Falten kurzerhand die Herrschaft an sich gerissen. Dazu kamen die fehlenden Rundungen meines Körpers, die ich schmerzlich vermisste.

Für mich war es widersprüchlich, doch ich wusste, dass ich auf das männliche Geschlecht eine gewisse Faszination ausübte. Aber anscheinend besaß ich nicht die von Männern gewünschte Schönheit, mit der sie sich gerne schmückten, denn meine Beziehungen waren gewöhnlich nur von kurzer Dauer.

Seufzend lehnte ich mich an die Reling und gab mich meinem Selbstmitleid hin. Ich starrte auf das Wasser und bemerkte hölzerne Überreste, die auf den Wellen tanzten, um nur kurz darauf von erneuten Wassermassen verschluckt zu werden. Ich fühlte mich elend. Ich wusste, dass es töricht und dumm war, doch in diesem Moment – fernab der Heimat und ohne jeglichen freundschaftlichen Beistand – tat das ausgesprochen gut.

Wo war ich also? Umgeben von Männern, die ich nicht einschätzen konnte, die mir vielleicht etwas vormachten oder mich eindeutig zum Teufel wünschten. Ich hatte das Vertrauen des wohl mächtigsten Mannes an Bord verloren. Menderz hatte nur allzu deutlich gezeigt, was er von mir und meinem Vorhaben, einen Dämon zu finden, hielt. Gut möglich, dass Cormac mir solch einen gewaltigen Bären aufgebunden hatte, dass ich Wirklichkeit und Fantasie nicht mehr zu unterscheiden wusste.

Doch ich hatte das schwarze Blut gesehen. Ich hatte mit eigenen Augen beobachtet, wie Jules eines mysteriösen Todes starb. So etwas konnte nicht gespielt oder geplant werden.

Abrupt riss ich mich von der Reling los und schickte mich an zu gehen. Immerhin hatte ich nun Zeit gewonnen, um den Dämon zu finden, beschwor ich mich selbst, als ich mich auf den Weg zu meiner Kabine machte. Ich hatte die Wahrheit auf meiner Seite. Und was Cormac betraf, würde ich schon noch herausfinden, woran ich bei ihm war. Vielleicht hatte ich ja wenigstens einen Menschen auf meiner Seite.

Mit neu gewonnener Energie öffnete ich entschlossen die Tür – und blieb wie erstarrt im Türrahmen stehen.

Auf meinem Bett saß eine verhüllte pelzige Gestalt mit Wolfsohren. Doch bevor ich noch realisieren konnte, was eigentlich los war, fiel mit einem dumpfen Geräusch ein kleiner Beutel vor meine Füße. Zischend strömte er einen beißenden Qualm aus, der meine Augen zum Tränen brachte. Meine Lider wurden schwer. Ich taumelte. Und ehe ich Cormac mit wüsten Flüchen bedenken konnte, sackte ich zusammen und begab mich in die wartende Umarmung der Ohnmacht.

Kapitel 11

Er steht an der Reling und streckt das Gesicht dem frischen Fahrtwind entgegen. Die Nacht ist wolkenfrei. Am Firmament funkeln Abertausende von Sternen, die Monde der Erde leuchten in matten Farben. Es ist ruhig. Außer dem Rauschen des Windes, dem Brechen der Wellen und dem Flattern der Segel ist nichts zu hören.

Ab und an hallt der Ruf eines Matrosen über das Deck. Aber die Nacht ist zu klar, zu still, als dass mehrere Männer zum Dienst antreten müssten.

Es ist eine Nacht wie gemacht für ihn. Eine Nacht zum Morden und zum Fressen, eine Nacht, um als wandelnder Tod über Deck zu ziehen und Seelen zu rauben.

Zitternd holt er Luft. Es läuft gut für ihn. Niemand hat bisher Verdacht geschöpft, was nicht heißen soll, dass sich daran etwas ändern könnte. Er will insgeheim sogar, dass sich etwas ändert. Dass die Gefahr, entdeckt zu werden, wie ein drohendes Schwert über ihm schwebt und er trotzdem die siegessichere Gewissheit seiner eigenen Stärke verspürt.

Niemand kann es mit ihm aufnehmen. Sein Hunger und seine Gier verleihen ihm Ausdauer, die geraubte Seele schenkt ihm neue Kraft.

Der Geschmack liegt noch immer auf seiner Zunge. Fast erlebt er das Auflauern und das Herausreißen der Seele seines Opfers auf ein Neues. Die Intensität der Erinnerung lässt ihn taumeln. Krampfhaft umschließt er mit der Hand die Reling, bis seine Fingerknöchel weiß hervortreten.

Er hat es genossen, wie sein Opfer sich vor Schmerz und Todesangst gekrümmt hat, bis der Wahn seinen Verstand vernichtet hat. Er hat Blut geleckt. Langsam entblößt er die Zähne wie ein Wolf, der seine Lefzen hochzieht.

Er will mehr, viel mehr, er will die nackte Angst in den Augen seines Opfers sehen, sich an der Todesqual laben, bevor er einen weiteren schwachen menschlichen Körper vernichtet. Endgültig. Im Blut badend.

Schmatzend leckt er sich über die trockenen Lippen. Allein der Gedanke daran lässt ihn schneller atmen, die Erregung macht ihn schier wahnsinnig. Er hat es eilig. Noch diese Nacht muss es geschehen, ein weiterer Mord, ein weiteres Opfer, eine weitere Seele. Er kann sich sonst nicht beherrschen, auch wenn sein Vorhaben äußerst riskant ist.

Doch was ist das Risiko im Vergleich zu dem unsagbaren Verlangen, das ihn auffrisst?

Er krallt die Finger in die Reling, seine Gedanken rasen. Ruhe. Er holt tief Luft, stößt sie pfeifend wieder aus. Bisher hat er sein Ziel nicht gefunden, er war zu sehr mit sich und seiner Gier beschäftigt. Noch eine Seele. Nur eine. Eine kleine. Die wird er sich gönnen, bevor er seiner Mission die ganze Aufmerksamkeit schenken wird, die sie braucht. Vielleicht windet sich sein Ziel schon in Furcht und Schrecken. Diese Vorstellung zaubert ein Lächeln auf seine Lippen, er muss sich beherrschen, nicht laut loszulachen, sich vor Freude nicht auf die Schenkel zu klopfen, als hätte er einen Witz gerissen.

Nahende Stimmen reißen ihn aus seinen Gedanken. Augenblicklich reagieren seine Instinkte, er huscht wie ein Blitz in die schützenden Schatten mehrerer Wasserfässer an Deck und atmet flach und leise.

»Mann, ich sag dir – das ist die letzte Nacht, wo ich hier draußen bin.«

»Hast du nicht zu entscheiden.«

»Ich weiß. Trotzdem. Scheiße, Mann! Verfluchte Scheiße. An Bord läuft irgendein kranker Irrer frei herum. Er hat Jules auf dem Gewissen. Und Jules ist in der Nacht getötet worden.«

»Hast du ihn gesehen?«

Ein würgendes Geräusch erklingt, dann fliegt ein Batzen Spucke auf die Planken. »Ja. Und weißt du was, Mann? Es war das Schlimmste, was ich je in meinem Leben gesehen hab. Und ich hab echt viel Mist gesehen, das kannst du mir glauben. Er … Er hat so anders ausgesehen. Als ob ihm etwas Wichtiges gestohlen worden wäre.«

»Ja … sein Leben.«

»Mann, willst du mich verarschen? Darüber macht man keine Witze!«

»Ist ja schon gut! Schon gut.«

Stille.

»Hast du die Geschichte von Jeffrey gehört?« Der Angsthase hat wieder das Wort ergriffen.

»Jeffrey? Der erzählt viele Geschichten, wenn der Tag lang ist.«

»Diese ist anders. Hab vor Schiss echt ’ne Gänsehaut bekommen. Und das will was heißen!«

»Du hast selbst dann Schiss, wenn deine Mutter um die Ecke kommt.«

»Jules soll kurz vor seinem Tod zu ihm runtergekommen sein. Hat seinen Posten aufgegeben. Leichenblass war er im Gesicht und faselte was von ’nem Kind, das ihn aus teuflischen Augen angesehen hat.«

»Scheiße! Woher hat der Kerl nur diese Fantasie?« Lachen erklingt.

»Er war tot danach. Tot! Dieses Kind ist ein Teufel, der an Bord gekommen ist, um uns alle ins Totenreich zu befördern. Mann, wenn der Käpt’n wenigstens den nächsten Hafen ansteuern würde. Ich bin ’ne Seeratte durch und durch … Aber im Moment würde ich meine eigenen Kinder verkaufen, um festen Boden unter den Füßen zu haben.«

»Du bist verrückt, weißt du das?«

»Kann sein. Aber ich segle nicht mit einem Mörder nach Esteban! Eher verweigere ich den Dienst.«

»Mann, pass besser auf, was du da von dir gibst! Wenn das jemand hört … Ich hab ja Verständnis dafür. Ein anderer vielleicht nicht. Und am allerwenigsten der Käpt’n, wenn er das spitzkriegt.«

»Er kriegt es aber nicht spitz.«

»Hm«, brummt der andere.

Die Stimmen werden leiser, entfernen sich aus seiner Nähe.

Mit glänzenden Augen tritt er aus seiner Deckung. Die Nacht erscheint ihm plötzlich um einiges heller und klarer.

Er hat einen Plan. Einen wirklich grandiosen Plan. Einen, der seine Tarnung festigen und es ihm erlauben wird, sich trotzdem seinen Trieben hinzugeben.

Er gluckst vor Euphorie. Sein Plan hätte selbst seinem Meister gefallen, der ihm befohlen hat, den Abtrünnigen nach Hause zu schaffen.

Und Jeffrey. Denn der spielt darin die Hauptrolle.

Kapitel 12

Als ich die Augen öffnete, blickte ich in einen braunen Himmel, der sich direkt über meinem Gesicht wölbte. Ein stetiges, rhythmisches Schwanken trieb mich in den Wahnsinn. Mir war, als rotierte hinter meiner Stirn ein riesiger Mühlstein.

Wo war ich? Was war geschehen?

Das Knarren von Holz ließ mich zusammenzucken. Das waren nicht die steinernen Hallen der Akademie in Heptagon. Ich befand mich irgendwo anders … nur wo und wieso?

Die Ahnung, fernab der Heimat zu sein, lähmte mich. Ich riss die Augen weit auf und erkannte die grobe Maserung einer hölzernen Decke. Gleichzeitig drang ein salziger Geruch in meine gereizte Nase und vermischte sich mit dem Duft von schwachem Rauch und einem beißenden Gewürz.

»Ich verbitte mir diese Anschuldigung.«

Meine Neugier war mit einem Schlag geweckt. Vorsichtig drehte ich den Kopf zu der fremden Stimme, doch alles, was ich erkennen konnte, war ein Schatten an der Wand. Am liebsten hätte ich mich aufgerichtet, hätte damit aber die Aufmerksamkeit der Anwesenden auf mich gezogen.

Die Erinnerung überkam mich so plötzlich, dass ich beinahe

aufgesprungen wäre. Ja! Ich lag in meiner Kabine an Bord der *Adlerschwinge*, hatte seit zwei Tagen nicht mehr geschlafen, fast nichts gegessen und jagte einen mordenden Dämon. Und dann saß unerwartet ein fremdes Wesen auf dem Bett, in dem ich nun offenbar lag … nach dem, was passiert war? Hatte das Wesen mich angegriffen und bewusstlos geschlagen? Aber ich spürte keinen Schmerz, nur eine leichte Benommenheit.

»Du weißt so gut wie ich, dass du davon ganz besessen bist.« Ich erkannte Cormacs Stimme. Verbitterter hätte sie nicht sein können.

»Ich tue es nicht für dich, Cormac. Nicht nur. Du solltest eine helfende Hand nicht ausschlagen. Ich habe dich zu dem gemacht, was du bist. Deine Abstammung kannst du trotzdem nicht leugnen. Du kamst aus der Hölle, und das wird dir für immer anhaften.«

»Sprich es nicht aus, verdammt! Nie wieder! Ich verfluche es mehr, als du es tust!«

Die Fremde lachte hell auf. Es war eine Frau, wie mir bewusst wurde. Eine Frau, die anscheinend wusste, was sie wollte.

»Du hättest dort bleiben sollen, Sedalé. Oder nach Nalar gehen, so wie du es eigentlich vorhattest.«

Ich stutzte. Nalar war die Hauptstadt Oskanons, Regierungssitz der Matriarchin Avellana und Knotenpunkt der Hexerei und Alchemie. Laut meinem Geschichtslehrer hielt sich in Nalar alles auf, was Rang und Namen hatte – sonderbare Treffen wurden dort abgehalten, die Mystik schwebte wie ein unsichtbarer Schild über der Stadt. An jeder Straßenecke lagen kleine Opfergaben an die zweifelhafte Göttin der Magie, Yarna, und so weit das Auge reichte, zierten pompöse wie auch schlichte Tempel die Ebene von Nalar.

»Das wäre viel zu langweilig gewesen. Ich liebe die Gefahr«, erwiderte die Frau namens Sedalé leichtfertig. Als sie fortfuhr, erklang ihre Stimme aus der anderen Ecke der Kabine. Erstaunt stellte ich fest, dass ich gar nicht gehört hatte, wie sie sich bewegte. »Was hast du nur mit deinen Haaren gemacht, Liebster?«

Mein Herz setzte für einen Schlag aus. Liebster? Waren sie und Cormac etwa … ein Paar?

»Abrasiert. Siehst du doch. Die Tarnung musste so perfekt wie möglich sein.«

»Als ein frommer Mönch.«

»Ja.«

»Etwas Passenderes ist dir wohl nicht eingefallen?«

»Ich fand es passend.«

»Die Bedeutung des Wortes ›rechtschaffen‹ ist dir wohl nicht geläufig.«

»Ich habe Buße getan, Sedalé, und in seinem Tempel um Vergebung gebeten.«

Sedalé schnaubte. »Dir kann nicht vergeben werden. Noch nicht einmal dein falscher Gott vermag es. Aber ich kann es … und würde es tun.«

Mir brummte der Kopf. Worüber redeten sie nur? Was hatte Cormac verbrochen, dass er die Vergebung der Götter suchte? War er doch ein Krimineller, ein Dieb oder gar ein Mörder?

Meine Zunge klebte am Gaumen. Wo, zum Himmel, war ich nur hineingeraten?

»Ich brauche deine Vergebung nicht. Und jetzt sage mir die Wahrheit: Warum bist du hier? Warum bist du mir gefolgt, wo ich dich doch anflehte, es nicht zu tun?«

»Ich habe dich vermisst, Cor. Ist es ein Vergehen, seinem Herzen zu folgen?«

Cormac stöhnte entnervt auf. »Verkaufe mich doch nicht für dumm!«

»Deine Sichtweise unserer Beziehung schmerzt mich.«

»Sedalé …«

»Findest du mich nicht mehr attraktiv?«

»Wie könnte ich nicht?«

»Mich musst du nicht fragen«, erwiderte die fremde Frau, und ich konnte einen lauernden Unterton hören.

»Ich bin fortgegangen. Ich habe es beendet. Es ist viel Zeit vergangen.«

»Zeit ist relativ, Cor. Du solltest endlich lernen, ehrlich zu sein. Und deinem Gefühl zu vertrauen. Manchmal muss man gegen den Strom schwimmen«, hauchte Sedalé.

»Du irrst dich. Genau das tue ich. Es ist vorbei. Es endete, weil du mich zum Narren halten wolltest.«

Hörte ich da Unsicherheit aus Cormacs Stimme? Ich war peinlich berührt von dem Gespräch, und ich konnte für die Frau und ihre kalten Worte keine Sympathie aufbringen.

»Ist es wegen ihr?« Sedalé kicherte.

Gebannt hielt ich den Atem an, als ich plötzlich ihre Blicke auf mir ruhen spürte.

»Nein.«

»Also ja.«

»Nein, verdammt!«

»Ich erkenne es immer, wenn du lügst, Cormac.«

»Irgendwann treibst du mich noch in den Wahnsinn. Nein, warte: Du hast es bereits getan.«

Ich wusste nicht, ob ich erleichtert oder verärgert sein sollte. Trotzdem war etwas in mir enttäuscht über Cormacs Antwort. Sehr enttäuscht. Meine Finger krallten sich in das Laken unter mir. Was ging es mich auch an? Und doch spitzte ich die Ohren, um ja kein Wort der Unterhaltung zu verpassen.

»Was hast du dann mit ihr zu schaffen?«

»Ich war ihr Gefangener.«

Sedalé stieß ein ungläubiges Lachen aus. »Gefangener? Götter, Cormac, du hast anscheinend eine Schwäche für dominante Frauen. Suchst du in ihr nun das, was du bei mir verloren hast?«

»Nein. Sie fand nur heraus, dass ich ohne Passierschein reiste, und hatte mich in der Hand.«

»Gut. Und deswegen teilt ihr euch eine Kabine? Seid ihr euch schon nähergekommen? Hat sie dich verführt? Ist sie gut im Bett? Befriedigt sie dich?«

»Es reicht! Ich schlafe nicht mit ihr.«

»Aber du würdest, wenn sich die Gelegenheit auftäte, oder irre ich mich?«

Cormac fuhr sich seufzend über das Gesicht. »Du machst mich krank. Unsere Beziehung ist rein pragmatisch. Geschäftlich. Ich helfe ihr, einen Mörder an Bord zu finden.«

Eisige Stille. »Dann hat sie mit dir ja genau den richtigen Mann gefunden. Schämst du dich eigentlich nicht?«

»Sei still. Sei verdammt noch mal still!«, rief Cormac, und seine Stimme klang merkwürdig gequält.

»Erwarte nicht mein Mitleid, denn das hast du nicht verdient. Du bist ein Lügner und ein Feigling.«

»Das mag sein.«

»Welch Bekenntnis! Und das aus deinem Mund. Ich bin überrascht. Deine Ehrlichkeit erschreckt mich«, sagte Sedalé spöttisch. Ihre Stimme wurde so kalt, dass sich meine Armhärchen aufrichteten. »Du wirst trotzdem zur Verantwortung gezogen werden.«

»Bist du deshalb hergekommen?«, fragte Cormac bitter.

»Die Matriarchin vertraut mir vollkommen. Und sie ist nicht glücklich darüber, was du getan hast. Du gefährdest meine geweihte Mission und den Heiligen Rat in Nalar.« Sedalé schwieg für einen kurzen Augenblick. »Ich werde dich begleiten, Cor, wie in alten Zeiten. Man gab mir den Befehl, dich zu töten, solltest du Avellanas Misstrauen erneut schüren.«

»Das ist Wahnsinn!«

»Wahnsinnig war es, mich in aller Heimlichkeit zu verlassen«, unterbrach Sedalé ihn scharf. Ein Schauder lief mir über den Rücken. »Du entscheidest, ob ich deinem erbärmlichen Leben noch eine Chance gebe oder dich dorthin zurückschicke, von wo du gekommen bist.«

»Du brauchst mir nicht zu drohen«, knirschte Cormac wütend.

»Dann sind wir uns einig.«

Ich wunderte mich, dass keiner der beiden den Schlag meines Herzens hörte. Wie wild schlug es in meiner Brust und schien explodieren zu wollen.

Ich hatte nicht die geringste Ahnung, worüber sie sprachen. Der Heilige Rat wurde erwähnt, das Komitee der wichtigsten und angesehensten Alchemisten. Was hatte Cormac mit der Sache zu tun, welche Tat brachte ihm die Missgunst der oskanonischen Matriarchin ein?

Ich kannte mich mit den Gepflogenheiten der Alchemisten nicht aus, geschweige denn, dass ich gewusst hätte, was der Heilige Rat insgeheim trieb. Er schien keinen politischen Einfluss zu haben, jedenfalls hatte ich in meiner Zeit als Aspirantin und Ritterin nichts davon mitbekommen.

»Wo ist Baal?«, fragte Cormac nach einer Weile.

Baal? Der Name war mir gänzlich unbekannt, auch wenn sich innerlich mein Magen zusammenkrampfte, als mich die Ahnung überkam, dass die Frau in Begleitung reiste.

»Er genießt den Freigang.«

»Es ist keine gute Idee, ihn alleine an Deck gehen zu lassen.«

»Wie rührend. Seit wann sorgst du dich um ihn?«

»Seit ein Dämon sein Unwesen getrieben hat!«, fuhr Cormac zornig auf. »Man hat ihn schon einmal gesehen, Sedalé! Ein zweites Mal hätte fatale Folgen. Es hat sich herumgesprochen, was der Matrose in seiner Todesnacht sah.«

»Er kann auf sich aufpassen.«

»Verstehst du denn nicht? Was, wenn er der Mörder ist? Du hast ihn nicht gänzlich unter Kontrolle, verdammt.«

»Er ist ein Kind der Finsternis. Was erwartest du von ihm?«

»Er ist ein Ungeheuer. Du kannst ihm nicht vertrauen«, beharrte Cormac.

»Dir vertraue ich auch nicht. Nicht mehr. Ihr habt nun etwas gemeinsam.«

Etwas kitzelte in meiner Nase. Erschrocken hielt ich die Luft an, ich wollte mehr hören, mehr erfahren. Irgendetwas sagte mir, dass sie sich nicht über diese Themen unterhalten hätten, wenn sie wüssten, dass ich wach war.

Doch es war zu spät. Lautstark nieste ich, und die Köpfe von Sedalé und Cormac schwenkten beinahe gleichzeitig in meine Richtung. Langsam richtete ich mich auf und streckte mich, ehe ich zu ihnen hinüberblickte.

Ich war die ganze Zeit neugierig gewesen, wer sich hinter der fremden Stimme verbarg. Als ich den Kopf hob, raubte mir Sedalés Anblick beinahe den Atem.

Sie war wunderschön – so schön, wie eine Frau nur schön sein kann. Darüber hinaus gingen von ihr eine exotische Wildheit und ein Hauch von Gefahr aus. Ich erkannte auf Anhieb, dass sie eine oskanonische Alchemistin war, und wunderte mich, dass ich über diese – eigentlich beunruhigende – Tatsache weniger erstaunt war als über ihr Äußeres.

Sie war klein, mindestens einen Kopf kleiner als ich, und von schlanker Statur. Ihre Haut hatte einen schimmernden ebenholzfarbenen Ton, der auf wundersame Art und Weise zu ihren schlohweißen Haaren passte, die ihr bis auf die Brust fielen. Ihr Körper war von einem Wolfsfell umhüllt, das geschickte Hände zu einem Mantel genäht hatten. Der Schädel des Wolfs schmiegte sich eng an ihren Kopf und verlieh ihr etwas Raubtierhaftes. Unter dem Mantel trug sie eine eng anliegende Kluft aus schwarzem Leder, die ihre üppigen Rundungen nur allzu deutlich betonte. Allerlei Schnüre und Riemen wanden sich an der Kluft entlang, und hier und dort konnte ich Wurfmesser und fremdartig geformte Griffe von Dolchen erkennen.

Doch noch mehr faszinierte mich ihr nahezu perfekt geformtes Gesicht, das durch die Schnauze des Wolfs im Schatten lag. Durchdringende indigofarbene Augen bohrten sich in die meinen und gaben mir das Gefühl von Schwäche.

Ich schluckte den Kloß in meiner Kehle hinunter. Dies war eine wahre und vollkommene Frau, in deren Gegenwart ich mich wie ein dummes Schulmädchen fühlte. Für mich war es kein Wunder, dass sie und Cormac ein Paar waren – welcher Mann würde an Sedalé vorbeigehen können, ohne von ihrer wilden Schönheit angezogen zu werden?

»Du bist also Cormacs neue Flamme.« Sedalé musterte mich kritisch. »Eine merkwürdige Wahl, die er da getroffen hat. Aber wie auch immer … Lass dir gesagt sein, ich werde dein ärgster Feind sein, wenn es um ihn geht.«

»Feind? Wieso?«, wiederholte ich und stellte erschrocken fest, dass meine Stimme eine Tonlage in die Höhe gerutscht war. Was zum Geier wollte sie von mir?

»Ich werde über deine Begriffsstutzigkeit hinwegsehen«, fuhr die Alchemistin fort. Es schien ihr Freude zu bereiten, mich im Ungewissen zu lassen. »Ich bin Sedalé hru Marwan, Alchemistin und Zweite Vorsitzende des Heiligen Rats von Oskanon.«

»Rheanne … Ritterin der Ersten Präsenz von … Heptagon. Es … Es ist mir eine Ehre«, stotterte ich. Meine Wangen wurden vor Scham rot. Himmel, selbst eine einfache Begrüßung brachte ich nicht zustande!

Ich bemerkte Sedalés missbilligenden Blick. »Du bist eine

Ritterin. Du hast mehr Muskeln als ein Mann. Das kommt davon, weil du dieses hässliche Blechgestell trägst.«

»Und Ihr seid eine Kräuterhexe«, schnappte ich zurück.

»Ja, weil ich mehr Verstand besitze als du. Und Cormac mag intelligente und vor allem sinnliche Frauen und nicht solche, die ein Schwert schwingen und brüllend in eine Schlacht rennen. Das wirkt überhaupt nicht feminin. Ist es auch nicht.« Sie lächelte schmal. »Deine Wortwahl und dein Ton mir gegenüber bestätigen meinen Verdacht. Du bist klein und unwichtig und hast eine Neigung zur Barbarei. Vermutlich schmatzt du beim Essen.«

Ich konnte Sedalé nur ungläubig anstarren. Mein Mund war so weit geöffnet wie ein Scheunentor. Ich musste unglaublich dumm dabei aussehen, doch die Alchemistin hatte es geschafft, mich vor Zorn zu lähmen.

»Wer ist sie, und was habe ich ihr getan?«, fragte ich Cormac, als ich wieder sprechen konnte. Cormac schwieg und stand mit steinerner Miene an den Tisch gelehnt. Warum setzte er sich nicht für mich ein?

»Du befindest dich mit meinem Liebhaber in einer Kabine. Ich halte weitere dumme Fragen für unnötig«, sagte Sedalé und besah sich in aller Seelenruhe ihre Fingernägel.

Ich spürte, wie vor Schock und Wut das Blut aus meinen Wangen wich. Meine Hände waren zu Fäusten geballt, sodass die Knöchel weiß hervortraten. Ich musste mich beherrschen, der fremden Frau nicht an die Kehle zu springen. Selten hatte mich eine Person dermaßen gereizt.

»Ich denke, es ist an der Zeit, dass Ihr meine Kabine verlasst«, presste ich mühsam hervor.

»Oh, glaube mir, Mädchen, nichts täte ich lieber.« Sedalé erhob sich vom Stuhl, trat zu Cormac und schlang die Arme um seine Hüften. Vor Wut bebend, beobachtete ich, wie Sedalé einen Kuss auf seine Wange hauchte, ihr schlanker Körper presste sich an den seinen.

»Ich warte im Salon auf dich, Liebster. Aber lass mich nicht zu lange warten.« Ihr Finger glitt seine Brust abwärts, auf ihren Lippen lag ein laszives Lächeln.

Sedalé löste sich von Cormac und schritt mit einer selbstverständlichen Eleganz zur Tür. Dort angekommen, wandte sie sich um. Ihr kalter Blick ließ mich taumeln. Dann öffnete sie die Tür und war verschwunden, doch ihre Präsenz füllte noch immer den Raum und ließ ihn klein und stickig wirken. Als die Tür ins Schloss fiel, hielt mich nichts mehr auf. Von der angestauten Wut angestachelt, stürmte ich auf Cormac zu und schlug meine Fäuste gegen seine Brust, sodass er vor Schreck zurücktaumelte.

»Ihr seid ein Scheusal!«, schrie ich ihn an.

»Rheanne. Beruhigt Euch«, sagte er mahnend.

»Ich will mich aber nicht beruhigen! Diese irre Hexe hat mich gerade auf das Tiefste beleidigt, und Ihr steht daneben wie ein Fisch auf dem Trockenen und sagt keinen Ton!«

Cormac packte meine Handgelenke und schob mich von sich fort. »Ihr seid wütend. Das verstehe ich.«

»Ach wirklich? Das sah gerade nämlich nicht so aus!«

»Sie ist eigenwillig, das gebe ich zu, doch Ihr könnt ihr vertrauen. Sedalé wirkt in mancherlei Hinsicht … unfähig, einem Menschen freundlich gegenüberzutreten.«

»Ihr nehmt sie in Schutz? Ist das Euer Ernst? Was habt Ihr

nur für einen Frauengeschmack, dass Ihr Euch von dieser Domina habt einlullen lassen! Steht Ihr etwa auf Demütigung und Peitschenhiebe?«, zischte ich.

Cormac zuckte getroffen zusammen. »Ihr seid aufgebracht.«

»Wie könnte ich es nicht sein!« Meine Hand zerschnitt in unberechenbarer Willkür die Luft. Ich holte tief Luft, spürte, wie mein Brustkorb vor Spannung schmerzte, und stieß sie lautstark wieder aus.

Ich strich mir fahrig einige Haarsträhnen hinter das Ohr. Erschrocken stellte ich fest, dass meine Hand vor Aufregung zitterte. Dergleichen war mir noch nie passiert, doch diese Kräuterhexe hatte es geschafft, mich vollkommen aus der Haut fahren zu lassen.

»Ihr werdet mir nicht sagen, woher Ihr sie kennt, habe ich recht?«

Cormac wich meinem Blick aus, der mir Antwort genug war. Ein Schatten legte sich über das tiefe Schwarz seiner Augen. Das mulmige Gefühl in meinem Bauch wuchs.

Ich nickte. Ich hatte verstanden. Die Ereignisse an Bord begannen, mir über den Kopf zu wachsen. Es blieben nur noch wenige Stunden, bevor Kapitän Menderz die Ermittlungen in die Hand nahm – und ich hatte nichts, rein gar nichts, das seine Meinung bezüglich des Mörders änderte.

»Wer oder was ist Baal?«, fragte ich.

»Ein … Bekannter«, antwortete Cormac ausweichend.

»Werdet Ihr wenigstens über ihn sprechen?«

Er schüttelte den Kopf, blickte stumm auf den Boden.

»Verdammt, Cormac!« Ich hätte ihn am liebsten bei den

Schultern gepackt und geschüttelt. Alles, was ich für ihn in den vergangenen Stunden empfunden hatte, drohte zu schwinden, um einer gähnenden Leere Raum zu machen. Ich durfte ihn nicht verlieren. Ich wollte ihn nicht verlieren.

Müde schloss ich die Augen und lehnte mich mit dem Rücken gegen die Wand. Ich sollte mich nicht so von einer Fremden beeinflussen lassen, dass ich meine Arbeit vernachlässigte und mein Ziel aus den Augen verlor.

Es kostete mich einiges an Kraft, als ich die Augen wieder öffnete und Cormac fest ins Gesicht sah. »Ihr wolltet mir beibringen, wie ich den Dämon bezwingen kann.«

»Ihr wollt noch immer kämpfen?« Er war ehrlich überrascht.

»Seit der Bekanntschaft mit Eurer brachialen Freundin will ich es umso mehr.«

»Ich … Ich halte das jetzt für keinen guten Zeitpunkt.«

»Ich aber. Wir haben noch immer ein gemeinsames Ziel. Oder habt Ihr aufgegeben, nachdem Ihr diese Frau ohne meine Erlaubnis in meine Kabine gelassen habt?«

Ohne mir darauf zu antworten, zog Cormac den mir wohlbekannten Parierdolch aus der Schlaufe seines Waffengurts und reichte ihn mir.

»Es gibt zwei Möglichkeiten, einem Dämon gegenüberzutreten. Die erste ist: Ihr stecht ihm ins Herz und schlagt im nächsten Zug seinen Kopf vom Hals. Die zweite ist: Ihr nehmt Eure Beine in die Hand und macht, dass Ihr wegkommt.«

»Die zweite Möglichkeit erscheint mir recht sinnvoll«, murmelte ich und verzog das Gesicht zu einer Grimasse. Ich stellte mir gerade vor, wie ich diese zwei tödlichen Streiche hintereinander, zügig und ohne Furcht ausführen sollte. »Warum aber das Abschlagen des Kopfes? Ist der Herzstich nicht schon tödlich?«

»Bei einem Menschen, ja. Dämonen erweisen sich als äußerst widerstandsfähig. Da sie seelenlose Kreaturen sind, gibt es nichts, was sie in ihren Körpern hält. Sie sind Improvisationskünstler und verfügen über die Fähigkeit, den Körper ihres Opfers zu übernehmen, sobald sie sich dessen Seele einverleibt haben.«

»Wartet – sie können ihr verfluchtes Aussehen verändern?«

»Sie können, müssen aber nicht. Im Fall des ermordeten Matrosen zum Beispiel ist es nicht passiert. Der Dämon brauchte offensichtlich keine neue Tarnung. Er hatte Appetit und wollte zudem Angst und Schrecken verbreiten.«

»Klingt logisch, aber was ist nun mit dem Kopf?«, fragte ich.

»Ein Dämon funktioniert und lebt von der Verbindung des Herzens mit dem Gehirn. Zerstört man beides, wird diese Verbindung entzweit, und dem Dämon ist es nicht mehr möglich, den übernommenen Körper zu verlassen.«

Mir schwirrte der Kopf. »Diese Monstren wurden damals wahrlich nicht grundlos in das Loch geworfen. Wie bei allen Göttern soll ich dieses Ungeheuer besiegen?«

»Den Dolch ins Herz, das Schwert trennt den Kopf.«

»Na klar. Einfacher geht es kaum.«

Cormac überhörte gewissenhaft meinen beißenden Sarkasmus und begann, auf dem Boden eine Decke und die Kissen von dem Sessel auszubreiten.

»Was macht Ihr da?«

»Ich werde jetzt schlafen. Dasselbe solltet Ihr auch tun, Elda Rheanne. Es ist schon spät.«

Ich sah ihn unschlüssig an, die Vorahnung überrollte mich wie eine riesige Welle. »Wir werden den Dämon heute Nacht nicht finden, habe ich recht?«

»Ihr hättet auch einen gewieften und erfahrenen Mörder binnen eines Tages nicht gefunden.«

Seufzend schritt ich zu dem verankerten Bett, ließ mich darauf nieder und stützte das Kinn auf die Handflächen. Ich hatte es schon vorher gewusst, bevor Kapitän Menderz mir ein Ultimatum von nur einem Tag gestellt hatte. Die Zeit war zu kurz.

Ich schlief unruhig in dieser Nacht. Es war heiß und stickig in der Kabine, und ich trat im Schlaf die Decke weg. Als ich mitten in der Nacht erwachte, stellte ich fest, dass der Schlafplatz auf dem Boden verlassen war.

Cormac war verschwunden. Das Schlimmste war, dass ich wusste, wo er sich befand. Die Erkenntnis trieb einen schmerzhaften Stich in meine Brust und ließ mich zusammenkrampfen. Eine ungewohnte Traurigkeit legte sich um meinen Verstand.

»Zur Hölle mit Euch, Cormac«, flüsterte ich heiser und drehte den Kopf zur Seite. »Zur Hölle mit Euch.«

Kapitel 13

Ich fühlte mich, als hätte ich den vergangenen Tag und die gesamte Nacht in einer Hafenkneipe verbracht und billigen Fusel gesoffen. Mein Kopf dröhnte, und meine Glieder schmerzten mit brennender Intensität. Stöhnend ließ ich den Kopf zurück in die Kissen sinken.

Es war jedoch nicht der exzessive Konsum von Alkohol gewesen, der mir diesen leidlichen Zustand bescherte, sondern meine eigene Angst vor dem heutigen Tag. Weniger die Unterredung mit Menderz, sondern vielmehr die unausweichliche Konfrontation mit Cormac sowie die Gewissheit, dass er die Nacht bei Sedalé verbracht hatte.

Die aufgehende Morgensonne tauchte den Raum in ein angenehmes mattrotes Licht. Durch einen Ritz im Vorhang fiel ein vorwitziger Sonnenstrahl auf Cormacs provisorischen Schlafplatz und offenbarte mir höhnisch dessen Leere. Ich stieß ein unwilliges Knurren aus – es half alles nichts: Ich musste aufstehen und aus der Enge der Kabine hinaustreten.

Mit einem mulmigen Gefühl im Bauch entnahm ich meiner Truhe eine saubere Tunika, zog die verstärkte lederne Weste darüber, stopfte den herausragenden Stoff in die Hose und schlüpfte in die Stiefel. Mit einem kräftigen Ruck schloss ich die Schnalle meines Waffengurts und befestigte mein Schwert daran samt dem Parierdolch, der auf dem Tisch lag.

Ein skeptischer Blick in den Spiegel offenbarte mir die wirre Unordnung meiner Haare. Unbarmherzig bearbeitete ich sie mit der Bürste, wusch mein Gesicht und putzte die Zähne, bevor ich zur Tür trat und unsicher eine Hand auf die Klinke legte. Ich holte noch einmal tief Luft und trat hinaus.

Mit betont zielstrebigen und festen Schritten folgte ich den Korridoren zur Messe. Der Klang der Morgenglocke war noch nicht erschollen, der große Ansturm würde erst in wenigen Minuten stattfinden.

Der Duft von stark gebrühtem Tee hing in der Luft, als ich eintrat, genau das, was ich dringend brauchte. Mit einem dampfenden Becher Tee suchte ich mir auf einer der hinteren Bänke einen Platz und genoss die Ruhe. Endlich konnte ich die Erlebnisse der letzten Tage Revue passieren lassen.

»Guten Morgen.«

Ich erstarrte, hätte mich beinahe verschluckt.

»Komme ich ungelegen?« Cormac blieb erwartungsvoll an meinem Tisch stehen.

Ich drehte mich zu ihm um und musterte ihn. Er sah anders aus, wie ich sogleich feststellte, und auf gefährliche Art und Weise sogar anziehend. Die mausgraue Kutte eines Novizen hatte er abgelegt, und zum ersten Mal konnte ich seine Statur betrachten. Ohne das weite Mönchsgewand wirkte er gar nicht so mager wie angenommen. Er hatte nicht die breiten Schultern von Timotheus oder Menderz, doch Muskeln waren an den richtigen Stellen zu erkennen.

Er trug eine dunkelbraune Hose, die an den Innenseiten mit Leder verstärkt war, und lederne Stiefel, die bis zu den Knien reichten. Unter einer längeren schwarzen Weste konnte ich ein leichtes Kettenhemd erkennen, dessen einzelne Glieder silbrig glänzten.

Ich merkte, dass ich ihn anstarrte, und senkte mit roten Wangen den Blick.

»Wo habt Ihr Eure Kutte gelassen?«, murmelte ich, noch immer irritiert.

»Sedalé kann sie nicht ausstehen. Als ich heute Morgen aufstand, war sie plötzlich verschwunden.«

»Ihr tut anscheinend immer, was Sedalé sich wünscht.«

»Da irrt Ihr Euch.« Cormac ging um den Tisch herum, um auf der Bank gegenüber Platz zu nehmen. »Sie verfügt über enormes Wissen, und ihre Weitsicht ist der meinen um Längen voraus. Ich tue gut daran, ihr zu vertrauen. Ihr solltet es auch.«

Ich verzog das Gesicht. »Hat sie Euch zu mir geschickt? Will sie mich besänftigen?«

»Ich bin es eher, der Euch besänftigen will.«

»Bei den Göttern, hättet Ihr gestern dieser Hexe Einhalt geboten, wäre das heute gar nicht nötig.« Mit einem lauten Knall wuchtete ich den Becher auf die Tischplatte, sodass etwas Tee überschwappte. »Und? Hattet Ihr eine angenehme Nacht?« Ich biss mir unwillkürlich auf die Lippe, doch es war zu spät.

Cormac starrte mich unergründlich an. »Ich kann mich nicht beschweren.«

Ich wusste es. Er hatte die Finger nicht von ihr lassen

können – bei Sedalés Reizen auch kein Wunder. Trotzdem kroch eine üble Wut in mir hoch. Ich umklammerte meine Teetasse.

»Freut mich zu hören«, presste ich hervor. In meinem Kopf flammte das Bild von Sedalé und Cormac auf, eng umschlungen auf dem Bett liegend. Ich schnaufte und trat mir selbst auf den Fuß, um mich abzulenken. Ein äußerst schlechter Einfall, denn er schmerzte noch immer.

»Wir haben einen Plan. Es gibt eine Möglichkeit, dem Dämon fürs Erste die Möglichkeit zu nehmen, unerkannt zu morden.«

»Ihr habt einen Plan«, wiederholte ich. »Arbeitet Ihr jetzt mit ihr zusammen?«

»Sie ist eine wertvolle Verbündete, Rheanne. Sie kennt die alten Bücher über die Dämonen besser als ich. Außerdem ist sie eine Nachfahrin der alten Alchemisten.«

»Oh, ich bin vor Ehrfurcht erstarrt!«

Cormac seufzte verärgert. »Ihr solltet lernen, sie zu tolerieren. Sedalé wird uns bis nach Esteban begleiten. Wir wären dumm, ihre Hilfe auszuschlagen.«

»Bitte sehr, ich halte Euch nicht auf. Arbeitet mit Eurer Geliebten zusammen, zieht am besten sofort bei ihr ein, dann bin ich Euch endlich los. Alleine bin ich sowieso viel effektiver. Ich brauche Eure Hilfe nicht, Cormac, und Sedalés Plan will ich erst gar nicht hören.«

»Ihr seid eine starrköpfige Frau, Rheanne.« Ein trauriges Lächeln umspielte seine Mundwinkel. Er beugte sich vor und streckte die Hand aus. Meine Atmung setzte aus, als er mir sanft eine Haarsträhne aus dem Gesicht strich. »Ihr seht

Gefahren, wo eigentlich keine sind«, sagte er leise und wich dann von mir zurück.

Ich starrte ihn mit großen Augen an, als er aufstand und ohne ein weiteres Wort verschwand. Mit pochendem Herzen und noch immer elektrisiert von seiner plötzlichen Berührung, blieb ich sitzen. Meine Gedanken glichen einem aufgeschreckten Bienenschwarm.

Er würde mich eines Tages noch um den Verstand bringen. Und trotzdem wurde meine Faszination für ihn nur noch stärker entfacht – und das Gefühl der Verwirrung, sobald ich in seiner Nähe war, machte klares Denken unmöglich.

Ein weiterer Grund, die Zusammenarbeit mit ihm zu beenden. In seiner Gegenwart war ich nicht voll einsatzfähig. Er war mit Sedalé eindeutig besser bedient, so schwer es auch war, mir das einzugestehen.

Kurze Zeit später füllte sich die Messe mit den restlichen Passagieren. Cormac tauchte nicht mehr auf, ebenso wenig Sedalé, deren Mahlzeiten im Salon serviert wurden. Auch der Zwerg Korringrur ließ sich nicht blicken, sein gewohnter Platz am Ende der Tafel blieb leer.

Die Frühstückszeit war noch nicht vorüber, als mich dröhnende Schritte von vielen Stiefeln aufhorchen ließen. Es war so weit. Ich ballte die Faust, als Kapitän Menderz' Delegation die Messe betrat, er selbst allen voran. Er trug seine Kapitänsuniform und den dreieckigen Seemannshut. Die gefärbten Federn darauf wippten bei jeder Bewegung.

Ihn begleitete ein Dutzend Matrosen. Bullige Männer mit breiten Oberkörpern und ausdruckslosen Gesichtern. Sie wirkten nicht gerade intelligent, aber ihre Muskelkraft war wohl das, worauf Menderz setzte. Weiter hinten erkannte ich Timotheus und einen der ranghöheren Matrosen sowie Román, der sich mit aufgerissenen Augen eng bei Timotheus hielt. Seit der Ermordung von Jules wirkte er auf mich wie ein ängstlicher Junge.

Augenblicklich breitete sich eine gespannte Stille aus. Das Klappern der Messer und Löffel verstummte abrupt, alle Blicke waren auf Menderz und seine zusammengewürfelte Eskorte gerichtet.

In der Mitte des saalähnlichen Raumes blieb der Kapitän stehen und nickte zwei Matrosen zu, die sogleich zu beiden Seiten des Eingangs ihren Posten bezogen. Ich verkrampfte mich. Wir wurden tatsächlich wie Kriminelle behandelt, man vertraute uns nicht. Welch ein Irrsinn!

»Verehrte Herrschaften«, erhob Menderz das Wort, scharf und erbarmungslos wanderte sein Blick durch den Raum. »Ich hätte Euch lieber aus einem erfreulicheren Grund beim Essen gestört, doch wie Ihr wisst, hat sich auf diesem Schiff ein furchtbares Unglück zugetragen. Ich muss mit dem Schlimmsten rechnen, und das ist weder eine Krankheit noch ein Unfall, sondern ein brutaler Mord, dem der Matrose Jules zum Opfer gefallen ist. Ich als Kapitän dieses Schiffes habe die Pflicht, weiteres Unheil zu verhindern und die Umstände dieses grausamen Verbrechens aufzuklären.«

»Das war keine menschliche Tat, habe ich recht, Kapitän? Man hört allerlei Gerüchte von schwarzem Blut und Teufelsaugen!«

Ich sog scharf die Luft ein, als ich zu Lemae sah. Ein wissendes Lächeln lag auf seinen Lippen. Seine ruhig vorgetragenen Worte brachten Menderz für einen Augenblick aus der Fassung.

»Ich bitte Euch, Elder Kapitän«, fuhr Lemae triumphierend fort. »Wir sind keineswegs dumm. Man bekommt einiges mit, die Wände sind weniger dick, als Ihr es Euch anscheinend gedacht habt. Es gibt immer ein Vögelchen, das die Neuigkeiten auszwitschert.« Sein Kopf schwenkte in meine Richtung. Ich wurde rot, biss die Zähne zusammen.

»Und Ihr seid vorlauter, als es Euch angesichts der brisanten Lage guttut«, versetzte Menderz unbeeindruckt. Er wandte sich wieder an alle Anwesenden. »Ich verbitte mir derartige Spekulationen und muss Euch darauf aufmerksam machen, dass jeder Mensch verdächtig ist, der sich auf diesem Schiff befindet. Fortan wird es Regeln an Bord geben, die Ihr einzuhalten habt, bis der Verantwortliche gefasst ist. Regeln, die einen weiteren Mord verhindern werden. Erstens: Nach dem Abendessen besteht eine Ausgangssperre. Alle Passagiere müssen nach dem letzten Glockenschlag in ihren Kabinen sein. Zweitens: An Deck dürfen sich Passagiere tagsüber nur noch in Begleitung eines zugeteilten Matrosen aufhalten. Drittens: Wer des Nachts an Deck gesehen wird, wird für diesen Regelverstoß zur Rechenschaft gezogen und darf seine Kabine nicht mehr verlassen. Und schließlich: Sobald wir Esteban erreicht haben und vor Anker gegangen sind, wird die astranische Botschaft konsultiert werden. Zusammen mit der genzabarischen Behörde wird eine polizeiliche Ermittlung eingeleitet werden. Niemand verlässt das Schiff, bis der Täter gefunden ist.«

War es noch vor wenigen Minuten still gewesen, brach nun ein wahrer Sturm an Stimmen los. Die Kaufleute, allen voran Lemae, protestierten in lautstarkem Entsetzen.

»Dieses Vorgehen kann ich nicht akzeptieren«, begehrte Lemae erbost auf und erhob sich. »Ich habe mit diesem Todesfall nicht das Geringste zu schaffen und verbitte mir solch demütigende Behandlung! Ich bin ein Geschäftsmann!« Er hielt inne, bemerkte die fassungslosen Gesichter seinesgleichen und machte eine ausladende Geste. »Wir alle sind Geschäftsmänner!« Zustimmendes Gemurmel. »Solch eine polizeiliche Ermittlung kann Tage, wenn nicht gar Wochen dauern! Wer kommt für unseren finanziellen Verlust auf? Wer informiert unsere Handelspartner, die für Euren barbarischen Entschluss sicher kein Verständnis haben? Sie werden unsere Geschäfte und Vereinbarungen wie reife Trauben platzen lassen!«

»Sind Euch Eure finanziellen Angelegenheiten wirklich mehr wert als die Aufklärung eines heimtückischen Mordes oder gar mehr wert als die Verhinderung einer weiteren abscheulichen Tat?«, fragte Menderz mit bedrohlich leiser Stimme.

»Ich bin ein Kaufmann und kein Geistlicher oder Staatsdiener. Würden wir Kaufleute Rücksicht auf alles und jeden nehmen, würde Astrans stabiles Wirtschaftssystem postwendend in sich zusammenfallen!«

»Dann geht zu Jules, für einen Tag nur, setzt Euch neben seine Leiche, seht ihm dabei in die Augen und sagt ihm das, was Ihr gerade mir an den Kopf werft«, donnerte der Kapitän mit derart mächtiger Stimme, dass mir ein Schauder über den Rücken lief. »Wenn Astran solche Geschöpfe wie Euch hervorbringt, schäme ich mich mit blutendem Herzen dafür, Astraner zu sein!«

Lemaes Gesicht wurde fahl, er machte einen Schritt zurück, stieß mit den Kniekehlen gegen die Bank und ließ sich fallen. Sein Mund war ein einziger schmaler weißer Strich, so sehr presste er die Lippen zusammen. Ich konnte sehen, wie es in ihm brodelte und kochte, und obgleich ich sein Verhalten äußerst widerlich fand, konnte ich es sehr gut nachvollziehen.

Auch mir würden erhebliche Konsequenzen drohen, sollte ich das Paket der Ersten Präsenz nicht rechtzeitig dem Kaiser zukommen lassen. Doch Kapitän Menderz wirkte nicht so, als würde er seinen Entschluss alsbald rückgängig machen, nur weil wir Passagiere uns beschwerten. Außer natürlich, der Mörder würde während der Reise gefasst, aber das würde sich nun als noch schwerer erweisen, wurden wir schließlich an die kurze Leine genommen.

»Besteht die Möglichkeit, über die astranische Botschaft in Esteban den jeweiligen Geschäftspartnern eine Nachricht zukommen zu lassen? Es wäre nur gerecht«, erhob ich das Wort und erntete sogleich einen verärgerten Blick von Menderz.

»Die Botschaft ist kein Kurierwesen. Ich kann von den Beamten nicht verlangen, dass sie wie Botenjungen durch Esteban rennen!«

»Aber …«, startete ich einen neuen Versuch, wurde jedoch von einer schneidenden Geste des Kapitäns zum Schweigen gebracht.

»Genug! Es reicht! Ich trage die Verantwortung, und ich

muss Jules' Angehörigen beibringen, dass sie gerade Vater, Sohn und Bruder verloren haben. Wollt Ihr diese Aufgabe für mich übernehmen?« Er sah mich herausfordernd an. Ich schwieg. »Gut. Ich löse diese Versammlung auf. Meine Elder, Elda. Guten Tag.«

Mit rauschendem Mantel schritt Menderz aus der Messe und hinterließ einen zutiefst schockierten Haufen Händler und mich. Seine Beschlüsse hatten mir erhebliche Probleme beschert.

Die Stimmung in der Messe war auf einen Tiefpunkt gesunken. Alle riefen aufgeregt durcheinander, vorneweg Lemae, der sich in seiner Ehre verletzt fühlte und nicht davor haltmachte, die wenigen zurückgebliebenen Matrosen und den Kapitän mit wüsten Beleidigungen zu beschimpfen.

»Das wird er mir büßen, dieser Dreckskerl«, polterte er. An seiner Schläfe zuckte pulsierend eine Zornesader. »Dieser Hornochse wird mich noch kennenlernen. Mit mir legt man sich nicht an! Ich werde in Esteban von Bord gehen, sobald dieses verfluchte Schiff angelegt hat.«

Irgendetwas in mir sagte mir, dass Lemae seine Drohung ernst meinte. Ich beobachtete sein bewegtes Mienenspiel aufmerksam, sah Hass und Wut in seinen glasigen Augen. Mein Magen krampfte sich bei dem Anblick zusammen. Er hatte einen Plan gefasst. Etwas, das dem Kapitän und den gesamten Passagieren an Bord mehr Schwierigkeiten einbringen würde, als er sich vielleicht dachte.

Es waren meine Neugier und die dunkle Vorahnung, die mich dazu veranlassten, Lemae zu folgen.

Nachdem sich die Stimmung in der Messe etwas gelockert hatte und einige der Händler – insbesondere die beleibten – sich wieder ihrem Frühstück widmeten, waren Lemae, Lahstrom und Edvard Herstor, wenngleich etwas widerstrebend, aufgestanden und gegangen. Ich wartete, bis sie in den Korridor abbogen, ehe ich aufstand und zielstrebig zur Tür ging.

Vorsichtig lugte ich in beide Richtungen und konnte noch einen Blick auf Edvards lächerlich buntes Obergewand erhaschen, bevor dieser um eine Ecke bog.

Entschlossen huschte ich zu der T-Kreuzung, blieb an der Ecke stehen und beobachtete, wie Lemae die Tür zu seiner Kabine aufschloss und alle drei Händler darin verschwanden.

Ich ignorierte das unangenehme Gefühl in meiner Magengegend und redete mir ein, es für das Wohlbefinden aller sich an Bord befindenden Passagiere zu tun. Ich war keine ausgebildete Spionin, meine Vorgehensweise zeugte nicht gerade von Professionalität: Ich stand dicht am Türrahmen gelehnt, während ein Ohr versuchte, die Unterhaltung der Händler zu verfolgen, und das andere auf den Gang gerichtet war. Wenn mich jemand erwischt hätte, wäre ich sichtlich um eine Erklärung verlegen gewesen.

»Eine polizeiliche Untersuchung«, vernahm ich Lahstroms gedämpfte Stimme. »Ich habe einen Termin einzuhalten. Versage ich, müsste ich einen Verlust von zweihundert Goldkronen in Kauf nehmen! Wie soll ich das meinem Vorgesetzten erklären?«

»Es ist eine Schande. Eine Zumutung! Sobald ich nach Astran zurückkehre, werde ich am Hofe der Ersten Präsenz Beschwerde gegen den Kapitän einreichen. Es steht ihm nicht zu, uns wie Kriminelle zu behandeln«, spie Lemae und verbreitete eifrig Unmut. »Dergleichen ist mir noch nie passiert! Ich bin ein ehrbarer Händler! Das Morden überlasse ich dem Gesindel und dem Abschaum. Ich würde mir doch nicht selbst die Finger schmutzig machen.«

»Was gedenkt Ihr, gegen den Entschluss zu unternehmen?«, fragte Edvard zögernd. »Habt Ihr einen Plan?«

»Und ob ich einen habe! Kapitän Menderz ist ein strenger Mann. Er besitzt eine militärische Ausstrahlung, die gewiss nicht jedem Matrosen an Bord passt. Es gibt sicherlich einige schwarze Schafe auf dem Schiff, die sich insgeheim wünschen, Menderz das Zepter aus der Hand zu reißen. Ich könnte mir vorstellen, ihnen dabei behilflich zu sein.«

»Heißt das … Meuterei?«

»Ihr nehmt ein hartes Wort in den Mund, mein lieber Edvard«, erwiderte Lemae. »Ich würde es nicht so bezeichnen … noch nicht.«

»Aber Ihr spielt mit dem Gedanken?«

»Nun, diese Möglichkeit außer Betracht zu lassen würde unserem Schicksal nicht dienlich sein. Aber wer weiß es schon, vielleicht findet sich der Mörder noch während der Überfahrt.«

Lahstrom räusperte sich vernehmlich. »Hat … Hat der Zwerg denn etwas gesagt?«

Ich wurde hellhörig und schmiegte mich dichter an das raue Holz der Tür. Was hatte Korringrur mit diesem kaufmännischen Lumpenpack zu tun, das eine Meuterei des Geldes wegen begrüßen würde?

»Er schweigt wie ein Grab«, sagte Lemae, und ich konnte

den Unwillen in seiner Stimme hören. »Seid Ihr Euch sicher, dass die Ritterin ihn verdächtigt?«

»Aber ja! Sie war ihm auf den Fersen, als sie mit mir zusammenstieß. Daraufhin folgte ich ihr auf Deck und konnte hören, was sie zu ihm sagte. Sie meinte, es gäbe eindeutige Indizien, die auf ihn hinwiesen.«

»Wir sollten ihn bearbeiten«, schlug Lahstrom vor. »Ihn foltern. Ein Geständnis aus ihm herausprügeln. Edvard hat die Worte dieser Ritterin immerhin gehört: Der Zwerg ist der perfekte Tatverdächtige. Wenn wir ihn geständig machen, können wir ihn zum Kapitän bringen, und die Angelegenheit mit der polizeilichen Untersuchung in Esteban wäre vom Tisch.«

Mir wurde abwechselnd heiß und kalt. Meine Brust bebte vor unterdrückter Wut, ich musste mich zwingen, nicht die Tür einzutreten und diesen Mistkerlen einige Hiebe mit der Breitseite zu geben!

»Lahstrom … Ihr seid ein gewiefter Dreckskerl!«, rief Lemae und stieß ein meckerndes Lachen aus. »Woher habt Ihr nur diese Hellsichtigkeit? Natürlich, warum das Risiko einer Meuterei eingehen, wenn es auch so unglaublich einfach geht?«

»Aber wenn er der Mörder wäre … warum war es dann so leicht, ihn zu überrumpeln?«, fragte Edvard.

»Ihr denkt zu viel nach. Wir waren zu dritt, er war allein, und noch dazu ist er lächerlich winzig.« Die Missbilligung in seiner Stimme war unüberhörbar. »Aber wir müssen vorsichtig sein. Die Matrosen beobachten uns wie bissige Köter. Wir dürfen nicht auffallen, schon gar nicht zu dritt.«

Der Händler senkte die Lautstärke. Ich musste die Luft anhalten, um wenigstens einige Wortfetzen mitzubekommen.

» … den Schlüssel, und dann trefft mich eine Stunde vor dem Mahl unten«, hörte ich Lemae. »Wir werden … zeigen … und wenn nicht … er dafür bluten.«

Ein schabendes Geräusch erklang, als mehrere Stuhlbeine über den Boden rutschten. Ich fuhr erschrocken zurück, und mein Herz raste in der Brust, als ich mich mit eiligen Schritten von der Tür entfernte.

Ich hatte genug gehört, war verwirrt und entsetzt darüber, dass Lemae es in aller Heimlichkeit geschafft hatte, einen Unschuldigen gefangen zu nehmen, und nicht vor Folter zurückschreckte, um einen Schuldigen zu präsentieren.

Ich musste Cormac Bericht erstatten, ihm alles erzählen und von der Dringlichkeit überzeugen. Korringrur musste aus den brutalen Händen der Kaufmänner gerettet werden. Ich musste ihn finden. Wahrscheinlich war er in der Abgeschiedenheit der Lagerräume eingesperrt und harrte dort im Ungewissen aus.

Kapitel 14

Es hätte nicht schlimmer kommen können.

Anscheinend machte sie es absichtlich, und zu allem Überfluss schien es ihr auch noch Vergnügen zu bereiten, mich klein und unwichtig aussehen zu lassen.

Meine Wangen brannten. Ich stand in meiner Kabine, in *meiner* Kabine wohlgemerkt, und kam mir vor, als hätte ich die Privatgemächer einer Fremden betreten. Als wäre ich nur ein Gast.

Angesichts der Vertrautheit zwischen Sedalé und Cormac war dieses Gefühl auch kein Wunder. Mit größter Selbstverständlichkeit hatte sich die Alchemistin aus Oskanon auf mein Bett gesetzt, mit lasziv übereinandergeschlagenen Beinen, sodass man den langen Schlitz an ihrem Mantel nicht übersehen konnte, der ein wohlgeformtes, nacktes, in sanftem Ebenholz schimmerndes Bein entblößte. Ich schluckte und zwang mich dazu, nicht hinzusehen. Ich wäre vor Neid wahrscheinlich geplatzt.

»Wären wir heute Morgen doch auch in der Messe gewesen, Liebster«, sagte Sedalé in melodischem Singsang. »Dieses Ereignis hätte ich zu gerne erlebt!« Sie sah mich von unten her an, ein dunkler Blick hinter stark geschwärzten Wimpern.

Dann glitt ein falsches Lächeln über ihre Lippen, aus dem der Hohn förmlich troff. »Leider waren wir zu beschäftigt. Wirklich zu schade.«

Ich ballte die Hand zur Faust und bemühte mich, nicht auf ihre Provokation einzugehen. Sollte sie mit Cormac treiben, was sie wollte! Doch sosehr ich mir Gelassenheit einredete, spürte ich doch die heiße Woge der Eifersucht, die mir immer mehr die Luft zum Atmen nahm. Ich blieb stumm und versuchte den Kloß im Hals herunterzuschlucken. Vergeblich … Ich fühlte mich lächerlich und am Boden zerstört – dort, wo Sedalé mich haben wollte.

Ich streckte den Rücken durch und riss mich zusammen. »Ja, wirklich zu schade!«, bestätigte ich genauso affektiert wie sie. Dann verbannte ich Sedalé aus meinem Kopf und wandte mich an Cormac. »Was sagt Ihr denn dazu? Es ist dringend – Korringrur darf unmöglich noch länger festgehalten und gefoltert werden.«

»Warum habt Ihr plötzlich so ein reges Interesse an dem Zwerg? Er hat Euch den Fuß violett getreten. Ihr solltet Euch um andere Dinge kümmern.« Cormac wirkte unbeteiligt, eine Tatsache, die mich rasend machte. Hatten ihm Sedalés Schmeicheleien vollkommen den Kopf vernebelt? Ich knirschte mit den Zähnen.

»Er ist unschuldig und wird zu Unrecht festgehalten.«

»Unrecht passiert im Sekundentakt! Man kann nicht jede Straftat dieser Erde bekämpfen«, fuhr er mich an.

Ich wich zurück. Das also war der Cormac, der mir noch eine Stunde zuvor in einer fast zärtlichen Berührung die Haarsträhne aus dem Gesicht gestrichen hatte? Eine ungewohnte Enttäuschung überkam mich. Ich fühlte mich von ihm verraten.

»Heißt das, es interessiert Euch nicht?«

»Götter, es regnet Hirn!«, tönte Sedalé hinter mir.

»Das heißt, wir arbeiten nicht mehr zusammen«, erklärte Cormac kühl. »So, wie Ihr es von mir gefordert habt.«

»Das war doch eine völlig andere Situation«, rief ich aufgebracht. Anklagend wandte ich mich an Sedalé. »Es ist Euretwegen!«

»Ich fühle mich geschmeichelt.«

Wieder dieses herausfordernde Lächeln. Es machte mich ganz krank. Auf einmal fühlte ich eine rasende Wut beiden gegenüber.

»Was macht Ihr dann noch hier in meiner Kabine?«, fuhr ich Cormac an.

»Ich wollte nur meine Sachen holen.«

»Dann beeilt Euch besser«, versetzte ich schroff.

Cormac nickte knapp, griff die wenigen Habseligkeiten, an die ich mich mittlerweile schon gewöhnt hatte, und ging zur Tür. Sedalé sprang wie eine Katze vom Bett auf und tänzelte zu ihm. Bevor sie beide durch die Tür verschwanden, warf Cormac mir einen letzten Blick zu. Die Härte darin war verschwunden, es lag Bedauern darin und eine Traurigkeit, als hätte ich ihn verletzt. Ich kehrte ihm den Rücken zu. Alles, was ich wollte und brauchte, war Ruhe.

Lange Zeit saß ich auf meinem Bett und starrte Löcher in die Tür, durch die Cormac verschwunden war. Eine ungewohnte Leere füllte meinen Geist.

Ich dachte, ich könnte die Zeit nutzen, mir Gedanken um Korringrurs Befreiung zu machen. Doch alles, woran ich im Moment denken konnte, war Cormac. Und Sedalé. Vor allem Sedalé! Sie vergiftete meine Gedanken, fraß mich von innen her auf, und zwar mit einer Bösartigkeit, die mich selbst erschreckte. Ich hielt mich eigentlich für selbstbewusst, doch in ihrer Gegenwart löste sich alles auf.

Abrupt sprang ich auf. Mein Blick fiel auf mein Spiegelbild an der gegenüberliegenden Wandseite. Wie eine Furie machte ich einen großen Satz zum Spiegel, ballte die Hand und vergrub meine Faust dort, wo mir mein eigenes blasses, müdes Gesicht entgegenblickte. Krachend zerbarst das dünne Glas in tausend Stücke. Blut rann an meiner Hand entlang. Einzelne Scherben steckten in der Haut zwischen den Fingern. Meine Knöchel waren aufgeschürft und blutig.

Keuchend betrachtete ich meine Hand und spürte noch immer die unbändige Wut in meinem Herzen. Ein hilfloser Schrei kroch meinen Hals hinauf, doch alles, was aus meinem Mund kam, war ein gequältes Jaulen.

Die Schnittwunden an meiner Hand schmerzten weniger als mein Inneres. Wer ertrug schon gerne die Demütigung anderer, ohne zu wissen, was man eigentlich falsch gemacht hatte.

Ich ging zu meiner Truhe, öffnete sie und entnahm ihr das Päckchen mit dem Verbandsmaterial. Mein Ausbruch war dumm gewesen. Ich hatte nichts davon – außer eine verletzte Hand.

Nachdem ich mich verarztet und etwas frisch gemacht hatte, fasste ich den Entschluss, nicht länger untätig herumzusitzen, sondern Korringrur auf eigene Faust zu suchen. Mit wankenden Schritten ging ich zur Tür und trat in den Flur.

Der Korridor lag still und verlassen vor mir, als ich nach links und rechts lugte. Einige Kerzen hüllten den Gang in ein spärliches Licht. Gedämpfte Stimmen drangen von dem Oberdeck zu mir.

Als ich an der geflügelten Salontür vorbeiging, zog sich meine Brust unwillkürlich zusammen. Ich beschleunigte meine Schritte und ließ nicht zu, dass mich der Gedanke an Sedalé und Cormac wieder in den Wahnsinn trieb.

Erleichtert seufzte ich auf, als ich um eine Ecke bog und mir der mittlerweile vertraute Geruch aus der Messe entgegenschlug.

Ich ging weiter und folgte dem Gang bis zu der breiten Stiege, die hinauf auf das Oberdeck führte. Sehnsüchtig schielte ich zu der geschlossenen Luke. Was hätte ich dafür gegeben, für einige Augenblicke frische Luft zu atmen und den Wind um mich zu spüren. Menderz hatte seinen Entschluss tatsächlich in die Tat umgesetzt: Wir Passagiere waren Gefangene in dem ausgedehnten Bauch der *Adlerschwinge*.

»Wer ist da?«

Ich drehte mich um und machte in dem düsteren Gang die vagen Umrisse einer menschlichen Gestalt aus, die langsam auf mich zukam. Als der Schatten in das spärliche Licht der Kerzen trat, atmete ich erleichtert auf.

»Román. Du hast mir einen Schrecken eingejagt.«

»Das Gleiche wollte ich Euch auch gerade sagen«, erwiderte der stellvertretende Erste Maat. Er reckte den Hals und sah mich fragend an. »Was treibt Ihr hier? Es ist verboten, alleine das Deck zu betreten, das wisst Ihr doch.«

»Ich lasse mich nicht gerne einsperren.«

»Das kann ich verstehen, Elda Ritterin, doch ich muss die Befehle des Kapitäns ausführen. Es wird eine harte Zeit werden, bis wir Esteban endlich erreicht haben.« Seine Miene wurde finster. »Nach allem, was bereits geschehen ist … Die Matrosen an Deck klappern vor Angst mit den Zähnen. Eine Leiche an Bord bringt Unglück.«

»Eine Leiche bringt immer Unglück, Román.«

Er sah mich an und nickte, so als wollte er meine Worte bestätigen. »Ich werde dieses Bild nie mehr aus dem Kopf bekommen.« Er schien über etwas nachzudenken, dann fragte er mich zögerlich: »Wenn Ihr unbedingt an Deck wollt, kann ich Euch begleiten. Aber nur für einen kurzen Augenblick. Der Quartiermeister erwartet mich in wenigen Minuten.«

Ich nickte geschlagen, obgleich ich über Románs unerwartete Gesellschaft erfreut war. »Es ist wohl besser so. Auch wenn ich mich fühle wie eine Dreijährige. Aber ich sollte mir nicht noch mehr Ärger vom Kapitän einhandeln.«

Román grinste und stieg vor mir den Niedergang hinauf. An der Luke angekommen, hob er die Hand und klopfte dreimal gegen das mit Eisen verstärkte Holz. Kurz darauf wurde die Luke hochgezogen, und das Gesicht eines Seemanns schob sich in mein Sichtfeld.

»Ich begleite die Elda Ritterin für eine kurze Runde über das Deck.«

Der Matrose nickte, ließ uns hinauf und schloss sogleich wieder die Luke.

Ich atmete tief die frische Luft ein und seufzte wohlig auf, als der Wind um meinen Kopf strich. Die weißen Segel der *Adlerschwinge* blähten sich im flotten Fahrtwind, und ihr Rumpf durchpflügte mit einer majestätischen Eleganz die schwarze See. In der Nähe konnte ich die mächtigen Leiber der *Stromwinde* und der *Lotusblüte* erkennen, die uns im gleichmäßigen Abstand folgten. Die schier unendliche Weite der See tat meiner Seele gut. Für einen kurzen Augenblick fiel jegliche Anspannung von mir ab, und ich genoss das Spiel der brechenden Wellen tief unter mir. Ab und an bahnte sich ein Sonnenstrahl durch den von Wolken verhangenen Himmel.

Ich trat an die Reling, schloss die Augen und hielt das Gesicht dem Fahrtwind entgegen.

»Habt Ihr denn schon eine Spur aufnehmen können, Elda Rheanne?«

Románs Frage riss mich jäh aus meiner Entspannung. Schlagartig kehrten die offenen Fragen und die Angst zurück, die ich gerade eben, für einen kurzen Moment, verdrängt hatte.

Seufzend stützte ich die Unterarme auf die Reling und sah in die Ferne. »Es ist schwieriger, als ich gedacht hätte.«

»Ich hoffe, dass die Behörden in Esteban diesen Fall lösen können. Ich halte die ständige Angst nicht mehr aus. Was ist, wenn ich der Nächste bin? Ein … Ein Ungeheuer folgt doch nur reiner Willkür!«

Ich warf ihm einen kurzen Seitenblick zu.

»Hat Kapitän Menderz weitere Sicherheitsvorkehrungen getroffen?«, fragte ich Román.

»Aye. Wir Matrosen dürfen uns nur zu zweit auf dem

Schiff bewegen, außer wir haben Dienst an Deck. Er will damit einen weiteren möglichen Überfall verhindern.«

»Und warum bist du dann allein?«

Román fuhr sich mit der Hand über die Stirn. »Das war ich bis vor kurzem nicht, Elda Rheanne. Ich war mit Jeffrey unterwegs.« Seine Augen verfinsterten sich. »Er musste plötzlich wohin, wenn Ihr versteht, und ich sagte, ich würde im Quartier auf ihn warten. Ich … Ich wollte nicht direkt neben dem Abort stehen bleiben. Es war mir unangenehm. Jeffrey sagte, er würde nachkommen, sobald er fertig sei. Ich ging also zu Timotheus, sagte ihm Bescheid und wartete. Aber Jeffrey tauchte nicht auf. Timotheus und ich gingen schließlich zum Abort, aber Jeffrey war verschwunden. Timotheus trug mir auf, an Deck auf ihn zu warten, damit wir uns nicht verpassen. Und dann traf ich Euch an der Luke.«

Ich riss mich von der Reling los und packte Román so heftig am Arm, dass dieser erschrocken zusammenzuckte. »Bei den Göttern, Román! Warum stehen wir dann hier und suchen nicht?«

»Ich habe doch schon überall gesucht!«

»Dann warst du nicht gründlich genug.« Mir schwante Böses. Korringrur und der geplante Putsch von Lemae waren wie aus meinem Hirn gefegt. »Wann, sagtest du, triffst du dich mit Timotheus?«

»Jetzt gleich, an der Heckluke.«

Román setzte sich trabend in Bewegung, und ich folgte ihm. Meine Hand hielt ich die ganze Zeit am Griff meines Schwertes, obgleich das speckige Leder mich weniger beruhigte, als es sonst der Fall war.

Die Masten der *Adlerschwinge* reckten sich wie lange Finger in den wolkenverhangenen Himmel empor und schienen mit ihren Spitzen nach den wenigen blauen Fetzen greifen zu wollen, die ab und an durch die dichte Wolkendecke lugten.

Über der *Adlerschwinge* hing eine merkwürdige Spannung. Eine unheimliche Stille, die nur von dem gleichmäßigen Brechen der Wellen und dem Rauschen des Windes durchdrungen wurde. Selbst das geschäftige Treiben in den Wanten und an Deck trug nicht dazu bei, das Gefühl der Vorahnung von meinen Schultern zu nehmen.

Wir erreichten die hintere Luke in dem Moment, als der glatt rasierte Schädel des Quartiermeisters sichtbar wurde.

»Elda Ritterin«, sagte er. »Was führt Euch hierher?«

»Dasselbe wie Euch, fürchte ich«, antwortete ich grimmig.

»Was zum Teufel hast du der Elda erzählt?«, versetzte Timotheus schroff. Seine Augen bohrten sich vorwurfsvoll in die von Román.

Dieser riss erschrocken die Augen auf. »Dass Jeffrey verschwunden ist!«

Der hünenhafte Quartiermeister holte aus und schlug Román von hinten gegen den Kopf. »Trottel! Hast du der Elda auch erzählt, dass der gute Jeffrey stockbesoffen war?« Er wartete ab. »Nein? Hm.« Er drehte sich zu mir. »Jeffrey hat meinen Rum gefunden, der Hurenbock, und heimlich gesoffen. Als er zum Dienst antreten sollte, war er zu voll, als dass er irgendein Tau hätte ordentlich halten können. Ich sagte ihm, er soll sich die Seele aus dem Leib kotzen, um wenigstens wieder etwas nüchtern zu werden. Der Käpt'n hat nämlich kein Verständnis für Trunkenbolde.«

»Aber er ist trotzdem verschwunden«, beharrte Román. »Er ist nicht auf dem Abort. Ich habe selbst nachgesehen!«

»Weil er in irgendeiner gottverdammten Ecke seinen beschissenen Rausch ausschläft!«, donnerte Timotheus zurück. Er wirkte sichtlich genervt. »Götter, du pisst dir für diesen Scheißkerl in die Hosen! Geh zurück und beginne endlich mit deinem Dienst. Himmelherrgott! Ich werde diesen Scheißer an seinen Eiern an Deck zerren!« Er spuckte kräftig auf die Planken. »Und für Euch, Elda Ritterin, wäre es ratsamer, Ihr würdet wieder unter Deck gehen. Nichts für ungut.«

Ich nickte leicht verblüfft. Román hatte sich derweil mit schuldbewusstem Gesichtsausdruck aus dem Staub gemacht, und es war Timotheus, der mich zurück in den Korpus der *Adlerschwinge* geleitete.

Ich war erleichtert, dass lediglich der Alkohol schuld an Jeffreys Lage war, auch wenn ich seinen verantwortungslosen Konsum überhaupt nicht gutheißen konnte.

»Gibt es auf der *Adlerschwinge* Räumlichkeiten, die nicht benutzt werden?«, fragte ich Timotheus beiläufig.

Der Quartiermeister musterte mich von der Seite. »Warum fragt Ihr?« Sein Zahnstocher rutschte zum anderen Mundwinkel. »Wollt Ihr jemanden ermorden?«

Ich fand seinen Scherz überhaupt nicht witzig. »Ich frage aus Interesse. Wenn es einen solchen Raum gibt, würde ich gerne davon wissen. Vielleicht gelingt es uns doch, den Mörder eher zu schnappen, als Menderz denkt. Und da wäre ein Platz, der gut und sicher für einen Gefangenen ist, nur von Vorteil.«

»Es gibt einige Räume, die sehr selten genutzt werden. Zu

klein, um als Frachtraum für Ladegut zu dienen. Aber es werden Flickmaterialen dort gelagert. Taurollen, Stricke, Leinen, so was. Einen leer stehenden Raum werdet Ihr auf einem florierenden Handelsschiff nirgends finden.«

»Das ist schon mal ein Anfang. Wo liegen diese Räume?«

»Ganz unten, aber nicht in der Nähe der eigentlichen Laderäume. Eine Wand trennt die beiden Flügel voneinander. Man erreicht sie nur von einer Luke im Bugbereich. Ich werde Román sagen, dass er sie Euch zeigen soll. Er ist im Moment sowieso zu nichts nutze, der Angsthase.«

Kurze Zeit darauf stieg ich mit dem stellvertretenden Ersten Maat eine steile Stiege hinab, tiefer in das Innere der *Adlerschwinge* hinein. Es passte mir nicht, dass er mich begleitete, immerhin suchte ich nach dem Verbleib des Zwerges. Ich kannte Román zu wenig, als dass ich ihm mein Vorhaben anvertrauen wollte.

Doch solange ich besagte Räumlichkeiten zu Gesicht bekam, konnte ich wenigstens auf Lemae warten und ihn auf frischer Tat ertappen.

»Das dort ist die Kühlkammer«, sagte Román düster. Sein ausgestreckter Zeigefinger wies auf eine verschlossene Tür, die mit Eisenstreben verstärkt war und von einem mächtigen Drehhebel geöffnet werden konnte. »Dort werden das Fleisch gelagert und die verderblichen Lebensmittel. Und«, er schluckte, während seine Unterlippe bebte, »seit gestern auch Jules. Menderz will ihn nicht verfaulen lassen.« Ein Schütteln durchlief seinen Körper.

Unwillkürlich beschleunigten wir unsere Schritte. Auch

mir war nicht sonderlich wohl, in der Nähe von Jules' Leichnam zu sein. Die Erinnerung an den Ausdruck seiner Augen, oder besser den zerschmolzenen Brei darin, sowie an sein verzerrtes Gesicht ließ auch mich erschaudern.

»Hier«, sagte Román nach einer Weile und blieb vor einer weiteren verschlossenen Tür stehen, die sich knarzend auftat, als er daran zog.

»Sind diese Räume nicht verschlossen?«, wollte ich wissen.

»Nein. Hier befindet sich nichts von Wert. Die wenigsten Diebe können etwas mit einem Tau oder einer kratzigen Tuchrolle anfangen.«

Ich lugte in den Raum hinein. Es war dunkel, doch Román hielt die mitgenommene Laterne so, dass ich schemenhafte Umrisse erkennen konnte.

Der Raum war etwa anderthalb Mannslängen hoch. Mächtige Querbalken säumten in regelmäßigen Abständen die Decke und wurden von Stützbalken getragen. Ich erkannte einige verschnürte Pakete. Es roch nach abgestandener Luft, Staub und Schimmel. Hier hatte sich in der Tat lange niemand mehr aufgehalten.

Wir besahen uns noch einige weitere Räume, die dem ersten bis auf wenige Unterschiede glichen. Román hatte sich umgedreht und wartete auf mich, bis ich die letzte Ziehtür geschlossen hatte. Die Scharniere waren eingerostet, und es kostete mich einiges an Kraftanstrengung, die Tür hinter mir zu schließen. Mit einem dröhnenden Krachen fiel sie zurück in ihre ursprüngliche Position. Ich klopfte mir den Staub von der Kleidung, als ein leises Wimmern mich aufhorchen ließ.

Wie mechanisch packte ich Románs Arm. »Hast du das gehört?«

Der Matrose reckte den Kopf und lauschte in die Dunkelheit vor uns. Holz knarrte, und dann vernahm ich abermals einen stöhnenden Laut aus einer menschlichen Kehle.

»Ja … es ist jemand hier unten.« Er sah mich besorgt an. »Das kann vielleicht Jeffrey sein! Aber was macht er hier? Warum ist er nicht ins Quartier zurückgekommen?«

»Sehen wir nach«, sagte ich, ungewiss, ob es Korringrur war, der stöhnte, oder tatsächlich der betrunkene Jeffrey.

Der Raum, aus dem das Wimmern drang, lag hinter einer scharfen Ecke. Die Tür stand einen Spaltbreit offen und offenbarte uns einen schwarzen Schlitz. Meine Nackenhärchen richteten sich auf.

»Ist da wer?«, rief ich in die Dunkelheit.

Ein weiteres Wimmern erklang, diesmal lauter und fordernder.

»Elda Ritterin … ist es Jeffrey? Erkennt Ihr etwas?«

»Gib mir die Laterne«, verlangte ich und riss sie ihm förmlich aus der Hand. Sogleich beleuchtete ich die Tür.

Mein Blick blieb auf dem haften, was auf dem Boden davor schimmerte.

»Mist, verdammter«, fluchte ich tonlos.

»Was … Was ist denn?«

Inmitten einer kleinen, bereits getrockneten Blutlache lag eine Zunge. Sie wies keinen sauberen Schnitt auf, vielmehr war sie ihrem Opfer förmlich aus dem Hals gerissen worden. Ich schluckte, schmeckte den aufkommenden Würgereiz. Hier hatte sich etwas Grausames ereignet. Meine Gedanken rasten, ich spürte die kalte Hand der Angst auf meiner Schulter.

»Ihr wollt doch nicht da rein?«, rief Román mit hoher Stimme. Er riss an meinem Arm, doch ich schüttelte ihn ab.

»Ich muss. Es ist meine Pflicht«, antwortete ich ihm, auch wenn meine eigene Stimme bedenklich zitterte. Mit einem leisen Knirschen glitt mein Schwert aus der Scheide.

Krachend zog ich die Tür auf.

Ich erkannte Korringrur sofort. Er saß, mit einem Jutesack über dem Kopf, an einen der Stützbalken gelehnt. Die Hände befanden sich hinter seinem Rücken, vermutlich gefesselt, und um seinen Bauch waren ebenfalls mehrere Stricke geschlungen.

»Verdammt!«, rief ich und stürzte zu ihm, riss ihm den Sack vom Kopf und knotete mit zittrigen Finger den Knebel um seinen Mund auf. Das Tuch war nass von Blut und Speichel. Mir wurde schwindelig.

»Ich … Ich … Da … Da!«, keuchte Korringrur. Seine Augen waren glasig, und er zitterte am ganzen Körper.

Ich starrte ihn entgeistert an. »Ihr könnt sprechen?« Mein Blick glitt zu der Zunge am Boden. »Aber … Aber von wem ist dann *die Zunge*?« Letztere Worte klangen selbst in meinen Ohren unsagbar schrill.

Korringrur wand sich in seinen Fesseln. Sein Kopf zuckte ruckartig hin und her, und ich fürchtete beinahe, er hätte einen epileptischen Anfall bekommen.

Platsch.

Ein Tropfen fiel auf meine Nase. Ich hob die Hand und

wischte mir über die Nase, ohne mich zu wundern, warum es in diesem Raum von der Decke tropfte.

»Da … Da!«, krächzte Korringrur mit heiserer, kaum verständlicher Stimme. »Da … oben!«

Ich betrachtete meine Finger. Der Tropfen daran war erstaunlich dunkel und zähflüssig.

Mein Herz begann schneller zu schlagen. Auf meinem Handrücken klebte Blut, kein Wasser, sondern Blut, dessen metallener Geruch meinen Magen zusammenkrampfen ließ.

»Was ist los, Elda Ritterin?«, rief Román ängstlich. Ich spürte seinen starrenden Blick in meinem Rücken. Mit aller Kraft riss ich mich zusammen, zückte das Messer und zerschnitt Korringrurs Fesseln, so schnell ich konnte. Dann wich ich von dem stöhnenden Zwerg zurück, behutsam, einen Schritt nach dem anderen. An der Tür kostete es mich alles an Überwindung, den Blick zu heben und nach oben zu sehen.

Dorthin, wo Jeffrey hing.

Sein Kinn berührte die Brust, und dort, wo eigentlich sein Unterleib gewesen wäre, klaffte ein großes Loch. Ich sah das feuchte Schillern seiner zerfetzten Organe, die wie Girlanden aus seinem Bauch hingen.

Es hat Spaß gemacht!, lautete die stumme Botschaft. Jeffreys Körper sah aus, als hätte ein Kind in rasender Euphorie ein lang ersehntes Geschenk ausgepackt. Blut tropfte auf die hölzernen Planken und bildete sich zu einer riesigen Lache, unweit von Korringrurs Platz. Saure Galle stieg meinen Hals hoch und ließ mich würgen. Ich umklammerte Románs Arm, suchte nach Halt, doch der Schwindel ließ mich taumeln.

Wieder waren wir zu spät gekommen.

»Ich habe Jeffrey gefunden«, sagte ich mit brüchiger Stimme. »Sieh hinauf, Román.«

Román folgte meinem ausgestreckten Zeigefinger.

Und dann sah ich es, das Kind, das auf den hinteren Deckenbalken saß und uns anstarrte. Seine glühenden Augen waren von einem infernalischen roten Glanz – der Blick eines Dämons.

Román wich hinter mir zurück. Er zitterte am ganzen Leib, sein Gesicht war totenblass.

Und noch ehe ich aus voller Kehle das Wort Dämon schreien konnte, rannte Román Hals über Kopf davon und floh vor dem Grauen über uns.

Mein Verstand riet mir, ihm zu folgen, doch meine Beine waren wie gelähmt.

Kapitel 15

Ich blickte in die Augen eines Teufels.

Mein Herz schlug wild und ungleichmäßig, als würde es im nächsten Moment aus meiner Brust springen. So sah also meine erste Begegnung mit einem Dämon aus? Meine Schwertspitze zeigte bebend in Richtung der Balken, wo das dämonische Kind hockte und mich reglos beobachtete.

Die Ungewissheit war schlimmer als der Anblick der zerfetzten menschlichen Kreatur. Würde es sich auf mich stürzen und mir das Herz und die Seele aus dem Leib reißen, so wie Jules und Jeffrey? Es war, als ob die Zeit stillstünde.

Würde jemand um mich trauern, wenn ich mit aufgeschlitzter Kehle auf diesen Planken mein Ende fand? Würde ich ein anständiges Begräbnis bekommen, mit Totenzeremonie, Leichenfest und schunkelnder Melancholie? Würde man meinen Tod als Versagen oder als heldenhaftes Opfer betrachten?

Ich wusste es nicht. Mein Kopf war wie leer gefegt.

Ich hatte den Blick nicht von dem Dämon abgewandt. Noch immer hockte er regungslos auf dem Balken und umklammerte mit einem Arm den Stützpfeiler. Wäre die Situation eine andere gewesen, hätte man glauben können, er wäre verängstigt. Eingeschüchtert.

Doch wenige Fuß von ihm entfernt hing Jeffrey mit einem Loch im Bauch, untendrunter eine Lache aus Blut. Es konnte wahrlich nicht sein, dass dieser Dämon Angst vor mir hatte.

Herz und Kopf, dachte ich, zuerst in das Herz, dann den Kopf abschlagen. Das hatte Cormac mir eingebläut. Wie ein Mantra sagte ich mir diese Worte innerlich auf, doch sie beunruhigten mich mehr, als dass sie halfen.

Und dann geschah es. Die Plötzlichkeit der Konfrontation war nur schwer zu ertragen. Mit einem Satz sprang der Dämon von dem Balken in den Raum hinunter. Er wurde vom Licht der Laterne, die auf dem Boden stand, angestrahlt. Ich starrte ihn an und nahm die feinen, ebenmäßigen Gesichtszüge wahr sowie das braune Haar, das er zu einem Zopf trug. Vor mir kauerte ein Junge von vielleicht neun Jahren, bereit zum Angriff. Ich keuchte, wusste nicht, was ich tun sollte.

»So tötet es doch endlich!«

Ich konnte den Kopf nicht bewegen, war wie gelähmt. Doch das Kreischen des Zwerges löste mich endlich aus der Starre und war wie ein Startschuss. Ich stürmte vorwärts.

Der Dämon in Kindesgestalt riss verblüfft die Augen auf. Ich sah das nackte Entsetzen in seinen engelhaften Gesichtszügen.

Erst das Herz, dann der Kopf.

Er wich vor mir zurück, prallte mit dem Rücken gegen die Wand, er hob die Hände schützend vor sich, doch ich war eine Furie, bereit und gefasst, auch wenn die Angst in meinem Schädel kreischte und brüllte wie ein tobsüchtiger Irrer.

Herz, dann Kopf!

Ich schrie, zog den Schwertarm ein Stück zurück und ließ ihn wieder vorschnellen.

Herz.

Für den Bruchteil einer Sekunde war ich erstaunt über die Leichtigkeit des Stoßes. Mit einem widerlichen Schmatzen drang die stählerne Klinge in die Brust des Dämons. Seine Augen traten aus den Höhlen, und ein brabbelndes Stöhnen kroch seinen Hals hinauf. Blutblasen quollen aus seinen leicht geöffneten Lippen und zerplatzten. Erschrocken stellte ich fest, wie klein und zierlich diese Kinderbrust doch war und wie gewaltig die Klinge, die darin steckte.

Mein Magen zog sich krampfhaft zusammen. Ich musste mich zusammenreißen, mir sagen, dass es notwendig war. Er war schließlich ein Dämon!

Doch ich war wie aufgelöst. Ich hatte soeben ein Kind an die Wand genagelt, durchbohrt mit meinem Schwert.

Falsch herum, erkannte ich in einem Anflug von Panik. Das Herz musste mit dem Dolch durchstoßen werden! Mit dem verlängerten Zahnstocher konnte ich ihm unmöglich den Kopf von den Schultern schlagen. Säbeln, flüsterte eine Stimme in mir beschwörend. Säbel ihm den Kopf von seinem verfluchten Hals!

Ich griff hektisch nach dem Griff des Dolches, hörte hinter mir Korringrurs schrilles Anfeuern und zog zitternd die neue Waffe.

Der Dämon öffnete flatternd die Lider, erahnte mein Vorhaben und begann wild mit dem Kopf zu schütteln. Seine Reaktion verwirrte mich.

»Oh verfluchte Götter!« Eine vertraute Stimme drang an mein Ohr.

»Was …?« Meine Kehle war wie ausgetrocknet. Ich schluckte. Was hätte ich für einen Schluck Wasser gegeben.

Finger schlangen sich hart und eisern um mein Handgelenk und übten einen schmerzhaften Druck darauf aus, sodass der Dolch klappernd zu Boden fiel.

Ich drehte mich um. Erst jetzt bemerkte ich die Meute, die sich um die Tür drängte. Vor mir stand Cormac, dicht gefolgt von Sedalé und Kapitän Menderz. Im Hintergrund sah ich Román. Er musste um Hilfe geschrien haben.

»Bei Hades und seiner Sichel«, rief Menderz mit wächsernem Gesicht. Sein Blick blieb in ungläubigem Entsetzen an dem aufgespießten Dämon haften, der fauchend die Lefzen zog. Bei dem zischenden Laut sprang er eilig einen Satz zurück. »Ist das … Ist das …?« Er brachte es nicht fertig, seine Frage zu vollenden.

»Glaubt Ihr mir jetzt?«, fragte ich eine Spur zu hoch. Dann sah ich Cormac wild an. »Lasst mich los! Ich muss ihm den Kopf abschlagen!«

»Oh heilige Mirane, Mutter aller Götter!«, rief Menderz plötzlich und krallte sich an Cormacs Schulter fest. Seine andere Hand zeigte zu dem Dämon.

Ich wandte mich um, da ich Menderz' erneuten Ausbruch nicht verstand. Als ich sah, was gerade vor sich ging, weiteten sich meine Augen und verwandelten sich in Spiegel puren Entsetzens.

Der Dämon hatte mit beiden Händen das Schwert gepackt. Die Klinge schnitt ihm tief in die Haut, doch er arbeitete sich langsam vor und zog daran. Schmatzend glitt das Schwert aus seinem Oberkörper und hinterließ eine schillernde blutige Spur auf der Klinge wie von einer Schnecke. Schwarzes Blut, so zähflüssig wie Teer, quoll aus seiner Brust. Der süßliche Verwesungsgeruch traf mich vollkommen unvorbereitet. Ich röchelte vor haltloser Panik, sah, wie das Kind mit verzerrtem Gesicht auf die Knie sackte, während mein Schwert klappernd zu Boden fiel. Blut spritzte wie aus einem Springbrunnen aus der geöffneten Wunde und hinterließ ein gesprenkeltes Muster an der Wand.

Er sah übel zugerichtet aus. Ein dunkles Rinnsal Blut, schwarz wie die Nacht, rann seinen Mundwinkel hinab. Die Kleidung war mit Blut verschmiert.

Ich handelte wie mechanisch. Mein Körper funktionierte einfach, die Angst fand keinen Platz, um mich mit ihren einengenden Schwingen zu umarmen.

Dieses Mal musste ich es richtig machen. Und ich *wollte* es auch richtig machen, wenngleich die gesamte Situation so merkwürdig abstrus war.

Brüllend sprang ich vor. Herz mit Dolch, Kopf mit Schwert. Mein Schädel war gefüllt von diesem Satz. Der Dämon warf verblüfft den Kopf in meine Richtung, ich spürte, wie Cormac mit der Hand nach mir greifen wollte, aber nur nach Luft haschte, ich hörte den schrillen Schrei einer Frau … War es Sedalé? Das Kind machte Anstalten aufzustehen, es fauchte und knurrte, doch ich stieß ihm die schmale Dolchklinge mitten in das malträtierte Herz. Es ächzte und röchelte, während ich spürte, wie die Muskeln seines Herzens endgültig zerbarsten. Breitbeinig stellte ich mich auf die Dielen, umfasste mit beiden Händen den Griff meines Schwertes – und schlug zu.

Es ist ein eigentümliches Gefühl, jemandem den Kopf von den Schultern zu schlagen.

Fasziniert sah ich zu, wie der Kopf beinahe senkrecht in die Höhe schoss, begleitet von einer wahren Blutfontäne, um gleich darauf gen Boden zu fallen und über die Planken zu rollen. Ein Fass stoppte die letzten schlingernden Bewegungen. Der abgetrennte Kopf prallte gegen das Holz und kam in trudelnden Kreisen auf mich zu, denn die sanften Bewegungen des Schiffes ließen ein Halten nicht zu. Die leeren Augen des Dämons fraßen sich in stiller Fassungslosigkeit in die meinen. Ein Beben durchlief meinen Körper. Es war … vorbei. Taumelnd wankte ich einige Schritte vorwärts und erbrach bittere Galle neben dem kopflosen Körper.

Ich kam mir vor, als säße ich auf einer Anklagebank.

Es waren erst wenige Minuten verstrichen, seit ich den Dämon unten im Laderaum der *Adlerschwinge* getötet hatte. Trotzdem kam mir alles unwirklich vor, als wäre ich in einem Traum gefangen.

All meine Knochen brannten. Ich war über und über mit schwarzem Dämonenblut besudelt, meine Kleidung, mein Gesicht, meine Hände, mein Schwert. Ich hatte noch immer den widerlichen Geschmack von kürzlich Erbrochenem im Mund, und so viel Speichel ich auch in meiner Mundhöhle sammelte – er wollte nicht verschwinden. Ich brauchte ein Bad, starken Rum und Schlaf. Das waren die drei Komponenten, für die ich im Augenblick alles getan hätte.

Aber ich saß hier, in der Kapitänskajüte, und musste Frage um Frage über mich ergehen lassen, Menderz' fassungslosen Blick ertragen und mich darüber wundern, warum die Eliminierung des Dämons so simpel gewesen war.

Cormac wäre mein richtiger Ansprechpartner gewesen, doch er war verschwunden.

»Was ist mit dem Zwerg passiert?«, fragte ich, als Menderz einen Moment innehielt. Die Frage lag schwer auf meinem Herzen. Korringrur hatte schlecht ausgesehen, ich hoffte für ihn, dass er keine schwerwiegende Verletzung davongetragen hatte. »Geht es ihm gut? Ist er schwer verwundet?«

»Er liegt auf der Krankenstation und wird von dem zuständigen Arzt behandelt. Ich glaube, er schläft gerade. Man sagte mir, außer einer Gehirnerschütterung und einigen Prell- und Schürfwunden wäre ihm nichts Ernstes zugestoßen.«

Ich atmete erleichtert auf.

»Noch einmal, Elda Ritterin, was ist da unten geschehen?«

»Das sagte ich doch gerade erst! Román zeigte mir die unbenutzten Räumlichkeiten der *Adlerschwinge*. Es war Zufall, dass wir auf den Zwerg und den … erhängten Jeffrey stießen.« Ich wollte ihm noch nichts von dem geplanten Vorhaben von Lemae erzählen. Zuerst musste ich mit Korringrur unter vier Augen sprechen.

»Ich meinte nicht, warum Ihr Euch dort aufgehalten habt, sondern was geschehen ist.«

Ich schloss die Augen und sah abermals den abgeschlagenen Kopf, hörte das widerliche Geräusch, mit dem meine Klinge sich durch menschliches Gewebe gearbeitet hatte.

Abrupt öffnete ich sie wieder. »Ich habe einen Dämon getötet.«

Die Worte klangen selbst in meinen Ohren verworren. *Ich habe einen Dämon getötet* – wer gab solch einen Unsinn von sich? Du hast ein Kind getötet, schrie eine Stimme in mir. Ein Kind! Kindsmörderin!

Menderz faltete die Hände und betrachtete sie, als lägen darin all die Antworten auf seine Fragen.

»Ein Dämon«, wiederholte er mit gefährlich ruhiger Stimme.

»Ihr habt es mit eigenen Augen gesehen! Mein Schwert steckte in seiner Brust, und er zog es heraus, als ob nichts geschehen wäre.«

»Ich weiß.«

»Warum haltet Ihr mich dann auf? Lasst mich gehen.«

»Was, glaubt Ihr, soll ich in das Protokoll schreiben?«

Ich starrte ihn verwirrt an. Was wollte er von mir?

»Der heutige Tag … Was ist geschehen? Ich resümiere. Zwei Tote. Ein verletzter Zwerg, gefesselt aufgefunden in einem selten genutzten Teil des Schiffes.« Menderz erhob sich ruckartig. Die Stuhlbeine schabten über die hölzernen Planken. »Ich habe drei Leichen im Kühlraum liegen. Zwei davon sind Männer gewesen, die ich gekannt habe. Die ich gut gekannt habe. Und daneben liegt die Leiche eines Jungen … in zwei Teilen. Denkt Ihr allen Ernstes, die Marine und die astranische Behörde für See- und Handelswesen werden das unkommentiert lassen? Ganz zu schweigen von der Ersten Präsenz Merideth. Dieses Vorkommnis wird garantiert vor das Tribunal gebracht werden, und Merideth wird entscheiden, was mit mir geschehen wird. Ganz recht. Ich bin der Hauptverantwortliche. Es ist mein Schiff, ein gutes und ehrenwertes Schiff, auf dem drei Menschen zu Tode kamen. Ein Schiff, das unter astranischer Flagge segelt und unser Heimatland mit Stolz repräsentiert. Die Scharfrichter sitzen mir bereits im Nacken, und sie wollen eine Erklärung hören. Was denkt Ihr, würden sie mir sagen, wenn ich ihnen erkläre, dass ein Dämon die Schuld an den Morden trägt?«

»Es wäre die Wahrheit.«

»Wenn selbst ich die Wahrheit nicht begreifen kann, wie soll ich sie dann dem Tribunal verständlich machen?«

»Ihr solltet nicht denselben Fehler wiederholen, Kapitän«, entgegnete ich hart. »Ich bin nicht die Schuldige. Der wahre Mörder liegt in dem Kühlraum. Es gibt genügend Zeugen, die dasselbe aussagen werden.«

Langsam nickte Menderz. Er sah erschöpft aus, wie ein alter Mann und nicht wie ein stolzer Herr der See, der er eigentlich war. »Auch wenn Ihr den Bastard getötet habt, verfluche ich Euch, Elda Rheanne.« Er lächelte schwach. »Zum ersten Mal in all den Jahrzehnten auf hoher See fühle ich mich klein und verletzlich. Ihr wart die letzte Frau, die ich je an Bord aufgenommen habe.«

Ich konnte ihm sein Verhalten nicht übel nehmen, auch wenn er es im Inneren besser wusste.

»Ihr könnt gehen«, sagte er müde. »Ihr seht erbärmlich aus.«

»Ihr ebenfalls«, erwiderte ich, doch mir war, als hörte er mich nicht.

Ich ging wie auf Watte, schwankend und unsicher. Als ich

meine Kabine erreichte, stürzte ich wie tot auf mein Bett und fiel so, wie ich war, in einen unruhigen, dunklen Schlaf, in dem ich träumte, wie ich, einer Furie gleich, unschuldigen Kindern den Kopf abschlug.

Kapitel 16

Meine Zeit der Ruhe war nur von kurzer Dauer. Ich träumte gerade, wie ich schreiend mein Schwert schwang. Unter mir kniete ein Kind mit roten Augen. Brüllend zischte die Klinge abwärts, da ertönte ein Klopfen und riss mich zurück in die Gegenwart.

Irritiert öffnete ich die Augen. Mein Rücken schmerzte. Ich lag mit dem Oberkörper auf dem Bett, die Beine hingen seitlich heraus. Noch immer hatte ich die blutverschmierte Kleidung an. Nach der Unterhaltung mit Menderz war ich einfach schnurstracks zum Bett getorkelt und hatte mich darauf fallen lassen.

»Elda Rheanne?«, ertönte die zögerliche Stimme hinter der Tür.

»Komme schon«, murmelte ich.

Der Matrose maß mich mit einem entsetzten Blick und wich zurück. Ich musste zum Fürchten aussehen mit dem schwarzen Blut und den zerzausten Haaren, dazu mein nicht gerade freundlicher Blick, mit dem ich mein Gegenüber bedachte.

»Ich … ähm, die verehrte Elda Eminenz Sedalé wünscht Euch zu sprechen.«

»Eminenz Sedalé?«, wiederholte ich ungehalten. »Das ist schön für sie. Ich will sie aber nicht sehen, geschweige denn mit ihr reden.«

Ich wollte die Tür zuknallen, ein deutlicheres Zeichen meines Unwillens konnte ich wohl kaum zum Ausdruck bringen, doch der Matrose schien mit meiner Reaktion gerechnet zu haben und schob blitzschnell einen Fuß zwischen Tür und Rahmen.

»Es ist wichtig. Ihr sollt *sofort* kommen.«

Ich blitzte ihn wütend an. »Wenn es so wichtig ist, soll sie gefälligst selbst kommen. Ich lasse mich nicht wie ein Botenmädchen scheuchen!«

Dann trat ich beherzt auf den Stiefel des Matrosen. Er tat mir leid, doch ich wollte meine Ruhe. Er quiekte überrascht auf, zog den Fuß zurück, und ich schlug ihm aufatmend die Tür vor der Nase zu.

Ich schlich zurück Richtung Bett.

»Wenn der Teufel nicht zu einem kommen will, geht man einfach zu ihm.«

Knallend flog die Tür wieder auf. Im Türrahmen stand Sedalé, so schön wie eh und je, mit geballten Händen und dunklem, vor Hass funkelndem Blick. Sie sah gefährlich aus wie ein Raubtier, das zum Sprung ansetzt und sich auf seine Beute stürzen will.

»Was zur Hölle … Was wollt Ihr hier?«

»Rache«, flüsterte die Alchemistin, und ich glaubte ihr in diesem Augenblick jedes Wort.

Ich wich vor ihr zurück, bis meine Kniekehlen gegen die Bettkante stießen. »Rache? Was ist Euer verdammtes Problem?«

»Du, Mädchen. Du bist mein Problem.« Sie drehte sich zum Matrosen um. »Mach die Tür zu und verschwinde!«, bellte sie.

Der arme Kerl tat wie ihm geheißen und ließ mich mit der wahnsinnigen Hexe allein.

»Ich verstehe nicht, was Ihr von mir wollt, aber langsam habe ich die Nase gestrichen voll von Eurer Feindseligkeit.«

»Du«, sagte Sedalé, und ihr Zeigefinger bohrte sich wie ein Rammbock in mein Brustbein, »hast den Zorn eines oskanonischen Wolfes auf dich geladen. Du bist so gut wie tot.«

Ich hatte keinen Schimmer, was sie von mir wollte. Nur eines wusste ich: Ich feilschte gerade um mein Leben.

»Hättet Ihr die Güte …«

»Schweig!« Der Schlag kam unvorhergesehen und zeugte von einer harten Brutalität.

Fassungslos presste ich die Hand gegen meine Wange, die von dem Aufprall wie heißes Eisen brannte. Zorn brodelte in mir auf und drohte an die Oberfläche zu schwappen. Diese verfluchte Hexe wagte es, mich zu schlagen?

Sedalé war nur wenige Zentimeter von mir entfernt. Ich spürte ihren Atem auf meinem Gesicht, sah jede ihrer perfekten Rundungen und Konturen – und ich sah den unbändigen Hass in ihren tiefblauen Augen lodern, der einzig und allein mir galt.

Ihre Hand hatte sich um meinen Arm gekrallt. Sosehr ich auch zog und zerrte, die Alchemistin hielt mich mit eisernem Griff, aus dem es fürs Erste kein Entrinnen gab.

»Ich könnte dich auf tausend verschiedene Weisen töten, doch glaube mir, ich freunde mich gerade mit dem Gedanken an, dir dein hässliches, vor Angst pochendes Herz mit bloßen Händen aus der Brust zu reißen!« Ihre Stimme war kaum mehr als ein bedrohliches Zischen. »Du hast dich in Angelegenheiten eingemischt, die dein unbedeutendes Land ins Verderben stürzen können! Du hast dich gegen eine gottgeweihte Mission gestellt, *meine* Mission!«

»Was …«

»Unterbrich mich nicht, du Made!«, spie Sedalé, und ich riss erschrocken die Augen auf. »Du hast ihn getötet! Du hast Baal getötet, verfluchte Schlange!«

»Baal?« Der Klang des Namens erzeugte einen bitteren Beigeschmack. Ich wusste, dass ich ihn schon einmal gehört hatte, doch mir fiel beim besten Willen nicht ein, wo und in welchem Zusammenhang.

»Oh, du weißt sehr wohl, wen ich meine. Du bist eine Mörderin. Du hast ein wehrloses und unschuldiges Kind brutal ermordet!«

»Er war ein Dämon«, verteidigte ich mich, jedoch mit wenig Erfolg. Es war, als wollte Sedalé mir erst gar nicht zuhören.

»Du bist eine Närrin! Ich hatte ihn geheilt! Er war auf dem Weg, seine Seele zurückzuerlangen, genau so, wie auch Cormac wieder in den Besitz seiner Menschlichkeit gekommen ist!«

Ich erstarrte und blinzelte mehrfach mit den Augen. Hatte ich gerade richtig gehört, oder spielten mir meine Ohren einen Streich?

Sedalé ließ meinen Arm los. Ihr Gesichtsausdruck war nicht zu deuten, doch ich sah so etwas wie Ahnung in ihrem

Blick aufflackern. Sie bleckte die Zähne, als ein hämisches Lächeln über ihre Lippen glitt. Ihr Anblick raubte mir den Atem. Ihre gesamte Körperhaltung und ihre Mimik zeigten mir die grausige Erkenntnis, dass sie mich dort hatte, wo sie mich haben wollte: am Boden, auf meiner Kehle den Absatz ihres Stiefels, mit dem sie jederzeit mein Leben beenden konnte. Und sie wollte es.

»Du weißt es nicht, doch du ahnst es gerade«, sagte sie, legte den Kopf schief und betrachtete mich mit derselben perversen Freude, mit der ein Sadist eine Spinne beobachtet, der er gerade alle Beine ausgerissen hat.

»Was … Was soll ich glauben?«, murmelte ich mit staubtrockener Kehle. In meinem Kopf rebellierten die Stimmen in höhnischem Missklang. Du weißt es, schrien sie. Du weißt es doch längst!

»Hat er dir etwa nicht die Wahrheit erzählt?«, säuselte Sedalé dicht an meinem Ohr. »Hat er dir gesagt, du sollst ihm vertrauen, und du hast dich auf sein Spiel eingelassen, unwissend und doch mit dem Hauch einer Ahnung, dass er dir gefährlich werden könnte? Und es war gerade jene Bedrohlichkeit, die ihn in deinen Augen so anziehend gemacht hat … nicht wahr?«

Ich schluckte.

»Du hast dich in einen Dämon verliebt, du dummes Ding«, kicherte die Alchemistin voller Häme.

»Ich … Ich …«, stotterte ich, meine Wangen brannten. »Er sagte mir, er wäre kein …«

Sedalé lachte auf, glockenhell und laut, sodass ich zusammenzuckte. »Und du hast ihm geglaubt! Du einfältiges Frauenzimmer hast ihm geglaubt? Oh, du warst ein Spielzeug für ihn, eine willkommene Ablenkung, die er zu benutzen wusste! Und du hast ihm alles gegeben, was er brauchte. Einen Schlafplatz, Mahlzeiten, ja, selbst die Passage hast du für ihn bezahlt!« Wieder lachte sie auf.

Ich schämte mich. Die Demütigung in mir war von solch immenser Wucht, dass sich vor meinen Augen alles drehte.

»Du hast den falschen Dämon getötet«, fuhr Sedalé erbarmungslos fort, und ich sah, wie sie sich über meine verzweifelte Hilflosigkeit freute. »Du hast alle an Bord in eine weitaus größere Gefahr gebracht als zuvor! Dummes Kind. Armes Kind … Lasse ich gerade sämtliche Träume platzen?« Sie stieß ein Kichern aus und blickte mich unentwegt mit den Augen einer Hyäne an. »Wusstest du auch, dass es Cormacs Schuld ist, dass das Schiff von einem Dämon heimgesucht wird? Nein? Oh, aber es ist wahr. Er hat mich und meinen Schutz verlassen und büßt nun dafür. Seinesgleichen will sich rächen für die Flucht aus der Hölle und den Verrat. Aber das ist nicht schlimm, denn ich werde den wahren Dämon finden und wie eine Made zerquetschen und dann mit Cormac zu dem Ort zurückkehren, an dem wir zu Hause sind. Du bist überflüssig, Schätzchen. Du hast ihm nie etwas bedeutet. Nie. Verstehst du? Er brauchte dich lediglich als Schutzschild, um seine eigene Haut zu retten. Das ist die Wahrheit, so sieht die Realität aus. Die Gefühle, die er dir entgegengebracht hat, waren nur aus reinem Eigennutz. Und du bist auf ihn hereingefallen! Du hast dich wie eine Motte am heißen Licht verbrannt!«

Ihre Stimme gellte kreischend in meinem Kopf wider. Ich

presste mir beide Hände auf die Ohren, ich wollte sie nicht hören, ich wollte, dass sie verschwand, ich wollte, dass ich alleine war, dass alles nur ein schlechter Albtraum war, aus dem ich jede Sekunde erwachte.

Doch ich war wie gefangen. Sedalés Worte hatten eine riesige klaffende Wunde in meinem Inneren hinterlassen. Mein Herz war vor Fassungslosigkeit wie gelähmt. Alles, was in den vergangenen Tagen passiert war, war eine Lüge? Ich war nur ein Baustein, den Cormac nach Gutdünken zu platzieren wusste? Stellt die Schwachen an die Front, lasst sie fallen und sich opfern, damit die eigentlichen Helden den Feind das Fürchten lehren!

Ich wäre am liebsten auf der Stelle tot umgefallen. Noch nie hatte ich mich dermaßen bloßgestellt gefühlt. Verraten. Hintergangen. Von der Person, der ich an Bord am meisten vertraut hatte. Für die ich Gefühle hegte, leise und heimlich, ohne es mir eingestehen zu wollen. Ich vertraute einem Dämon. Für ihn hätte ich meine Hand ins Feuer gelegt, wenn er es von mir verlangt hätte. In seiner Gegenwart rückte alles in weite Ferne … Meine Pflicht, mein Auftrag, mein Eid – ich hatte den Sinn für das Wesentliche komplett verloren. Wie konnte ich nur so blind sein!

Ich wich vor Sedalé zurück wie ein in die Ecke gedrängtes Schaf, das seinem Erzfeind, dem Wolf, entfliehen wollte. Doch sie ließ die Wahrheit ohne Erbarmen auf mich niederhageln, ich sah die stille Befriedigung in ihren Augen, und ich hasste sie. Noch nie in meinem Leben hatte ich einen Menschen mit solcher Intensität gehasst wie Sedalé.

Ich stolperte zur Tür, ihr Lachen verfolgte mich höhnisch.

»Du rennst weg? Ich wusste, dass du keinerlei Stärke in dir trägst. Du bist wie ein heulendes Kind, so berechenbar und naiv! Du haschst nach Luftschlössern und verschließt die Augen vor der Wirklichkeit! Ja, lauf nur fort!«

Ich riss die Tür auf, der Gang vor mir wankte und drehte sich, als ich wie von Sinnen von dem Grauen in meiner Kabine floh, weit, weit weg, das war die Priorität.

Als ich durch die Korridore der Fregatte rannte, wünschte ich mir, jemand würde mich von hinten erschießen, um diesem Albtraum sofort ein Ende zu machen.

»Bei Cherons sieben Jungfrauen – wie seht Ihr denn aus?«

»Freut mich ebenfalls, Euch zu sehen«, gab ich murmelnd zur Antwort.

Ich hatte keine Ahnung, was ich hier überhaupt machte. Vor mir stand Timotheus, die behaarten Arme vor der Brust verschränkt, und betrachtete mich mit schief gelegtem Kopf.

»Ist das …?« Sein Finger zeigte auf mein Gesicht.

Ich hob die Hand und strich mit ihr über das getrocknete Blut. »Oh ja. Ist es. Dämonenblut.«

Timotheus räusperte sich, ich wusste nicht, ob aus Unbehagen oder Sorge. Er wandte sich um, ließ mich für einen kurzen Augenblick allein und kehrte anschließend mit einer großen Schüssel aus Emaille sowie einem Handtuch zurück.

»Kommt mit.«

Ich zögerte, stand dann aber auf und kam seiner Forderung nach. Der Quartiermeister führte mich quer durch das mit Hängematten durchzogene Mannschaftsquartier, vorbei an Seemännern, die uns neugierig nachschauten, hinter vorgehaltener Hand tuschelten oder vor uns zurückwichen.

Wir erreichten einen etwas kleineren Raum, der von mehreren Kabinen gesäumt war, die allesamt mit geölten Vorhängen versehen waren. Timotheus drückte mir die Schüssel samt Tuch in die Hand.

»Ihr könnt Euch in den Duschkabinen frisch machen«, sagte er. »Ich lasse jemanden in Eure Kabine schicken, der Euch saubere Sachen bringt.«

Ich nickte erschöpft und fühlte eine heftige Dankbarkeit in mir, die ich Timotheus entgegenbrachte. »Danke. Ich … Ich …« Ich suchte nach den richtigen Worten.

Timotheus beendete mein Gestammel, indem er mich sanft, aber bestimmt in Richtung einer der Duschkabinen schob und hinter mir den Vorhang zuzog.

»Ich hoffe, ich werde Euch nie wiedersehen, sobald wir Esteban erreicht haben, Elda Rheanne.«

Ich konnte nicht anders und musste grinsen, als ich mich meiner Stiefel entledigte und meine Weste aufknöpfte. Ich wusste, was er meinte. »Geht mir genauso, Timotheus.«

Eine Weile war es still. Ich nahm auf dem Schemel Platz. Dann tunkte ich das Tuch in das lauwarme Seifenwasser und presste es mir auf das Gesicht, atmete den leicht parfümierten Duft ein – Lavendel –, ehe ich es herunternahm und in der Schüssel auswusch. Das milchige Wasser wurde dreckig schwarz.

Ich konnte Timotheus atmen hören. Gleichwohl ich halb nackt, lediglich von einem Vorhang getrennt, vor ihm saß, fühlte ich mich dennoch sicher. Er würde nicht hereinkommen. Ich wusste es einfach.

»Ihr habt das Richtige getan«, vernahm ich plötzlich seine Stimme. Er klang nachdenklich. »Ihr habt verdammt noch mal das Richtige getan.«

Da war er wieder, der Knoten, der meinen Magen auf schmerzhafte Art und Weise zusammenzog. Ich wrang das Tuch aus, blutiges Wasser tropfte in die Schüssel, und ich stellte mir vor, ebenjenes Tuch wäre Sedalés Hals. Plitsch, platsch. Knack, knack, das helle Bersten nachgebender Wirbel.

Ich konnte ihm nicht sagen, dass ich einen Dämon getötet hatte, der – laut Sedalé – keiner mehr war. Dass es ein Wundermittel gegen Dämonen gab, als wäre ihre Existenz lediglich ein Krankheitsbild. Dass ich den Falschen ermordet hatte. Dass die Gefahr noch längst nicht vorüber war.

»Warum fühle ich mich dann, als ob jemand den Strick um meinen Hals immer enger zieht?«, gab ich leise zurück.

Ich dachte zuerst, Timotheus hätte mich nicht gehört. Sein Atem war gleichmäßig und ruhig, ehe er stockte.

»Es gibt keine strahlenden Helden, Elda Rheanne«, meinte er schließlich. »Helden sind immer die armen Hunde, die mit verstörtem Blick durch die dunklen Gassen huschen wie Schatten aus einer längst vergessenen Zeit.«

»Vielleicht hätte ich ihn doch nicht töten sollen.«

»Die Matrosen werden Euch vor lauter Dankbarkeit die stinkenden Füße küssen! Erzählt also keinen Bockmist«, knurrte er. »Selbstverständlich musstet Ihr ihn töten. Von allem anderen wäre ich maßlos enttäuscht gewesen.«

»Aber wenn es … *er* mit den Morden an Bord nichts zu tun hätte … wenn … wenn alles komplizierter ist als angenommen …« Ich verstummte abrupt, ehe ich noch mehr von der verrückten Wahrheit preisgab.

Timotheus sog scharf die Luft ein. »Er war ein Dämon. Ein Mensch hätte einen Stich in die Brust nicht überlebt. Es war das Richtige.«

»Die Sache ist noch nicht zu Ende gebracht, Timotheus«, antwortete ich leise. »Die … Die Behörden werden uns Fragen stellen. Mit Sicherheit wird ein Ermittlungsverfahren eingeleitet werden. Kein Mensch wird uns diese Geschichte glauben! Und ich war so dumm und habe denjenigen vergrault, der mir als Einziger helfen kann, das Übel von uns abzuwenden.«

»Ich sage Euch jetzt mal etwas, Elda Ritterin. Ich mag zwar keine Ahnung haben, wieso ausgerechnet dieses Schiff von einem Dämon heimgesucht wurde oder wann wir uns vor Merideth und ihren Speichelleckern rechtfertigen müssen. Aber eines weiß ich. Der sprießende Keim der Liebe kann zwar geknickt werden, doch er ist stark und richtet sich wieder auf.« Timotheus zog die Nase hoch und spuckte lautstark aus. »Also redet mit dem Mann, gesteht ihm Eure Gefühle, und dann hört endlich auf, im Selbstmitleid zu ertrinken!«

Ich hob den Kopf und starrte verblüfft den Vorhang an, der mich und Timotheus voneinander trennte. »Woher …«

»Himmelherrgott, ich bin doch nicht blind!«, schnauzte der Quartiermeister mich an. »Ich habe ein Weib daheim, sieben prächtige Kinder und zehn Enkel. Ich weiß, wovon ich rede, verfluchter Himmel!«

Ich musste grinsen.

»Bringt es hinter Euch. Sonst werfe ich Euch und Euer gebrochenes Herz höchstpersönlich über Bord! Es wäre einzig und allein Eure Schuld.«

»Timotheus?«

»Hm?«

»Danke.«

Er schnaubte, doch ich konnte hören, dass er sich freute. »Ihr könnt mir danken, indem Ihr mit dem toten Mörder von Bord und aus meinem Leben marschiert.«

»Ich versuche es.«

»Nein. Ihr bringt es verdammt noch mal zustande!«

Ich hörte, wie er sich umwandte. Schritte näherten sich und verschwanden sogleich wieder.

»Eure Kleider liegen auf einem Stuhl«, sagte Timotheus. Er schickte sich an zu gehen, blieb jedoch stehen und drehte sich nochmals in meine Richtung. »Ich wünsche Euch viel Erfolg, Elda Rheanne.«

Kapitel 17

Sein eigenes Werk zu betrachten, wie es auf wundersame Weise an einem knarzenden Strick von dem Balken baumelt, und dazu in den Genuss seiner schauerlichen Wirkung auf die Mannschaft und die Passagiere zu kommen hat ihm ein einzigartiges Erlebnis beschert.

Oh, es ist ein wahres Vergnügen gewesen, die entsetzten Blicke, die stumme Hilflosigkeit und vor allem die Angst der Anwesenden in sich aufzusaugen.

Vor allem aber ist er voller Euphorie, weil er *ihn* gesehen hat. Er ist da. An Bord. Er hat den Abtrünnigen gefunden.

Jetzt ist er nur noch einen Schritt hinter ihm. Er ist der dunkle Schatten, der nun ständig hinter dem Rücken seines Opfers lauert.

Er musste aufpassen, nicht vor Häme laut loszulachen, als er das gewalttätige Ende des Jungen mit ansehen durfte. Sein Kopf flog in einem nahezu perfekten Streich vom Hals. Er hat in diesem Moment stille Bewunderung verspürt, wenngleich sich in seine Empfindungen ein jäher Hass geschlichen hat, da gerade einer seinesgleichen vernichtet wurde.

Ein ehemaliger Verbündeter, verbessert er sich rasch. Er hat das bekommen, was er verdient hat. Er hatte ihn verraten, sie alle hatte er verraten. Es ist gut, dass er tot ist. In zwei Teile gehackt. Und mit ihm verschwindet scheinbar die Bedrohung. Alle an Bord werden sich nun in Sicherheit wähnen. Keiner wird mehr nach ihm suchen.

Die Freude des wahllosen Tötens ist vorüber, und das Ziel seiner Mission wartet wie auf einem silbernen Tablett. Doch gerade diese Tatsache macht ihn rastlos und zornig. Er will Spaß haben! Und Spaß hat er an Bord dieses Schiffes, indem er Seelen nimmt. Das ist ein Fakt. Unwiderlegbar. Er braucht das Gefühl genommener Seelen wie die Menschen die Luft zum Atmen.

Seinem Opfer aufzulauern erscheint ihm plötzlich erschreckend langweilig. Er möchte es vielmehr zelebrieren, allen zeigen, wer er ist, er will erneut die nackte Angst in den Augen sehen und das Winseln um Gnade hören.

Keine Seele erregt ihn mehr als jene, die um ihr Leben kämpft, auch wenn ein Sieg aussichtslos ist.

Das Töten ist ein Spiel, erfunden aus Langeweile der Starken und Mächtigen. Es sind immer die Starken, an die man sich noch in hundert Jahren erinnern wird. Man dichtet Lieder über sie, führt Stücke auf, Geschichtsbücher und Chroniken werden von ihren Taten erzählen. Das ist auch sein Ziel: in die Geschichte einzugehen, eine schaurige Legende zu werden.

Eine Legende darüber, wie ein einziger Dämon ein ganzes Schiff dem Untergang weiht. Darüber, wie ein Dämon jene Triebe in den Menschen weckt, die ihn hinab in die Boshaftigkeit treiben. Hin zum Mord. Zum Spaß am Mord. Hin zur Freude an allem, was anderen Leid zufügt.

Ein Plan flammt in ihm auf, dunkel und von einer präzisen Schärfe. Ein Plan, der seiner Mission die Krone aufsetzen wird. Ein Plan von Meuterei und Verrat.

Er lächelt hinterhältig. Bald ist die Zeit gekommen, mit dem Verräter den Todestanz zu beginnen. Er und sein Opfer, eng umschlungen … inmitten sich gegenseitig abschlachtender Menschen.

Ja, er findet, dass dieses Vorhaben durchaus umsetzbar ist. Ein glorreiches Finale, würdig, von allen gesehen zu werden, von Königen und Kaisern. Und alle Welt wird sich an ihn erinnern.

An ihn, der es schaffte, eine Fregatte in einen Ort des Wahnsinns zu verwandeln.

Kapitel 18

Ich hatte eine Aufgabe zu erledigen.

Eine Aufgabe, die so komplex und gewaltig war, dass mir die Hände zitterten. Ich war wütend und maßlos enttäuscht zugleich. Cormacs Geheimnis hatte das Vertrauen zwischen uns zerstört, ich brauchte jedoch jemanden, auf den ich mich absolut verlassen konnte.

Ich brauchte Cormac.

Mich von dem Gegenteil zu überzeugen wäre eine gewaltige Lüge gewesen. Außerdem – auch wenn ich eifrig versuchte, die flüsternde Stimme in meinem Kopf zu ignorieren – fehlte mir seine Nähe.

Ich saß in meiner Kabine und wartete. Kerzengerade und angespannt, mein Rücken schmerzte von dem ungeduldigen Ausharren auf dem Stuhl. Ich hatte einen der Matrosen gebeten, nach Cormac zu suchen, da ich mir nicht selbst die Blöße geben wollte, an der geflügelten Salontür zu klopfen und Gefahr zu laufen, Sedalé gegenüberzustehen. Ihr Anblick hätte mein Vorhaben endgültig zunichtegemacht. Zusätzlich hätte ich wahrscheinlich dem Verlangen, ihr das gemeine Lächeln aus dem Gesicht zu schneiden, nur sehr schwer widerstehen können.

Meine Finger klopften einen stetigen Rhythmus auf meinen Oberschenkel. Zwar versuchte ich, meine Nervosität zu überspielen, doch es gelang mir mehr schlecht als recht. Ein einziger gleichgültiger Blick von Cormac würde reichen, um mich früher oder später zur Weißglut zu bringen.

Ich überprüfte zum zehnten Mal meinen Waffengürtel. Das Schwert hing ordentlich, ich konnte es ohne Probleme ziehen. Der Parierdolch sowie zwei zusätzliche Messer, das eine im Stiefel, das andere am Unterarm versteckt, waren ebenfalls einsatzbereit. Ich fühlte mich in Anbetracht der Umstände auf eine Konfrontation gut vorbereitet.

Ich atmete tief ein und spürte, wie meine Lungen sich mit Luft füllten. Eine innere Ruhe überkam mich urplötzlich, so wie sie mich schon einmal überkommen hatte, als ich Schulter an Schulter mit Soldaten in eine Schlacht gezogen war.

Gut, vielleicht hinkte dieser Vergleich. Damals hatte ich mit zehn weiteren Ritterinnen einen aufsässigen Mob vertrieben, der mit gezückten Heugabeln, Schaufeln und Besen einen der monatlichen Steuertransporte hatte überfallen wollen.

Die Situation war mit meiner jetzigen nicht vergleichbar. Eigentlich war ich also vollkommen unvorbereitet. Ich versuchte diese Erkenntnis zu ignorieren und fokussierte meinen Geist darauf, was vor mir lag.

Das Klopfen an der Tür ließ mich hochschrecken.

Es war der Moment, auf den ich so sehnlich gewartet hatte, und nun, wo er eintrat, wünschte ich plötzlich, dass ich nie um eine Klärung gebeten hätte.

»Es ist offen«, rief ich. Meine Fingerspitzen lagen lose auf dem Griff des Schwertes, das Gefühl gab mir Sicherheit.

Cormac trat ein, und mein Herz zog sich auf angenehme Art und Weise zusammen.

Er schloss die Tür, ohne ein Geräusch zu machen, und stand mit verschränkten Armen vor mir, bewegte sich keinen Zentimeter, er stand einfach mitten im Raum und starrte mich an.

Ich hielt seinem Blick stand. Vielleicht sah er die unterdrückte Wut in meinen Augen, die Angst und das Entsetzen, denn er wirkte erstaunlich ruhig, als er sagte: »Ihr wisst es.«

Alle meine sorgfältig und mühsam zurechtgelegten Worte waren wie aus meinem Kopf gefegt.

»Werdet Ihr mich nun köpfen?« Er klang trotzig, wie ein kleiner Junge, der nicht die Süßigkeit bekommen hatte, die er so gerne wollte.

»Ich spiele mit dem Gedanken«, antwortete ich.

Er verzog die Lippen zu einem schmalen Lächeln. »Ihr versucht, mit mir zu spielen, Rheanne. Mir Angst einzujagen.«

»Ich will Euch Angst einjagen?«, wiederholte ich verblüfft. »Denkt Ihr wirklich, alles dreht sich nur um Euch?«

»Worum geht es denn sonst?«, entgegnete er aufgebracht. »So wahr ich hier stehe, dann tut endlich Eure gottverdammte Pflicht, haltet Euch an Euren Kodex und Euren Schwur und tötet mich!«

Ich starrte ihn mit offenem Mund an. Der Zorn raste mit atemberaubender Geschwindigkeit an die Oberfläche, raubte mir für einen Augenblick die Luft zum Atmen. »Warum sagt Ihr das?«, fragte ich ihn, flüsterte fast, so sehr musste ich mich beherrschen.

»Weil es die Wahrheit ist. Weil Ihr alles immer nur in

Schwarz oder Weiß seht! Elda Ritterin, die Rächerin, die schneidende Klinge der Gerechtigkeit, die Bezwingerin des Bösen. Strahlend weiße Ritterin, aber mit einem leeren Herzen.«

»So denkt Ihr über mich?«

»Nein, so verhaltet Ihr Euch«, zischte er zurück. »Und immer dann, wenn es sich nicht so verhält, wie Ihr es gern hättet, zieht Ihr Euch mit eingeklemmtem Schwanz zurück.«

»Das ist nicht wahr!« Die Situation begann mir aus den Fingern zu gleiten. Ich war es, die Cormac zur Rede stellen wollte, und nicht andersherum! Ich fühlte mich wie ein kleines Kind, das von seinem Lehrer gerügt wurde.

»Und wie es wahr ist! Ihr könnt noch nicht einmal Leute akzeptieren, die Euch helfen wollen. Die enormes Wissen besitzen. Ihr übergeht sie einfach!«

Ich zitterte am ganzen Körper. Ich wusste, von wem er sprach, die Anspielung war mehr als deutlich gewesen. In mir platzte ein Knoten oder vielmehr ein ganzes Pulverfass. Ich hatte genug von Cormacs Ausflüchten, die mich von seinem wahren Wesen abzulenken versuchten. Ich hatte genug davon, mich von einer exzentrischen Kräuterhexe bedrohen und beleidigen zu lassen.

Ich sprang von dem Stuhl auf und war mit einem Satz bei Cormac. Er wich einige Schritte vor mir zurück, mehr aus Überraschung, als dass er wirklich Furcht gehabt hätte.

In mir brodelte eine gefährliche Mischung aus Emotionen, die allesamt auszubrechen drohten.

»Lass sie aus dem Spiel«, brüllte ich ihn mit verzerrtem Gesicht an, als mich die Wut ummantelte. Sedalés spöttisches

Lächeln prangte vor meinem inneren Auge, sosehr ich auch versuchte, ihr Antlitz aus meinem Gedächtnis zu verbannen – sie war überall. »Es geht nicht um sie, es ging niemals um sie! Du hast mich wie eine Närrin dastehen lassen, du hast mich angelogen und benutzt, und wahrscheinlich hat es dir auch noch Spaß gemacht, mich im Unwissen zu lassen! Ich war bereit, für dich mein Leben zu riskieren, obwohl ich dich kaum kannte! Ich habe dir vertraut, und du hast mein Vertrauen verdammt noch mal ausgenutzt! Du brauchtest einen Dummen, der seinen Hals für dich riskiert, und das hast du mit Bravour gemeistert. Glückwunsch, Cormac. Ich hoffe, du fühlst dich nun besser. Es grenzt eigentlich schon an Ironie, dass ausgerechnet Sedalé mich über dich aufgeklärt hat. Mir gesagt hat, dass du ein Dämon bist. Ein *Dämon*!« Ich spie das letzte Wort förmlich aus, schleuderte es ihm an den Kopf.

»Rheanne …«

»Nein! Halt den Mund! Ich will nichts hören. Ich will keine Ausflüchte mehr hören, nur noch die Wahrheit!« Meine Augen glichen lodernden Flammenseen. »Wer bist du, Cormac? Wer bist du wirklich?«

»Ich bin nicht der, für den du mich hältst.« Auch er war zum Du übergegangen. Ich bemühte mich, die Vertraulichkeit in seinen Worten zu ignorieren. Der Hohn in meiner Stimme war unüberhörbar, als ich weitersprach.

»Ach ja, das habe ich schon mal gehört – ich vergaß! Sedalé hat gesagt, sie hätte dich geheilt.«

»Es ist wahr.«

»Verkaufe mich nicht für dumm. Deine Märchen kannst du jemand anderem erzählen!«

»Du hast mein Blut gesehen, oder nicht? Es ist rot. Ich bin nicht mehr der, der ich einmal war.«

»Das ändert nichts an der Tatsache, dass du mich angelogen hast!« Ich fuhr mir mit beiden Händen durch das Haar, war aufgewühlt und verwirrt, als ich mich an unsere erste Begegnung erinnerte, an das Mal auf seiner Brust und den leichten Schnitt, der noch immer mattrot an seinem Hals schimmerte. Er hatte rot geblutet. Ein Fakt, der mich wieder zu verunsichern drohte.

»Willst du mich immer noch umbringen?«

Cormacs Blick ruhte auf meiner Hand, die krampfhaft das Schwert umklammerte. Ich hatte gar nicht gemerkt, dass ich es ein Stück aus der Scheide gezogen hatte. Das stählerne Klingenblatt blitzte im Licht der Laterne auf, hell und blendend. Ich seufzte, und es fuhr mit leisem Knirschen zurück in die lederne Scheide.

Cormac kam derweil auf mich zu. Ich wich vor ihm zurück, wusste nicht, was er vorhatte und ob ich ihm trauen konnte.

»Rheanne … ich brauche dich.«

»Nein. Das tust du nicht. Du brauchst nur einen Spielstein für deine verzweigte Partie. Ich bin ersetzbar, bin es immer gewesen«, antwortete ich bitter.

»Das ist nicht wahr. Ich meinte es ehrlich.«

»Oh verdammt, belüge dich doch nicht selbst«, versetzte ich aufgebracht. Ich zog die Augen zu zwei Schlitzen zusammen, eine Welle der Wut rollte über mich hinweg und hinterließ eine Schneise der Verzweiflung. Wo blieb das Hochgefühl, als ich ihm all die Dinge an den Kopf geworfen hatte, die mir auf der Seele brannten? Wo blieb die verdammte Gewissheit, alles geklärt zu haben? Stattdessen fühlte ich mich nur noch verletzlicher als zuvor.

Ehe ich mich versah, kullerte eine Träne meine Wange hinab. Ich erstarrte. Fing ich gerade an zu heulen, vor ihm, vor seinen Augen? Ich rechnete bereits mit einer seiner spöttischen Bemerkungen und senkte den Kopf, um mich wenigstens etwas gegen seine verbalen Schwerthiebe zu schützen.

»Du solltest besser gehen«, murmelte ich, sah seinen Umriss durch die Haarsträhnen, die mir vor den Augen hingen.

»Ich brauche dich«, sagte er abermals.

Ich hob den Blick, hörte eine mir unbekannte Ernsthaftigkeit in seiner Stimme. Zum ersten Mal seit unserer Begegnung an Bord der Fregatte war ich mir absolut sicher, dass er diese drei Worte ehrlich meinte. Wirklich ehrlich, als würde er durch eine Feuersbrunst gehen, um mir dies zu bestätigen.

Unsere Blicke trafen sich. In seinen Augen lagen eine dunkle Sehnsucht sowie eine Verwundbarkeit, die ich ihm, dem unnahbaren und herrischen Cormac, niemals zugetraut hätte. Ich starrte in das pulsierende Schwarz seiner Augen und war für wenige kostbare Augenblicke in einer mir fremden Welt. Die Morde, die Tatsache, dass er ein Dämon war, Sedalé … Es gab nur ihn und mich.

Ich spürte seinen heißen Atem auf meinem Gesicht, als wir beinahe gleichzeitig die Köpfe senkten, die Augen schlossen und dem Willen nachgaben, der unsere Lippen auf magische Art und Weise zusammenführte.

Als sie sich trafen, zuckten helle Blitze vor meinem inneren Auge auf. Ich öffnete zögerlich die Lippen, schmeckte das Salz der See auf den seinen, fühlte sein Verlangen, als er einen Arm um meine Hüfte schlang und mich fester an sich zog. Ich stieß einen wohligen Seufzer aus und presste mich an seinen Körper, fuhr mit der Hand über seine feste Brust, während sich die andere um seinen Hinterkopf legte und ihn wie mechanisch näher an mich heranzog.

Der Kuss wurde härter, fordernder, in mir wallte eine mir unbekannte Lust auf, die mir den Atem raubte und in dem Kuss zu explodieren schien.

Die Zeit schien stillzustehen, während unsere Zungen einen innigen Tanz vollführten. Als Cormac sich von mir löste – viel zu schnell –, lag ein Lächeln auf seinem Gesicht, liebevoll und weich. Ich sah ihn fragend an. Meine Lippen bebten noch immer, ich wünschte mir, er würde nicht aufhören.

Sein Blick glühte vor Verlangen, als er mit dem Zeigefinger die Umrisse meiner Lippen nachzog. Unwillkürlich öffnete ich sie, während ich die Augen schloss und mit zitterndem Körper seine Berührung genoss.

Seine Umarmung wurde fester, als er mich hochhob. Ich blickte ihn an, unsicher und doch begierig nach mehr, als er mich in seinen Armen, noch immer lächelnd, hinüber zum Bett trug.

Behutsam legte er mich auf die Laken, sein Blick war plötzlich schüchtern und scheu, als wüsste er nicht, was er tun sollte. Ich hob die Hand, zog ihn zu mir herab, bis sein warmer Körper auf dem meinen lag. Wir verschwanden in den Tiefen unserer entfachten Lust, gaben uns ihr völlig hin.

Kapitel 19

Ich lag in den Armen eines Dämons.

Eines einstigen Dämons, wie ich mich in Gedanken sogleich verbesserte. Ein Lächeln glitt über meine Lippen, als mein Blick auf die verstreuten Kleidungsstücke und Waffen auf dem Boden fiel und ich mich mit einem wohligen Schaudern an die vergangene Nacht erinnerte.

Vorsichtig drehte ich mich auf die Seite, bemüht, Cormac durch meine Bewegungen nicht aufzuwecken. Ich beobachtete seine ruhigen Gesichtszüge, deren Anblick eine ungewohnt heftige Welle von Gefühlen über mich rollen ließ.

Im Schlaf wirkte sein Gesicht unglaublich weich, beinahe zerbrechlich und weniger wie der harte Mann, für den er sich ausgab. Dass er überaus sanft sein konnte, hatte ich zur Genüge zu spüren bekommen. Ich errötete bei der Erinnerung an unser gemeinsames Liebesspiel.

Zum ersten Mal seit meiner Zeit an Bord der Handelsfregatte fühlte ich mich losgelöst, angekommen, und alle Probleme und Vorkommnisse wirkten wie die Fetzen eines düsteren Traumes. Unwirklich. Ich wusste, dass dies nicht der Wahrheit entsprach, doch Cormac hatte mir gezeigt, dass trotz aller Schwierigkeiten ein Funken Hoffnung im Dunkeln glomm.

»Guten Morgen.«

Ich blickte geradewegs in seine glühenden Augen. Ein Lächeln umspielte seine Mundwinkel.

»Gleichfalls guten Morgen«, sagte ich und musste sein Lächeln erwidern.

Er schob einen Arm unter meinen Oberkörper, zog mich zu sich heran und gab mir einen Kuss, warm und vielversprechend.

»Ausgeschlafen?«

Ich barg mein Gesicht an seiner Brust und sog tief seinen Geruch ein, ehe ich ihm eine Antwort gab. »Die Nacht war kürzer als gedacht, aber dennoch überaus angenehm.«

»Soso … angenehm also.«

»Sehr angenehm«, betonte ich grinsend.

Cormac drehte sich auf den Rücken, hielt mich aber trotzdem noch immer in seinem Arm. Wir schwiegen, doch es war keine angespannte Stille. Eine geraume Weile lagen wir einfach nur da, lauschten dem Brechen der Wellen und den gedämpften Rufen der Matrosen, die wie aus einer fernen Welt zu uns drangen.

Ich schloss die Augen und versuchte, die immer lauter werdende Realität zu verbannen, die uns schneller, als mir lieb war, einzuholen begann. Meine Finger nestelten an der silbernen Kette um meinen Hals, an welcher der Schlüssel für das Paket befestigt war, um meine eigene Unruhe zu überspielen, um mich abzulenken. Ich wusste, sobald wir das Bett verließen, uns ankleideten und hinaus auf den Korridor traten, wäre dieser kostbare Moment unserer Zweisamkeit endgültig vorüber. Noch immer blieben so viele

Fragen offen, so vieles war ungeklärt und verlangte nach der Wahrheit.

Ich konnte alles zerstören, was uns in dieser Nacht zusammengeführt hatte und eine Zukunft haben könnte. Eine Zukunft … Ich ließ diese Worte langsam in meinen Gedanken zergehen. Sie hörten sich süß und vielversprechend an, fast zu schön, um daran zu glauben. Es war wahrscheinlicher, dass sich unsere Wege in Esteban trennten und ich ihn nie wiedersah. Gerade deswegen musste ich die letzten Fragen klären. Ich wollte Cormac in guter Erinnerung behalten.

»Cormac?«

»Hm?« Er klang, als wäre er kurz davor, erneut einzuschlafen.

»Kann ich dich etwas fragen?«

Er antwortete mir nicht, doch sein gleichmäßiger Atem stockte für eine Sekunde. Abermals wallten in mir jene Nervosität und Ungewissheit auf, die ich in den letzten Stunden vollkommen vergessen hatte.

»Ich möchte dich bitten, mir die Wahrheit zu erzählen. Nicht, weil ich dich deswegen verurteilen werde … sondern weil es mir wichtig ist. Du bist mir wichtig.« Es klang beinahe flehend.

»Würde die Wahrheit denn etwas verändern?«, fragte er mich nach einer Weile.

»Ich weiß es nicht«, flüsterte ich zurück. »Ich hoffe nicht.«

»Du bist eine faszinierende Frau, Rhea«, meinte Cormac leise. »Aber du begibst dich auf unsicheres Terrain.« Er hatte mir das Gesicht zugewandt, und mich durchlief ein warmer Schauder bei seinem Blick und dem Namen, den er mir gab.

Er zog den Arm weg, und ich hielt den Atem an, vermisste plötzlich seine vertraute Nähe, obwohl er noch neben mir lag. Ein Schatten legte sich auf sein Gesicht, ein wohlbekannter Ausdruck, doch dann sah er mir geradewegs in die Augen.

»Du weißt nicht, was es heißt, ein Dämon zu sein«, begann er mit tonloser Stimme, leise, dass ich ihn beinahe nicht verstanden hätte.

Mein Mund wurde plötzlich trocken wie ein Tümpel im Hochsommer. Ich fuhr mit der Zunge über den Gaumen und hatte Angst. Furchtbare Angst vor seinen Worten und der Wahrheit, doch ich wollte sie hören. Ich musste sie hören.

»Ich kann mich an meine Zeit als Dämon nicht mehr vollständig erinnern«, fuhr er nachdenklich fort. »Manchmal sehe ich schemenhafte Bilder, Erinnerungsfetzen an eine dunkle Zeit, die ich lieber vollständig vergessen würde. Das Loch, Xadur, ist ein schrecklicher Ort. Dort unten herrschen eine vollkommene Finsternis, Leid und Qual. Die Schreie von ruhelosen Geistern durchdringen die Höhlen, man kommt nie zur Ruhe. Es ist kalt und heiß zugleich. Man ist ein Nichts, ein Niemand, der Körper fühlt sich fremd und doch auf solch schmerzhafte Weise vertraut an, dass es einen zerreißt. Ich … Dort … Dort unten gibt es keine Freude. Kein Vertrauen. Jeder ist sich selbst der Nächste. Der Stärkste überlebt.« Cormacs Mund war ein einziger Strich, weiß und fahl vom fehlenden Blut. Rote Flecken bildeten sich auf seinen Wangen. Instinktiv nahm ich seine Hand und drückte sie fest, ich wollte ihm Beistand leisten, vielleicht auch Trost.

»Man lebt da unten nicht wie hier. Man existiert nur auf eine trostlose Art. Ohne Seele ist man ein Nichts, schlimmer, ein Tier, ein Monstrum. Ständig auf der Suche nach Befriedigung des Hungers. Man ist Jäger und Gejagter zugleich. Es ist kein Hunger nach Nahrung, all das braucht ein Dämon nicht. Es ist der Hunger nach einem richtigen Leben. In unserem Inneren herrschen Wut und eine gähnende Leere. Wir haben nur das perfide Verlangen, zu überleben und dafür zu töten, und in unserem Hass hetzen und vernichten wir uns gegenseitig. Manche Dämonen sind stärker, hinterhältiger und machthungriger als andere und bilden in Xadur Horden des Schreckens, die sie anführen. Viele Dämonen ordnen sich unter und gehen mit jenen einen Pakt ein … Sie lassen sich herumkommandieren und erhalten im Gegenzug Schutz und ihr erbärmliches Leben. Auch ich war so dumm und band mich an einen Stärkeren. Aber ich wusste, dass mir etwas fehlte, Rheanne, ich wusste es«, flüsterte er heiser. Seine schwarzen Augen glänzten. »Wir alle wissen es, und gerade dieses Wissen macht uns so gierig, so stetig rastlos und zornig. Ich weiß bis heute nicht, was mich dazu geführt hat, an die Oberfläche zu kommen, oder warum gerade ich es war, der als Erster aus Xadur entkommen ist. Ich weiß nur, dass ich inmitten dieser schrecklichen und ewigen Finsternis einen Lichtschein gesehen habe. Er war so hell und unsagbar schön. Ich war fasziniert von diesem Anblick, und zum ersten Mal in meinem langen, ewigen Leben spürte ich etwas Gutes. Licht. Wärme. Hoffnung. Ich wollte … nein, ich musste wissen, was es war. Was sich dort oben befand. Was auch immer es sein mochte … es konnte nicht schlimmer sein als die Hölle, in der ich lebte.«

Er stockte. Ich ließ ihm Zeit, strich sanft mit dem Finger über seinen Handrücken. Das Innere seiner Hand war schweißnass und kalt, die Erzählung kostete ihn alles an Kraft und große Überwindung. Zum ersten Mal seit unserer Begegnung spürte ich ihm gegenüber solch heftige Gefühle, dass mir fast schlecht wurde.

»Ich wurde wie magisch von dem Unbekannten angezogen, dass ich nicht merkte, wie mir ein junger Dämon folgte. Ich war besessen von dem Gedanken, das Licht mit den Händen zu fangen, und ich kletterte höher und höher, ein nicht enden wollender Aufstieg, bis ich die Oberfläche durchbrach wie ein Erdbeben. Ich war derart gelähmt von dem Anblick, der sich mir offenbarte, dieser strahlenden Reinheit der Natur und dem Licht der Sonne, dass ich die Frau übersah, die plötzlich vor mir stand.

Dann wurde es rings um mich dunkel, und ein Schmerz durchfuhr meinen Körper, so stark und brennend, dass ich dachte, man würde mir die Haut abziehen.«

»Die Frau … war sie Sedalé?«, fragte ich zögernd.

Cormac nickte. »Sie war der erste Mensch, dem ich begegnet bin. Sie nahm mich und Baal gefangen, fesselte mich mit schweren, glühenden Ketten, die sich in mein Fleisch fraßen, und nagelte mich mit einem schweren Eisenpflock an die Wand, sodass ich nicht fliehen konnte. Und dann begann sie, mich zu heilen.«

»Wie?«

»Sie gab mir ihr Blut.«

Ich sog scharf die Luft ein. »Ihr *Blut*?«

»Das Blut eines Menschen, so rein und unschuldig, so voller Leben und Liebe. Sie reinigte mich von innen. Tagelang erbrach ich mein eigenes Blut, sie schnitt mir die Arme auf, ließ mich ausbluten und ersetzte mein schwarzes Blut mit ihrem. Mein Herz begann wieder zu schlagen, anders als vorher, ich spürte Empfindungen, die ich nicht kannte, es war alles neu und anders. Belebend und berauschend.«

Jetzt sah Cormac mir mit solch einer Intensität in die Augen, dass ich seinen Blick nur sehr schwer erwidern konnte. »Sie machte mich zu dem, der ich jetzt bin. Sie machte mich zu einem Menschen. Ich schulde ihr mein Leben.«

Ich hörte die Ehrfurcht in seiner Stimme, als er von Sedalé sprach. Wie mechanisch nickte ich, und obgleich ihre Tat ihn und mich in gewisser Weise zusammengeführt hatte, verspürte ich dennoch ein nagendes Unwohlsein.

»Liebst du sie?«, fragte ich ihn leise.

Er strich mir zärtlich über die Wange, seine Berührung entfachte ein Kribbeln in mir. »Ja, ich liebe sie. Ich liebe sie wie eine Seelenverwandte, denn es ist ihr Blut, das durch meine Adern fließt und mein Herz zum Schlagen bringt.«

Eine eisige Kälte überkam mich, als ich seine Worte hörte. In meinem Inneren schrien Tausende von Stimmen durcheinander.

»Aber ich liebe sie nicht, wie ein Mann eine Frau liebt«, vernahm ich Cormacs Stimme.

»Wirklich nicht?«, flüsterte ich.

Er lachte kurz auf. »Wir versuchten es … sie versuchte es. Aber es passte nicht. Und ich war es, der sie schließlich verließ und fortging, um neu anzufangen, überwältigt von den neuen Gefühlen und dem neuen Leben in mir.«

In seinem Blick lag ungezügeltes Verlangen. Ich zog den

Kopf zurück, als er näher kam. Eine Frage lag mir noch immer auf dem Herzen.

»Werden noch andere Dämonen aus dem Loch kriechen? Was wird geschehen, wenn sie alle an die Oberfläche kommen? Wer wird die Menschen warnen … wer wird diese Ungeheuer bekämpfen?«

Cormac lachte leise auf und bettete den Kopf auf das Kissen. Er schien nachzudenken, denn es dauerte eine Weile, ehe er mir antwortete. »Die Zerstörung wäre unvorstellbar.« Seine Gesichtszüge wurden hart und ernst. »Es ist nur noch eine Frage der Zeit, bis die Dämonen den Ausgang entdecken und die Welt der Menschen heimsuchen wie eine Plage. Sedalé hat ihn notdürftig abgedeckt, aber er ist nicht mehr unüberwindbar. Jeder weitere Dämon, der aus dem Loch entflieht, wird nach Seelen lechzen und sich auf die Jagd begeben. Jeder Mord wird das Verlangen größer machen. Der Hunger nach Seelen wird ins Unermessliche steigen.«

Er holte tief Luft, bevor er fortfuhr. »Im Lauf der Jahrhunderte haben die Dämonen vergessen, wie eine Seele schmeckt, aber sie haben ihren Hunger nicht verloren. Wenn sie erst wieder auf den Geschmack gekommen sind, dann wird es ein unbeschreibliches Gemetzel geben. Die Menschen werden sich wünschen, sie wären schon tot.«

Meine Nackenhaare sträubten sich, und Angst griff mit klammen Fingern nach meinen Eingeweiden. Ich zwang mich dazu, ihm weiter zuzuhören.

»Noch sind die Dämonen Gefangene in ihrer eigenen Welt, und sie beschränken sich darauf, sich gegenseitig umzubringen. Ich weiß nicht, wie viel Zeit bleibt, bis sie kommen.«

»Das bedeutet, uns steht die Apokalypse bevor, und wir können nichts dagegen tun?«, stellte ich mit einem Schaudern fest.

»Es muss einen Weg geben, das Loch zu schließen. Es ist noch nicht zu spät.«

Das klang nur bedingt beruhigend, zumal wir Meilen von dem Loch entfernt waren, eingepfercht auf einem Schiff.

»Aber wie und wann?«

»Jedenfalls nicht jetzt«, knurrte er und wandte sich mir zu. »Ich habe meinen Gebieter in Xadur hintergangen und bin geflohen. Er hat offenbar einen Jäger auf mich angesetzt, der mich finden und zurückbringen soll, damit er mich vernichten kann. Zunächst muss ich dieser Gefahr ins Auge blicken. Ich muss dich, mich und dieses Schiff in Sicherheit bringen. Ich lasse mir das Leben nicht ein zweites Mal rauben.«

Und mit diesen Worten ergriff er meine Hände, hob sie über meinen Kopf und presste seine Lippen hart auf meine. Ich war alles andere als zufrieden mit seiner Antwort oder mit der gesamten Situation, doch ich verbannte meine Angst in den Hintergrund und ließ mich in Cormacs Kuss fallen.

Die Welt schien stillzustehen, als wir uns erneut liebten.

Kapitel 20

Die Stimmung an Bord der *Adlerschwinge* war bedrückt, doch die Angst der letzten Nächte war von den Schultern der Matrosen gefallen. Sie ahnten nicht, dass das Unheil noch immer an Bord lauerte.

Pfeifend schritt ich den Flur entlang. In meinem Inneren herrschte eine ungewohnte Fröhlichkeit – trotz der Lage an Bord –, die auf Cormac zurückzuführen war. Als ich an ihn dachte, huschte ein Lächeln über mein Gesicht.

Timotheus, der neben mir herging, warf mir einen wissenden Blick zu und schüttelte sichtlich amüsiert den Kopf. Er führte mich zur Krankenstation, in der sich Korringrur noch immer aufhielt. Ich hielt es für angebracht, den Zwerg zu besuchen und mich nach seinem Wohlergehen zu erkundigen, nicht zu vergessen die Informationen, die er mir hoffentlich über den Mord an Jeffrey geben konnte.

Die Krankenstation war ein schmaler, aber lang gezogener Saal. Ein Mittelgang trennte zwei Bettreihen. Es roch nach Kampfer, Eukalyptus, Thymian und Lavendel, vermischt mit dem Geruch von Schweiß, Krankheit und sauberer Bettwäsche.

Der einzige Schiffsarzt an Bord war ein großer und dünner Mann mit mächtigen Geheimratsecken und schütterem blondem Haar. Er wirkte älter, als er in Wirklichkeit war. Um seinen Hals hing ein Stethoskop, in der Hand hielt er einen kleinen Becher, den er prüfend schwang, während er vor sich hin murmelte.

»Darf ich vorstellen – Bishop, Schiffsarzt. Mancher nennt ihn auch Quacksalber«, rief Timotheus und deutete auf den Arzt.

»Tim, du alter Drecksack!« Bishops schmales Gesicht hellte sich auf. »Elda Ritterin, nehme ich an?«, fragte er.

Ich ergriff seine ausgestreckte Hand. »Es ist mir eine Ehre, Euch kennenzulernen, Elder Bishop. Ich danke Euch für die Pflege von Korringrur.«

»Ich habe zu seiner Genesung nicht viel beigetragen. Ein paar Verbände hier, ein paar Tabletten dort, und er war wieder quietschfidel. Zwerge tragen erstaunliche Gene in sich.« Er sah hinüber zu Korringrur, der seine Worte mit einem verächtlichen Schnauben kommentierte. »Lediglich die Heiserkeit wird noch ein paar Tage bleiben. Ich habe einen Tee angesetzt, der seinen Stimmbändern Linderung schenken würde. Er will ihn allerdings nicht trinken.«

»Brauch … dieses Gesöff nicht«, krächzte Korringrur und erntete einen bösen Blick von Bishop.

»Ich würde gerne mit ihm allein sprechen«, erklärte ich.

Bishop nickte. »Wenn Ihr es wollt. Aber ich warne Euch vor. Dieser kleine Kerl hat ein Benehmen wie ein Ochse, der über ein Blumenbeet stampft.«

Ich verzog das Gesicht, als ich an meinen noch immer leicht schmerzenden Fuß dachte. »Ich weiß.«

Ungeduldig wartete ich ab, bis Timotheus und Bishop die Krankenstation verlassen hatten, zog dann einen dreibeinigen Schemel an Korringrurs Bett heran und setzte mich darauf.

Seine blauen Augen musterten mich mit unverhohlener Neugier.

»Wie geht es Euch?«, fragte ich ihn nach einer kleinen Weile.

Korringrur gab einen röchelnden Laut von sich, hob die Hand und gab mir zu verstehen, dass ich näher an ihn herantreten sollte. Zögernd erhob ich mich, dann setzte ich mich auf die Bettkante und beugte mich zu ihm herab.

Plötzlich schoss er hoch, seine Hände umklammerten den Kragen meiner Weste, sein Gesicht war vor Angst verzerrt, und auch ich erschrak fürchterlich.

»Der … Dämon …«, krächzte Korringrur und zog dabei das Wort Dämon unheimlich lang.

»Himmelherrgott!«, fauchte ich und riss mich aus seiner Umklammerung. »Was fällt Euch ein, mir solch einen Schrecken einzujagen!« Ich holte tief Luft, besann mich aber zur Ruhe. Korringrur hatte immerhin Furchtbares erdulden müssen, höchstwahrscheinlich hatte er die Ermordung von Jeffrey miterlebt.

Der Zwerg sank auf das Kissen zurück, während sein Gesicht langsam etwas Farbe annahm.

»Er ist tot«, klärte ich ihn schließlich auf und ignorierte mein Herz, das wie ein Vorschlaghammer pochte. »Von ihm geht keinerlei Gefahr mehr aus.« Das entsprach zumindest der halben Wahrheit.

»Es … war der Falsche«, entgegnete er röchelnd. Seine Augen waren weit aufgerissen. »Ich hörte seine Schritte, spürte seine Präsenz. Sie waren nicht identisch. Ich bin in Gefahr …«

»Dann wisst Ihr es schon … Macht Euch keine Sorgen. Ich werde nicht zulassen, dass Euch etwas widerfährt«, versprach ich ihm. »Aber Ihr müsst mir erzählen, was geschehen ist. Habt Ihr etwas gesehen? Gehört? Es war Lemae, der Euch an den Balken gefesselt hat, habe ich recht? Ihr müsst mir die Wahrheit sagen, Elder Korringrur, sonst kann er für dieses Verbrechen nicht zur Verantwortung gezogen werden.«

»Sie überraschten mich. Sie haben mir aufgelauert und schlugen mich nieder.«

»Und wer genau sind *sie*?«

»Lemae, ein Händler namens Lahstrom und der fette Kaufmann.«

Ich nickte. »Edvard Herstor. Haben sie Euch irgendetwas angetan?«

»Sie raubten mir meinen Stolz und meine Ehre«, ächzte Korringrur heiser. »Ist das etwa nicht genug? Der fette Händler fesselte mich an den Balken, Lemae beleidigte mich derweil ohne Unterlass und schlug mir sogar ins Gesicht. Er hatte sichtlich Spaß daran. Dann ertönte die Abendglocke. Sie knebelten mich und stülpten einen Sack über meinen Kopf, sodass ich nichts mehr sehen konnte, und verließen den Raum.«

»Ihr wart also allein in dem Lagerraum.«

»Ja. Und zwar für eine Ewigkeit!«

Über Stunden hinweg allein in einem dunklen Loch, geknebelt, festgebunden und im Unwissenden, musste sich in der Tat wie eine Ewigkeit angefühlt haben.

»Und dann? Wenn Ihr nichts gesehen habt, so habt Ihr doch mit Sicherheit etwas gehört.«

Korringrurs buschige Augenbrauen zogen sich in einem Anflug von Skepsis zusammen. Er musterte mich, als wägte er seine Situation ab. Nach allem, was er erlebt hatte, war sein fehlendes Vertrauen mehr als verständlich, und ich ermahnte mich, ihn nicht zu einer Aussage zu drängen, auch wenn ich vor Ungeduld zu platzen drohte.

»Ich … Ich wäre fast eingeschlafen«, sagte Korringrur schließlich zögernd. »Mein Schädel brummte von den Schlägen. Doch ich war auch wütend. Dann hörte ich Schritte und Schleifgeräusche und war sofort hellwach, ich dachte, es wären diese verfluchten Händler. Sie sagten, sie würden zurückkommen. Sie hielten mich für einen Dämon.« Ein Husten schüttelte seinen kleinen, aber stämmigen Körper. Als er sich wieder beruhigt hatte und ich ihm den Becher mit Bishops aufgebrühtem Tee in die Hand drückte, nahm er einen Schluck und fuhr fort: »Das ist natürlich Blödsinn. Ich bin kein Dämon. Ich hörte in dieser Nacht die wimmernden Laute eines Mannes, der um sein Leben flehte. Er sprach kein einziges Wort, es war mehr eine Art Röcheln oder Keuchen. Als könnte er nicht richtig reden.«

»Zu dem Zeitpunkt war ihm schon die Zunge aus dem Hals gerissen worden«, stellte ich murmelnd fest.

Korringrur glotzte mich mit einer Mischung aus Ekel und Faszination an, ehe er angewidert den Kopf schüttelte. »Das ist abartig! Jemand hielt sich vor dem Lagerraum auf. Plötzlich verstummten die Schleifgeräusche und das Wimmern, und jemand schob die Tür auf. Ich sah zwar nichts, aber ich merkte, wie dieser Fremde mich anstarrte. Er schien mich mit einem einzigen Blick erfasst zu haben, es war so intensiv, dass es mir unangenehm wurde und ich am liebsten im Boden versunken wäre. Er … Er sagte aber keinen einzigen Ton. Ich spürte nur seinen warmen Atem. Plötzlich tätschelte er mir den Kopf, als täte ich ihm leid. Und dann war er verschwunden, aber ich hörte ihn. Ich hörte, wie er … wie er … diesen Matrosen hochhob, ich hörte das Knarzen eines Seils und … und dieses grässliche Röcheln und schließlich ein Schmatzen, als er ihm den Bauch aufriss.«

Korringrur war blass geworden und schloss die Augen. Ich hatte eine Gänsehaut auf den Armen, nicht vor Kälte, sondern vielmehr von der grausigen Erzählung und den Bildern, die vor meinem inneren Auge aufblitzten.

»Und weiter?«, hauchte ich atemlos, gebannt und gleichermaßen entsetzt.

Der Zwerg antwortete mir nicht. Für den Bruchteil einer Sekunde hegte ich die Befürchtung, er wäre eingeschlafen, als er jäh die Augen aufriss.

»Ich wurde ohnmächtig«, krächzte Korringrur mit immer schwächer werdender Stimme. »Aber eines weiß ich noch, Elda Ritterin. Eine Tatsache werde ich nie aus meinem Gedächtnis bekommen. Ich sah nichts mehr, ich hörte nichts mehr, aber ich roch etwas. Der gesamte Lagerraum war erfüllt von diesem einen Duft.« Nun sah er mich geradewegs an. »Es roch nach Pomade.«

Pomade.

Dieser eine Hinweis von Korringrur ließ mich nicht zur

Ruhe kommen. Ich hatte die Krankenstation verlassen, streunte unruhig durch das Innere der *Adlerschwinge* und versuchte, meine Gedanken zu sortieren. Ein Geruch war genauso hilfreich wie ein Gerücht – nämlich fast gar nicht. Er beruhte auf den Empfindungen einer einzelnen Person und war nicht stichhaltig genug, nicht nützlich und ließ sich kaum nachweisen. Pomade war ein alltägliches Gebrauchsmittel. Genauso gut hätte Korringrur mir mitteilen können, der Dämon röche nach Schweiß.

Im Laufe des Nachmittags schoben sich graue Wolken vor die Sonne und verdunkelten den Himmel. Die Luft roch nach Regen und Sturm, ein geheimnisvoller und verheißender Duft. Bald schon frischte der Wind so sehr auf, dass die Wellen über die Bordwand schlugen und die Seemänner die Glocke läuteten, das Zeichen für uns Passagiere, das Deck bis zum Abklingen des Sturmes nicht mehr zu betreten.

Ich hatte es mir in meiner Kabine bequem gemacht und kam endlich Kleinigkeiten nach, die ich in den letzten Tagen vernachlässigt hatte. Quer über meinen Oberschenkeln lag mein Schwert, dessen zweischneidige Klinge ich mit einem ledernen Lappen polierte.

Ein leichtes, wehmütiges Lächeln lag dabei auf meinen Lippen. Großmeister Tondberd hatte mir die Klinge überreicht, als ich die Aufnahmeprüfung bestanden hatte und meine Ausbildung zur Ritterin begann. Dieses Schwert konnte wahre Geschichten erzählen, sowohl fröhliche als auch traurige. Kurz gesagt: Es war das Symbol meiner ewigen Abhängigkeit von der Ersten Präsenz.

Es war ein einfaches Schwert, bar jeglichen Schmuckes oder sonstiger Aufwendigkeit. Nur das Emblem des astranischen Adlers war nahe der Parierstange in den Stahl gestanzt – ein Zeichen und ein Mahnmal, meine Pflicht und meine Treue nicht aus den Augen zu verlieren.

Mit gleichmäßigen Bewegungen säuberte ich die Klinge von den letzten Resten des Dämonenbluts, während ich weiterhin in Gedanken das Gespräch mit Korringrur durchging.

»Störe ich?«

Ich zuckte erschrocken zusammen, mein Zeigefinger rutschte ab und schabte über das scharfe Klingenblatt.

»Verdammt!«, fluchte ich, besah meinen blutenden Finger und steckte ihn mir kurzerhand in den Mund.

Im Türrahmen stand Cormac und machte ein schuldbewusstes Gesicht.

»Tut mir leid … Ich habe zweimal angeklopft.«

»Alles in Ordnung«, gab ich nuschelnd zur Antwort. Trotz seines plötzliches Auftauchens freute ich mich über seinen Besuch.

Er ließ die Tür leise ins Schloss gleiten, ehe er zu mir trat und sanft über mein Haar streichelte.

»Du siehst nachdenklich aus«, stellte er schließlich fest.

Ich verzog das Gesicht. »Ich war bei Korringrur. Dem Zwerg. Er liegt auf der Krankenstation, und ich hatte gehofft, er könnte mir weiterhelfen.«

»Und? Hat er es?«

»Wenn man sich mit dem Hinweis zufriedengibt, dass der Dämon nach Pomade roch … ja, dann würde ich sagen, habe ich bezüglich der Nachforschungen gewaltige Fortschritte gemacht.« Schnaubend nahm ich das Polieren wieder auf.

»Pomade?«, entgegnete Cormac leicht verwirrt.

»Ja … das Zeug, was man sich in die Haare schmiert.«

Cormac nahm mir gegenüber Platz und beobachtete mich interessiert. Sein auf mir ruhender Blick machte mich leicht nervös.

»Wo warst du den Vormittag über?«, fragte ich ihn, um seine Aufmerksamkeit von mir abzulenken.

»Ich war bei Sedalé.«

»Sedalé.« Ich konnte mir den bissigen Unterton nicht verkneifen.

»Ja. Sie trauert.«

»Wegen des Jungen? Weil ich ihn umgebracht habe?« Meine Bewegungen wurden ambitionierter, die Klinge vor mir verwandelte sich in Sedalés Hals. »Dann muss er ihr einiges bedeutet haben. War er wie ein Sohn für sie?«

»Nein, sie trauert mehr um das plötzliche Ableben ihres Forschungsobjektes, das sie dem Heiligen Rat in Nalar vorzeigen wollte. Die Matriarchin hat ein reges Interesse an ihren Forschungen.«

»Zu dumm«, murmelte ich und konnte mich einer gewissen Schadenfreude nicht erwehren. Dann wurde ich wieder ernst. »Ich muss zu Kapitän Menderz und hatte gedacht, nein, eigentlich gehofft, dass du mich begleiten würdest.«

»Sicher. Soweit ich mich erinnern kann, hatte ich bisher nicht das Vergnügen, ihn unter vier Augen zu sprechen.«

»Glaube mir, du hast wahrlich nichts verpasst«, erwiderte ich und dachte an die jüngsten Gespräche mit Menderz.

»Geht es um den Zwerg?« Cormac wartete meine Antwort nicht ab, sondern fuhr sogleich fort: »Ich verstehe nicht, warum du dich dermaßen um ihn kümmerst. Er hat dir beinahe den Fuß gebrochen!«

»Es war meine eigene Schuld. Ich hätte ihn nicht derartig provozieren sollen.«

»Das mag sein, doch es rechtfertigt sein Tun nicht. Er ist mit Sicherheit nicht der gesuchte Dämon, aber ich traue ihm trotzdem nicht recht über den Weg.«

»Was soll das heißen? Hast du einen sechsten Sinn für ein weiteres Verbrechen an Bord?«, witzelte ich, doch Cormac ging nicht darauf ein.

Er zuckte mit den Schultern. »Nenne es Eingebung, Intuition.«

»Oh … Intuition. Natürlich! Waren es damals nicht deine Worte, dass Bauchgefühl kompletter Bockmist sei, als du mich davon abhieltest, die Salontür zu öffnen?«

»Rheanne …«

Ich verstummte und verlor mich für einen kurzen Moment in dem Schwarz seiner Augen. Als ich den Blick von Cormac löste, verschwand abrupt jenes verheißungsvolle Knistern, das mich beinahe dazu verleitet hätte, ihm um den Hals zu fallen und noch einmal alles um mich herum zu vergessen.

»Lemae plant irgendetwas«, meinte ich und faltete den Lederlappen sorgfältig zu einem kleinen Viereck. »Er fühlt sich von Menderz hintergangen und wollte Korringrur für seine Hetze gegen den Kapitän benutzen. Also ja, ich werde dem Zwerg helfen. Es ist meine Pflicht.«

»Lemae könnte der Dämon sein.«

Ich hielt in meinen Bewegungen inne, dachte nach. Dann runzelte ich die Stirn. »Das glaube ich nicht. Jedenfalls sagt mir das *mein* Bauchgefühl. Er ist ein widerlicher, feiger und hinterhältiger Schweinehund, das mag sein, aber er ist doch leicht zu durchschauen und nur von seiner Profitgier und Habsucht geleitet. Ich habe ihn belauscht, er wollte eine Meuterei anzetteln, um der Quarantäne im Hafen zu entkommen.«

»Das überzeugt mich nicht gänzlich. Warum war der Zwerg dann in demselben Raum gefangen, in dem der schauerliche Mord geschah?«

»Weil wir es mit einem schlauen Mörder zu tun haben. Er will den Verdacht auf andere lenken. Wie dem auch sei – Menderz sollte über Lemaes Taten und Pläne umgehend in Kenntnis gesetzt werden. Ich habe die Aussage von Korringrur, was er ihm angetan hat. Lemae wird in seiner Kabine schmoren müssen, bis wir Esteban erreicht haben. Die anderen Händler sind zu korrupt und berechenbar, als dass sie Lemae zu Hilfe eilen werden. Ihre Haut ist ihnen wichtiger, und sie werden Kapitän Menderz schon bald wieder als Befehlsgewalt akzeptieren. Lemae wird allerdings vor Wut kochen!«

»Ich werde Sedalé darüber in Kenntnis setzen.«

Mein Herz setzte für einen Schlag aus. »Warum?«, fragte ich, und meine Stimme war eine Tonlage in die Höhe gerutscht.

»Ein weiteres Paar Augen an Bord ist nützlich, das musst du zugeben.« Er lächelte, seine ganz persönliche Waffe gegen mich, und ich nickte wie mechanisch.

»Du bist dir schon darüber im Klaren, dass ich dieser verfluchten Hexe auf kurz oder lang den Kopf abreißen werde?«

»Ich werde dich schon aufzuhalten wissen.« Cormac hob mein Kinn ein Stück an. Dann wurde er wieder ernst. »Sie ist nicht wirklich so, wie sie sich dir gegenüber verhält. Hinter ihrer Fassade aus Spott und Wut verbirgt sich eine liebe Person. Ich wünschte mir, du würdest sie kennenlernen.«

»Hm«, machte ich, wenig überzeugt von seinen Worten.

Ich ließ das Schwert zurück in die Scheide gleiten und räumte das Putzmaterial in den dafür vorgesehenen Beutel. Alsbald war ich fertig und bereit, mich auf eine Unterredung mit dem Fregattenkapitän einzulassen.

Aufgrund der rauen See und der Wellen, die gegen die *Adlerschwinge* brachen, fiel mir ein sicherer und aufrechter Gang schwer. Cormac griff öfter nach meinem Ellenbogen, als es mir lieb gewesen wäre, und obgleich ich seine Berührungen äußerst angenehm fand, wünschte ich mir dennoch einen sichereren Stand.

Ich würde heilfroh sein, wenn die *Adlerschwinge* endlich in Estebans Hafen vor Anker ging und ich der unangenehmen Enge sowie dem ewigen Schaukeln und Schlingern an Bord entfliehen konnte.

Regen schlug uns entgegen, kalt und prasselnd, als ein Matrose die Heckluke öffnete und uns Zutritt zum Deck gewährte. Graue Wolken jagten einander am Himmel, wabernde Nebelfetzen lagen um die Spitzen der Masten. Blendlaternen waren angezündet und an beinahe jeder freien Stelle angebracht worden, damit sich der Konvoi nicht verlor.

Ich zog den Kopf ein, konnte jedoch nicht verhindern, dass mir der Regen den Nacken hinablief und auf meinem Rücken kitzelte. Die See glich einem brodelnden Wasserkessel. Wild und ungezähmt schlugen die Wellen über die Bordwand. Mehr als einmal rutschte ich auf den glitschigen Planken aus und wäre beinahe auf die Knie gefallen, hätte Cormac mich nicht rechtzeitig aufgefangen.

Die Söldner links und rechts neben dem Niedergang zum Heckkastell bedachten uns mit argwöhnischen Blicken, ehe sie uns, die Hände demonstrativ auf die Hefte ihrer Schwerter gelegt, passieren ließen. Ich lächelte mitleidig zum Steuermann hinauf, und er erwiderte es mit einem gelassenen, höflichen Nicken. Kurz darauf konzentrierte er sich wieder voll und ganz auf die Winde, die die *Adlerschwinge* gen Esteban trugen, und uns wurde von einem der völlig durchnässten Söldner die Tür zur Kapitänskajüte geöffnet.

Kapitän Menderz saß hinter seinem Schreibtisch aus dunklem, rötlich schimmerndem Holz. Auf der abgewetzten Tischplatte standen ein Porzellanservice sowie eine Schale mit getrocknetem Obst, Rosinen und geschälten Haselnüssen.

»Elda Rheanne! Und Elder …« Menderz' Blick ruhte fragend auf Cormac.

»Cormac«, erwiderte dieser und deutete ein knappes Nicken an.

»Genau. Cormac. Ich sah Euch unten im Laderaum.« Er wirkte etwas unbeholfen, bevor er mit der Hand auf die schweren lederbezogenen Stühle zeigte. »Bitte … nehmt Platz. Wollt Ihr Tee? Obst? Bedient Euch bitte.«

Ohne eine Antwort abzuwarten, ließ der Kapitän nach einem der Matrosen rufen, der zwei saubere Tassen samt Untertassen brachte und uns frisch aufgebrühten Tee einschenkte. Das wohlriechende Aroma von Honig, Blüten und Lavendel erfüllte die geräumige Kajüte.

Menderz betrachtete uns nachdenklich, wenn nicht sogar etwas überfordert. Seit dem Mord an Jeffrey und dem Tod des Dämons hatte er einiges von seiner militärischen Strenge eingebüßt. Er wirkte verunsichert, ungläubig, als stellte er sein bisheriges Leben und seine gewonnenen Erfahrungen infrage.

Der Kapitän der *Adlerschwinge* zog eine Schublade auf und entnahm ihr eine dünne Pfeife mit vergoldetem Kopf. Mit geübten Handgriffen stopfte er sie, nahm einen Kieferspan und entzündete diesen an einer der brennenden Kerzen der Kandelaber. Er blies mehrmals seine Backen auf, sog gierig an dem langen Hals der Pfeife, als hinge sein Leben davon ab, und stieß dann eine Wolke süßlichen Rauchs aus, der den angenehmen Duft des Tees vollständig überdeckte.

»Jedes Mal, wenn Ihr meine Kajüte betretet, Elda Rheanne, wird kurz darauf entweder jemand ermordet, oder es geschieht sonst etwas Schreckliches. Die Pfade, auf denen Ihr wandelt, sind eindeutig verflucht.«

Ich verzog empört das Gesicht, während Cormacs Mundwinkel zuckten. Anscheinend amüsierte er sich wieder prächtig. »Eure Ehrlichkeit kennt keine Grenzen. Gleiches versuchte mir der Quartiermeister ebenfalls weiszumachen.«

»Ich hoffe für Euch, es hat sich etwas an Eurer Einstellung geändert. Denn sonst würde mich die höfliche Frage, was Euch zu mir führt, erneut in Angst und Schrecken versetzen.«

»Der Kaufmann Lemae trägt die Schuld an Korringrurs

misslicher Lage. Er misshandelte und benutzte ihn für den Versuch, eine Meuterei anzustiften«, erklärte ich unverblümt.

Menderz starrte mich an, als wäre ich von Sinnen. Eine Rauchwolke umspielte seinen Kopf. Er verschränkte die Arme vor seiner breiten Brust, in der Rechten hielt er die glimmende Pfeife. »Da. Genau das meinte ich. Es fängt schon wieder an.«

»Ich mache keine Späße.«

»Bei allen Göttern, das weiß ich, und gerade dieses Wissen bereitet mir ungemeine Sorgen.« Er beugte sich vor und nahm mich mit seinem Blick gefangen. »Was veranlasst diesen ungeheuren Verdacht?«

»Die Aussage des Zwerges«, erwiderte ich prompt. »Ich sprach mit Korringrur, und er sagte aus, dass Lemae, Lahstrom und Edvard Herstor ihm aufgelauert, ihn schikaniert und schließlich in dem Lagerraum einsperrt hätten. Er hat schreckliche Dinge über sich ergehen lassen müssen, und obendrein wohnte er hilflos der Ermordung von Jeffrey bei. Dass Lemae zudem eine Meuterei anzetteln wollte, um Euch höchstpersönlich auszuschalten und in Esteban ungehindert das Schiff verlassen zu können, belauschte ich mit eigenen Ohren.«

»Das sind ungeheuerliche Vorwürfe. Und was glaubt Ihr, was ich nun tun werde? Einem Zwerg und einer Frau mein Schiff anvertrauen?«

»Zunächst erwarte ich lediglich Eure Unterstützung bei Lemaes Festnahme. Er ist astranischer Staatsbürger, und auch wenn wir uns auf offener See befinden, segelt diese Fregatte unter der Flagge Astrans. Es ist mir erlaubt, ihn im Namen der Ersten Präsenz festzunehmen, jedoch nicht, gegen ihn einen Prozess zu beginnen. Er wird in Esteban an die astranische Botschaft überstellt werden, und ich werde die nötigen Dokumente für die Überführung zurück nach Astran mit Freude ausfüllen.«

»So wird mein Schiff immer mehr zu einem Hort von Mördern und Verbrechern«, meinte Menderz kopfschüttelnd. Er griff in die Schale und wog die Nüsse in seiner Hand, als entschieden sie über Gut und Böse. »Bevor ich mich zu voreiligen Schlüssen verleiten lasse, werde ich den Zwerg selbst aufsuchen und befragen. Meuterei ist eine schwerwiegende Anschuldigung, und selbst das Drohen mit selbiger wird geahndet. Die Lage an Bord ist zwar angespannt, aber kontrollierbar. Die *Adlerschwinge* ist ein Handelsschiff, verdammt, an Bord herrschen klare Strukturen und Hierarchien. Meine Leute lassen sich nicht einfach einspannen, auf sie ist Verlass. Niemand von ihnen würde sich gegen mich stellen, und sie würden schon gar nicht auf die Befehle eines einfältigen Händlers hören.«

»Dergleichen habe ich mit keinem Wort angezweifelt.«

»Ich weiß.« Krachend zermalmten Menderz' Zähne die Haselnüsse. »Ich danke Euch für die offenen Worte, bitte Euch jedoch, Euch nicht länger in diese Dinge einzumischen. Der Zwerg … Korringrur war sein Name? … wird einen angemessenen Schadensersatz erhalten. Ich kann nur hoffen, dass er nicht auf die Idee kommt, gegen uns Klage einzureichen.«

»Ihm genügt der Beweis, dass Lemaes Tat nicht ungestraft bleibt.«

»Wie ich hörte, verstehen die Zwerge aus Gimnael unter

einem Strafprozess etwas anderes als das zivilisierte Astran. Dieben werden die Hände abgehackt, Huren kettet man an Gipfelkreuze, und Ehebrechern wird der … nun ja … Ihr wisst schon.« Menderz' Finger zeigte auf seinen Schoß, während ein schmerzhafter Ausdruck auf seinem Gesicht ruhte.

»Wir befinden uns nicht in Gimnael.«

»In Astran aber auch nicht«, seufzte der Kapitän. Er nippte an der Teetasse, die in seinen Pranken lächerlich winzig wirkte. »Versteht mich nicht falsch, Elda Ritterin. Ich schulde Euch mein Leben. Ihr habt ein hässliches Monstrum getötet, und doch fühle ich mich noch genauso angreifbar wie zuvor. Vielleicht sogar noch mehr. Nichts für ungut, aber ich behalte mir vor, die Dinge nun selbst in die Hand zu nehmen. Ich werde entscheiden, ob Lemae verhaftet wird oder nicht. Sollte Ersteres der Fall sein, werde ich Euch in Kenntnis setzen, damit Ihr als Ritterin Recht und Ordnung während einer … Festnahme walten lasst.«

Ich nickte, denn ich musste mich damit einverstanden zeigen, auch wenn die Zeit drängte. »Wartet nicht zu lange, Elder Kapitän«, warnte ich ihn.

Menderz' Blick wurde glasig, mit seinen Gedanken schien er sehr weit weg zu sein. Mitgefühl wallte in mir auf, plötzlich und heftig. Doch gerade als ich den Verdacht hegte, er könnte sich hilflos fühlen, kehrten die gewohnt strengen Gesichtszüge des Kapitäns zurück. Mit einem einzigen Satz hatte er sich erhoben und bedachte uns mit schmalem Blick.

»Es ist mein Schiff, Elda Rheanne. Ich bedanke mich für Eure Unterstützung und für Eure Sorge. Alles Weitere liegt nun in meinen Händen und in denen meiner fähigen und erfahrenen Seeleute. Wenn ich bitten darf – ich habe noch viel zu tun.«

Sein Ton war unmissverständlich. Ich sah zu Cormac, der seine Tasse zurückstellte und mir zunickte.

Alles in mir begehrte auf, ich musste mir regelrecht auf die Zunge beißen, Menderz keine scharfe Antwort an den Kopf zu werfen. Es lag nicht mehr in meinen Händen. Hatte es überhaupt je in ihnen gelegen?

Als sich die schwere Flügeltür hinter unseren Rücken schloss und ich einen letzten Blick darauf warf, hoffte ich, dass Menderz sich für das Richtige entscheiden würde.

Denn wenn nicht, müsste ich – trotz aller Risiken – Lemae zu einer Aussage zwingen. Und meine Laune sagte mir, dass ich nicht die Geduld hätte, mir seine Ausflüchte lange anzuhören.

Kapitel 21

»Das ist kompletter Schwachsinn!« Den gesamten Weg bis zu meiner Kabine schimpfte ich wie ein Rohrspatz vor mich hin. »Sein Schiff, seine Befehle, seine Männer – das wird sein Untergang sein!«

»Rheanne …«

»Wir hätten es ihm sagen sollen«, unterbrach ich Cormacs leidlichen Versuch, mich zu beruhigen – wonach mir übrigens gerade überhaupt nicht zumute war. »Das mit dem«, ich senkte gerade noch rechtzeitig die Stimme, sah nach links und rechts, »Dämon«, vollendete ich meinen Satz. »Dem wahren Dämon.«

»Meinst du, es hätte etwas genützt?«

Ich schnaubte. »Er hätte sich zumindest nicht mehr in Sicherheit gewähnt!«

»So sind wir aber auch im Vorteil. Sollte er der Dämon sein, ahnt er nicht, dass wir Bescheid wissen und auf der Hut sind.«

»Menderz? Du verdächtigst ihn? Seltsam … in all der Zeit habe ich ihn noch nicht einmal im Verdacht gehabt. Er wirkt so ehrlich und geradlinig. Vielleicht ein wenig zu hart, aber bei seinem Beruf auch kein Wunder.«

»Du vergisst immer wieder die Tatsache, dass Dämonen erstklassige Verwandlungskünstler sind. In Sachen Kreativität und Improvisation sind sie echte Talente.«

»Du musst es ja wissen«, gab ich murmelnd zur Antwort, eine Spur schroffer als beabsichtigt. Sogleich verfluchte ich mich für meine voreiligen Worte und suchte beinahe flehend Cormacs Blick, doch dieser schien mit seinen Gedanken völlig woanders zu sein.

»Woran denkst du?«

Es dauerte eine ganze Weile, ehe er mir antwortete: »Nichts von Bedeutung. Jedenfalls ändert es nichts an unserer Situation. Ich weiß auch nicht, ob ich dich damit belasten soll. Ich dachte nur an den wahren Dämon, der immer noch unter uns weilt. Ich vermute, er ist nur meinetwegen an Bord gekommen. Ich frage mich, wer er wohl ist. Möglicherweise kenne ich ihn sogar. Dann würde alles einen Sinn ergeben. Warum er sich eingeschlichen hat und dieses Blutbad anrichtet. Ich glaube, er will mich bestrafen.«

»Wenn das bedeutungslos ist, müssen die relevanten Dinge ja erschlagend sein«, versetzte ich zynisch. »Aber was ich nicht verstehe … Warum sollte es andere Dämonen überhaupt kümmern, ob einer von ihnen das Loch verlassen hat oder nicht? Sagtest du nicht, dort unten herrscht der pure Egoismus?«

»Familie«, erwiderte Cormac nur, und ich verstand. Selbst die niedersten Kreaturen hatten einen Ursprung, einen Clan oder Stamm, vielleicht gab es sogar eine Hierarchie. Und Blut war dicker als Wasser. Der Dämon an Bord wollte Rache für den Verrat, dass Cormac sich auf die Seite der Menschen geschlagen hatte. Ich erschrak, hielt mir instinktiv die Hand vor den Mund. Den Göttern sei Dank, dass ich die Worte nicht laut ausgesprochen hatte.

Wir bogen in den spärlich beleuchteten Korridor, in dem sich der Zugang zu meiner Kabine befand. An der Tür angekommen, blieben wir stehen, unsicher, wie der nächste Schritt auszusehen hatte.

Ich lächelte zaghaft. »Kommst du noch mit rein?«

Wider Erwarten schüttelte Cormac den Kopf, und ich gab mir Mühe, nicht allzu enttäuscht zu gucken. »Ich werde kurz zu Sedalé gehen und sie über die neuesten Dinge in Kenntnis setzen.«

»Ja. Natürlich.« Ich nestelte an dem Saum meiner Weste. Ruckartig riss ich mich los, verdammte die Erinnerung an die Alchemistin aus meinem Hirn und griff zu der Kette an meinem Hals, an der ich neben dem Schlüssel für das Paket auch den zu meiner Kabine befestigt hatte.

Meine Finger griffen ins Leere, trafen nur auf die Haut meines Dekolletés. Eiseskälte kroch urplötzlich in mir hoch und raubte mir für einige Sekunden die Luft zum Atmen und zum Denken. Meine Gedanken rasten wie ein wild gewordener Bienenschwarm umher, ohne zu einer Erklärung zu kommen.

»Der Schlüssel!« Ich japste nach Luft, packte Cormacs Arm und rüttelte daran. »Er ist verschwunden!«

»Ich lasse einen Matrosen rufen. Es gibt mit Sicherheit einen Generalschlüssel für alle Kabinen der Passagiere.«

»Nein … Nein, du verstehst es nicht. *Der Schlüssel für das Paket ist weg!* Oh gütiger Himmel, die Götter stehen mir bei!«

Ich raufte mir verzweifelt die Haare, ließ davon ab, befingerte wieder meinen Hals, die Taschen, den Gürtel, den Boden vor mir. »Wenn ich das Paket nicht seinem Besitzer übergebe, verliere ich meinen Titel! Und vielleicht auch meinen Kopf!«

Jetzt war es an Cormac, verständnislos zu gucken, und mir fiel schlagartig ein, dass ich ihm noch nie gesagt hatte, was *ich* eigentlich an Bord der Handelsfregatte machte, wohin mein Weg mich führte. Die letzten Tage waren so ereignisreich gewesen und hatten mein Leben dermaßen auf den Kopf gestellt, dass mir mein eigentlicher Auftrag furchtbar banal und unwichtig vorkam.

Aber jetzt fühlte ich mich, als hätte man mir den Boden unter den Füßen weggezogen. In dieser klaren und endgültigen Welt gab es keine Dämonen und süßen Liebeleien, nein, da gab es nur mich, den genzabarischen Kaiser, das Paket und das Damoklesschwert, das drohend über mir hing und Stück für Stück näher kam.

»Was mache ich denn jetzt?«, flüsterte ich.

Mit offenem Mund starrte ich Cormac an, unfähig, einen klaren Gedanken zu formen.

»Vielleicht erst einmal in die Kabine und kurz durchatmen?« Er nickte zu der Tür und drückte wie selbstverständlich die Klinke hinunter. Die Tür sprang auf, eine Tatsache, die mich noch mehr verwirrte.

»Ich habe nicht abgeschlossen?«

»Rhea, beruhige dich. Mach dir nicht immer gleich solche Sorgen!« Seine Hände ruhten zu beiden Seiten auf meinen Schultern und drückten diese. Bestimmt schob er mich zu einem der Stühle und verfrachtete mich auf selbigen. Dann fiel sein Blick auf die Mitte des Tisches. Aus dem Augenwinkel nahm ich seine Handbewegung war, aber ich war zu fassungslos, um ihm Beachtung zu schenken.

Erst als etwas Blitzendes, Silbernes vor meinem Gesicht baumelte, wachte ich aus meiner Starre auf.

»Ist sie das?«, fragte er mich mit neckischem Grinsen.

Ich streckte die Finger aus und bekam die Schlüsselkette zu fassen. Ungläubig starrte ich sie an. »Ja. Ja! Das ist sie. Aber warum … Ich habe sie doch überhaupt nicht abgelegt.«

»Du bist überanstrengt. Du wirst es einfach vergessen haben. Niemand macht dir deswegen einen Vorwurf, außer du dir selbst.«

»Weil es meine Schuld wäre, wenn sie verloren ginge«, murmelte ich und konnte den Blick nicht von der filigranen Kette nehmen. »Ich habe sie nicht abgenommen, Cormac, ganz bestimmt nicht.«

»Sie ist wieder da. Das ist doch die Hauptsache.«

»Aber nicht wirklich zufriedenstellend.«

Cormac sah mich ungeduldig an. Die Sache war für ihn erledigt, für mich aber bei Weitem nicht. Ich nahm die Kette mit dem Schlüssel nie ab, noch nicht einmal beim Schlafen oder Waschen. Ich musste den Schlüssel des Paketes wie meinen eigenen Augapfel hüten – von solch immenser Wichtigkeit war der Inhalt.

Sie offen und frei zugänglich auf dem Tisch liegen zu sehen trieb mir eisige Schauder über den Rücken. Ich ließ die letzten Stunden Revue passieren und kam zu dem Schluss, dass ich die Kette während unserer gemeinsamen Nacht abgelegt hatte. Das war die logischste Erklärung, an die ich mich klammerte.

»Mach dir nicht so viele Gedanken.« Er wirkte abwesend, mit seinen Gedanken woanders, und machte mich mit seinem Verhalten wütend.

Ich nickte nur. Schließlich wusste ich, wohin er insgeheim wollte und was er vorhatte, und ich konnte ihn nur schwer aufhalten.

Nachdem Cormac in Richtung des Salons von Sedalé aufgebrochen war, verließ auch ich meine Kabine. Ich würde mir in der Messe ein Glas gewässerten Weines gönnen, um den Schock in meinen Knochen zu mindern und ein heimliches Auge auf die astranische Handelsclique zu werfen, obwohl mir Letzteres bereits Bauchschmerzen bescherte.

Die Gedanken an Cormac und die verschwundene Schlüsselkette verflogen augenblicklich, als ich Edvard Herstor und seine Bande der übrigen Kaufleute erblickte.

Zu spät wurde mir klar, dass ein Umkehren nicht mehr möglich war – ich stand mitten im Türrahmen, für alle gut sichtbar wie auf einem silbernen Tablett. Sofort reckte Edvard den speckigen Arm in die Höhe und winkte mir begeistert zu.

Geschlagen schritt ich zu ihm hinüber und verfluchte mich dabei für mein Vorhaben.

»Rheanne, ich habe bereits begonnen, Eure Anwesenheit aufs Schmerzlichste zu vermissen«, rief Edvard mit lauter Stimme und drückte mir einen Kuss auf den Handrücken.

»Ihr übertreibt«, meinte ich und sträubte mich gegen das Verlangen, ihm eine Ohrfeige zu geben, ihm die Augen auszukratzen und ihn für seine Taten zu strafen. Sehnsüchtig schielte ich zu den blechernen Humpen der Kaufleute.

»Dergleichen würde ich mir in Eurer wundervollen Gegenwart niemals erlauben«, erwiderte Edvard und griff noch einmal nach meiner Hand. »Ich wäre ein Lügner, würde ich behaupten, Eure Abwesenheit als wohltuend zu empfinden.«

»Er hat zu tief in den Becher geschaut«, brummte Lemae vom anderen Ende der Tafel. Sein Spitzbart zuckte. »Eben noch sprach er von den Huren Astrans und wie einfach es sei, in Heptagon für eine kleine Münze pure Wonne zu verspüren.«

»Glaubt ihm kein Wort«, empörte sich Edvard. »Er lügt, dass sich die Balken biegen! In solche Etablissements habe ich noch nicht einmal den kleinen Zeh gesetzt!«

»Dann ist die vollbusige Elda mit dem roten Haar nur eine Mär gewesen?«, spottete Lemae weiter.

»Also … ich verbitte mir diese Anschuldigung!«

»Lasst es gut sein«, fuhr ich dazwischen, peinlich berührt von dem Gespräch und vollkommen angewidert von Edvard und Lemae, die sich angrinsten wie lüsterne Schuljungen. Ich nahm einen der noch unbenutzten Becher und griff nach dem Krug mit gewässertem Wein, der in der Mitte des Tisches stand. Nach einem großen und wohltuenden Schluck suchte ich Lemaes Blick.

»Ihr kommt nicht aus Heptagon?«, fragte ich ihn.

Er nickte bestätigend. »Sehr richtig. Valderod ist meine Heimat, eine kleine Stadt in den Tälern zwischen den Tannenbergen und dem Schwarzrückengebirge.«

»Nahe der Grenze zu Gimnael?«

»Auch das ist richtig. Von Valderod aus benötigt man etwas mehr als acht Tage, um das Reich der Zwerge zu betreten.«

»Führt Ihr Handel mit ihnen?«

Lemae hob abwinkend die Hand. »Die Pfade über die Pässe des Schwarzrückengebirges sind tückisch und eignen sich keineswegs für ein florierendes Geschäft mit den Zwergen. Schon allein der Aufwand für einen sicheren Auf- und Abstieg wäre viel zu kostspielig.« Er nahm einen Schluck vom Wein und zuckte mit den Schultern. »Und selbst wenn man Gimnael erreicht hat, so ist die nächste Ansiedlung der Zwerge noch weitere Tagesmärsche entfernt. Sie kommen unseren zivilisierten Städten nicht zu nahe. Lieber verkriechen sie sich in ihren unterirdischen Höhlen und Stollen. Ein eigensinniges und stures Volk, diese Zwerge. Freiheitsliebend und loyal, aber stur.«

»Sie denken, sie wären was Besseres«, rief Edvard mit schwerer Zunge. »Nur weil sie täglich in Gold und Edelsteinen baden, diese goldgierigen Stinker.« Er zog zur Bekräftigung seiner Worte die Nase hoch. Ausgerechnet er nannte sie geldgierig. »Die Sache würde anders aussehen, wenn wir Astraner auf der anderen Seite des Schwarzrückengebirges lebten!«

Einige am Tisch nickten bestätigend, wie ich beunruhigt feststellte. Edvard hatte eindeutig mehr getrunken, als er vertragen konnte.

»Ich hätte auf das Leben meiner Mutter geschworen, dass dieser hässliche Bursche für die Morde verantwortlich ist«, fuhr er unbeirrt fort. Sein Humpen knallte auf die grobe Tischplatte. »Ein Dämon an Bord, diese Tatsache lässt meine

Fußnägel sich aufrollen, aber ein Zwerg an Bord ist nicht minder entsetzlich.« Edvard beugte sich vor, senkte die Stimme zu einem verschwörerischen, nach Wein stinkenden Flüstern. »Diese Zwerge kratzen mit ihren Pickeln und Hacken doch förmlich an der dünnen Wand zur Unterwelt. Sie beschwören die Höllenwesen Xadurs geradezu an die Oberfläche! Und siehe da – mir läuft ein einziger Zwerg über den Weg, und schwups, liegt eines dieser Ungeheuer kopflos im Kühlraum!«

Ich biss die Zähne zusammen, ergriff meinen Humpen mit dem gewässerten Wein und leerte ihn in einem einzigen Zug. Ich spürte, wie etwas von dem Wein an meinen Mundwinkeln über mein Kinn und schließlich über mein Schlüsselbein hinabrann, doch in diesem Moment war es mir herzlich egal. In der Gegenwart dieser scheußlichen Männer verspürte ich das dringende Bedürfnis, mich hemmungslos zu betrinken, um ihre Gesellschaft auszuhalten.

Ich betete und hoffte, dass Menderz zur Besinnung kam und den Lügen und Märchen dieser Elder ein Ende setzte.

»Das Ende der Welt naht«, platzte Edvard plötzlich lallend heraus. Seine Hand fuchtelte in besorgniserregender Willkür nach links und rechts. »Und wir werden allesamt draufgehen. Allesamt!«

»Ich bitte Euch, Elder. Das eine hat mit dem anderen nichts zu tun«, erwiderte ich und zog genervt eine Augenbraue in die Höhe.

Edvard ließ sich jedoch nicht beirren. »Wer sagt das? Ihr? Ihr seid eine Frau, Ihr habt von derartigen Dingen keine Ahnung! Ich sage es Euch voraus, werte Elda und Elder. Ich spüre es in meinen Knochen, ein Gefühl, das mich nicht trügt. Etwas Gewaltiges wird geschehen, etwas, womit wir alle nicht gerechnet haben.« Seine Stimme wurde dunkel. »Etwas Schlimmes rollt auf uns zu.«

Ich konnte den Kaufmann nur kopfschüttelnd anglotzen. So viel Dummheit und Verbohrtheit an einem Tisch hatte ich selten erlebt. »Seid so gut und erstickt doch an Eurer eigenen Zunge«, fauchte ich Edvard bissig an. Edvard rülpste und brachte mich nur noch mehr in Rage. »Bei den Göttern! Tut uns den Gefallen am besten hier und jetzt, bevor ich sie Euch abschneide!«

»Hört Euch das an, sie droht mir!«, kreischte Edvard nun, so als hätte ich ihm die Spitze meiner Klinge an den Hals gesetzt, und riss schützend die Hände hoch.

»Ed, halt die Schnauze«, fuhr Lahstrom dazwischen.

Lemae hatte sich zurückgelehnt und beobachtete die Szenerie mit schmalem Lächeln, das sich kaum merklich auf seine Lippen geschlichen hatte.

»Ich wusste es doch, dass sich die Manieren dieser ach so gerühmten Ritterin bedenklich in den Grauzonen der Legalität bewegen«, sagte er.

An welchen Fluch ich auch immer dachte, den ich ihm soeben an den Hals werfen wollte: Ich wurde erhört. Mein Mund öffnete und schloss sich zwar wie der eines Karpfens, der auf dem Trockenen lag, aber das war mir in diesem Moment einerlei, als ich Kapitän Menderz samt Privateskorte in die Messe rauschen sah.

Sogleich verstummten die Gespräche an den Tischen, nur Edvard fühlte sich von der Gegenwart des Kapitäns nicht sonderlich beeindruckt – oder vielleicht kannten seine Ignoranz und sein Narzissmus einfach keine Grenzen –, und er krähte munter weiter.

Menderz beobachtete das Spektakel mit genervtem Blick, bis seine Faust krachend auf eine der Tischplatten donnerte und mit dem Widerhall augenblicklich jeder in seine Richtung sah. Selbst Edvard hielt es in Anbetracht der Umstände für angebracht, den Mund zu schließen.

Auf ein Kopfnicken des Kapitäns hin nahmen die Matrosen ihre Position ein. In mir ertönten Jubel und Fanfaren, als ich beobachtete, wie Menderz geradewegs auf Lemae zuschritt, eine steile Falte zwischen den Augenbrauen.

»Elder Lemae aus Valderod, ich möchte Euch bitten, mir zu folgen.«

Lemae musterte den Kapitän mit unverhohlener Neugier und Abscheu. »Und wenn nicht?«

»So werde ich die Elda Ritterin bitten, Euch festzunehmen und eigenhändig in meine Kajüte zu befördern. Aufgrund von belastendem Beweismaterial im Falle des Zwerges seid Ihr angeklagt. Wollt Ihr als ein Mann oder als Gefangener diesen Raum verlassen? Ihr habt die Wahl, doch entscheidet Euch besser schnell.«

Der Händler warf einen warnenden Blick in Edvards und Lahstroms Richtung, ehe er zähneknirschend nickte. »Gehen wir.«

Kapitel 22

Er sieht mit an, wie sein heimlich auserkorener Verbündeter fortgeführt wird.

Er beißt sich fest auf die Zähne, seine Kiefermuskeln treten gespenstisch hervor, als würden sie vor lauter Wut gleich aus seinem Gesicht springen. Fast möchte er sich der Versuchung hingeben, wie der Tod höchstpersönlich unter ihnen zu toben, mit endgültiger und vernichtender Kraft.

Seine Brust hebt und senkt sich im Takt seiner steigenden Aufregung. Er hat zu lange gewartet, wie er sich nun eingestehen muss, gewartet und ausgeharrt, ist zu lange ein stiller Beobachter gewesen. Dabei ist er eigentlich ein Mann der Tat. Und er würde sich für sein Versäumnis am liebsten geißeln – es ist seine Schuld, dass nicht alles nach Plan läuft.

Alles in ihm verzehrt sich nach Vergeltung, seine Gier ist zu einer schmerzhaften Ekstase geworden, die er kaum unterdrücken kann.

Sein Mund wird plötzlich staubtrocken, die Zunge klebt am Gaumen wie ein lästiges Stück Leder.

Er muss sich zwingen, den Blick scheinbar gelassen über die Anwesenden schweifen zu lassen. Nur nichts anmerken lassen. Keine Emotionen zeigen.

Er sieht sie. Für den Bruchteil eines Augenblicks treffen sich ihre Blicke. Er bemerkt, wie sich ihr Gesicht aufhellt, als sie ihn erkennt.

Sie wirkt anders … ruhiger. Stärker. Irgendetwas scheint ihr widerfahren zu sein, was den Ausdruck von Glück und Genugtuung auf ihr Gesicht zaubert, der ihn insgeheim zu verspotten scheint.

Glück ist ein Gefühl, das es zu zerstören gilt. Es gibt kein Glück, nur verschiedene Formen von Blödheit und Stumpfsinn.

Es gibt kein Glück, sagt er sich noch einmal, und dieses Mal schafft er es, sich selbst zu glauben. An seiner Schläfe pocht ein dumpfer Schmerz, in seinem Inneren kreischt wieder jene gepeinigte Seele, die er kontrolliert.

Sie hat alles zerstört, wispern die Stimmen. Sie ist der Grund, warum du keinen Spaß haben kannst. Warum dein Plan nicht aufgeht. Sie ist dabei, dir die Möglichkeit zu nehmen, Geschichte zu schreiben. Sie … nur sie allein trägt die Schuld, wenn du scheiterst …

Er stöhnt, der Schmerz will ihn innerlich zerreißen. Wie automatisch setzen sich seine Füße in Bewegung. Er kommt ihr näher, immer näher, er wittert ihren Duft … und den von … Er erstarrt, muss sich zwingen weiterzugehen, und streift ihren Arm. Die Berührung lässt eine Gänsehaut über seinen Arm gleiten.

Sie riecht nach ihm.

Oh, du süße Rache – träumt er? Unbemerkt kneift er sich in den Oberarm, der Schmerz rauscht durch sein Nervengeäst wie ein brüllender Strom.

Deswegen dieser Ausdruck, deswegen dieses ekelhafte Glücksgefühl in ihrem Gesicht, das an ihr haftet wie eine Klette.

Er hat von den niederen Begierden der Menschen allerlei gehört. Wie ihre Körper miteinander verschmelzen und sie in widerlichen, zuckenden Bewegungen Gefühle verspüren sollen, die nicht in Worte zu fassen sind. Er selbst ist nicht in den Genuss einer solchen Vereinigung gekommen – ihn erregt es, eine sterbende Seele mit bloßen Händen zu zerquetschen. Was hat er auch davon, seinen Körper an dem des anderen zu reiben? Nichts. Er wird nicht einmal satt davon.

Lächelnd schreitet er durch den Gang, die Lichter der Kerzen flackern gespenstisch auf seinen Wangen. Es ist eindeutig die Liebe, die den Menschen noch schwächer macht, als er ohnehin schon ist.

Die Liebe, jene dumme Gefühlsregung, die einen zu Dingen treibt, die bar jeder Vernunft sind.

Er fühlt sich dazu auserkoren, ihr zu zeigen, wie sich wahre Befriedigung anfühlt. Er will ihr seine Art der Liebe zeigen. Sie muss aber nicht unbedingt wissen, dass sie dabei sterben wird.

Ihm seine neue Gefährtin zu rauben wird umso mehr Spaß machen. Da kann er sich gleich daran gewöhnen, was es bedeutet, ein Mensch zu sein. So schwach und von Gefühlen gelenkt. Widerlich. Umso süßer wird seine Rache schmecken.

Kapitel 23

Ich hatte mich eigentlich auf einen entspannten Abend gefreut, doch meine Erwartungen wurden jäh vernichtet, als ich meine Kabine betrat.

Mein erster erschrockener Blick fiel auf Sedalé, die sich in einem Hauch von Nichts auf meinem Bett rekelte. Erst dann schaffte ich es irgendwie, den Kopf in Cormacs Richtung zu drehen, der die ganze abstruse Szenerie mit einem entschuldigenden Schulterzucken quittierte.

»Sedalé«, seufzte ich, unfähig und zu müde, mich über ihre Anwesenheit aufzuregen, »Ihr habt mir gerade noch gefehlt.«

»Es freut mich auch, dich zu sehen, Schätzchen«, antwortete die Alchemistin mit herausforderndem Lächeln und streckte in einem Anflug von aufreizender Provokation ihre gertenschlanken und ebenmäßigen Beine.

Dieser Anblick ließ mich schon wieder grün vor Neid werden, doch der Fetzen Seide, der allem Anschein nach ein Kleid sein sollte, rutschte bei der Bewegung nach oben und entblößte nun ihren ebenholzfarbenen Schenkel. Mir stockte der Atem, und ich wurde wider Willen rot. Wenn Sedalés Aussehen schon mich beeindruckte, wagte ich mir kaum vorzustellen, was die männliche Gattung bei ihrem Anblick fühlte.

Unsicher sah ich hinüber zu Cormac, doch der schien von Sedalés weiblichen Reizen weniger angetan zu sein als ich. Sein Desinteresse beruhigte mich ein wenig, auch wenn ich mir neben der oskanonischen Alchemistin wie ein Bauerntrampel vorkam. Wahrscheinlich hatte Sedalé recht, und ich hätte mehr auf meine Weiblichkeit achten sollen, bevor ich mich in eiserne Rüstungen zwängte und, anstatt wohlgeformte Rundungen zu fördern, meine Muskeln stählte.

Ich ließ mich mit einem weiteren Ächzen auf einen der Stühle nieder, lehnte mich zurück und schloss die Augen.

»Ich hasse Lemae«, meinte ich schließlich. »Er windet sich wie ein Aal im Netz eines Fischers. Fast vier Stunden hat Menderz ihn verhört, doch er zeigte keine Reue. Es mussten weitere vier Stunden vergehen, bis der verfluchte Hund endlich gestanden hat, Korringrur gefangen gehalten und misshandelt zu haben. Am Ende gab er sogar den Plan mit der Meuterei zu und rechtfertigte ihn mit seinen ach so wichtigen Geschäften.«

»Korringrur? Ist das ein Gnom?«

»Zwerg«, korrigierte ich Sedalé geistesabwesend.

»Zwerge. Gnome. Wo ist da der Unterschied? Beide sind haarig, ungehobelt, klein und hässlich.«

»Und beide würden Euch für diese äußerst sympathische Beschreibung die Leviten lesen.«

Sedalé wippte mit dem Fuß und lächelte hoheitsvoll. »Solche Lebewesen würden kaum in meine Nähe kommen. Ich halte nicht viel von Haustieren.«

Ich schüttelte entsetzt den Kopf und holte bereits Luft,

um ihr kräftig die Meinung zu sagen, als Cormac mich wohl wissend unterbrach.

»Was wurde nun gegen Lemae unternommen?«

Mein Mund schloss sich. Ich ordnete kurz meine Gedanken, warf Sedalé einen vernichtenden Blick zu, den sie mit einem koketten Augenaufschlag ignorierte, und sagte: »Er wird in einem der Lagerräume festgehalten. Zur Strafe für seine Taten wurde er in denselben Raum gebracht, in dem er Korringrur gefangen hielt und in dem Jeffrey starb. Timotheus bewacht ihn.« Ich gähnte und streckte meinen Rücken sowie die Beine, die durch das stundenlange Stehen beträchtlich in Mitleidenschaft gezogen worden waren und schmerzten. »Ich habe mich ebenfalls angeboten, eine Schicht zu übernehmen.«

»Du arbeitest eindeutig zu viel«, meinte Cormac nüchtern. »Es ist die Aufgabe des Kapitäns, für Lemaes Überwachung zu sorgen, und nicht die deine.«

Sedalés perfekt geschwungene Augenbrauen schossen hoch. »Ach, sind wir bereits beim Du angekommen?« Sie sah mich lange an, und ich schlug die Augen nieder. »Interessant … Ich für meinen Teil werde diesen widerlichen Akt, mit dem du die letzten Hüllen der Höflichkeit hast fallen lassen, wohlwollend übersehen. Sieh es als einen Gefallen an.«

»Sedalé … nicht jetzt.«

Irgendetwas in Cormacs Tonfall ließ die Alchemistin innehalten, auch wenn noch immer ein spöttischer Ausdruck auf ihrem Gesicht lag, der einzig und allein mir galt.

Es waren letztlich meine eigene Müdigkeit und die Tatsache, dass ein Wortgefecht mit ihr reine Zeitverschwendung war, die mich von einem Streitgespräch mit Sedalé abhielten. Wenn Sedalé recht behalten wollte, dann behielt sie auch recht oder zumindest das letzte Wort, ganz egal bei welcher Kleinigkeit. Eine äußerst anstrengende, wenngleich nützliche Fähigkeit.

Ich fuhr mir mit beiden Händen über das Gesicht. »Der Tag war die reinste Hölle!«, seufzte ich anschließend. »Wir haben zwar einen Verbrecher gefasst, doch ein weiterer richtet noch immer Unheil an.«

»Du solltest etwas schlafen. Dich ausruhen. In deinem Zustand kannst du kaum einen klaren Gedanken fassen, um den Dämon ausfindig zu machen.«

»Konnte sie das denn je?«, rief Sedalé herausfordernd.

Cormac warf ihr einen scharfen Blick zu, den die Alchemistin lächelnd erwiderte. Sie erhob sich von meinem Bett, und ich trottete darauf zu und ließ mich auf die noch warmen Laken fallen.

Erschöpft schloss ich die Augen, der Schlaf drohte mich zu übermannen, als es an der Tür klopfte. Erst zaghaft, dann immer kräftiger. Von draußen ertönte eine mir allzu bekannte Stimme, die mich jäh an den ersten Todesfall erinnerte.

»Elda Rheanne?«, rief Román zögerlich. »Elda Rheanne, seid Ihr da?«

Cormac öffnete ihm schwungvoll die Tür. Ich drehte den Kopf, einen leisen Fluch über seine unerwünschte Störung murmelnd, und sah den Matrosen, der unbeholfen von einem Fuß auf den anderen tänzelte.

»Was ist denn jetzt schon wieder?«, versetzte ich barsch.

»Ich … Ich habe keine Ahnung! Ehrlich!« Románs Augen

weiteten sich. Er merkte, dass er störte. »Der Quartiermeister schickte mich zu Euch. Ich habe ihm einen Krug Wasser gebracht, weil er die ganze Nacht Wache schieben muss, und er sagte mir, der Gefangene würde sich auffällig benehmen.«

»Was meinst du mit auffällig?«

»Er sagt Dinge … und rennt gegen die verschlossene Tür. Er benimmt sich wie ein Verrückter! Timotheus meinte, die Ritterin solle nach dem Rechten sehen und ihn zur Not festbinden.«

Ich stieß zwischen zusammengebissenen Zähnen ein unwilliges Knurren aus, doch ich rollte mich aus meinem Bett. »Und da lässt er mich rufen, anstatt Kapitän Menderz damit zu konsultieren?«

»Der Elder Kapitän schläft.«

»Ich doch auch! Jedenfalls fast, bevor du gekommen bist.«

»Bitte … ich … ich kann auch gehen und den Elder Kapitän wecken.«

»Beim nächsten Mal«, meinte ich geschlagen. »Jetzt bin ich schon aufgestanden.«

»Soll ich dich begleiten?«, fragte Cormac.

Ich schüttelte den Kopf. »Brauchst du nicht. Ich werde mich nicht lange aufhalten. Hoffe ich zumindest«, fügte ich nachdrücklich hinzu, einen bösen Blick in Románs Richtung werfend.

»Es dauert nicht lange«, versprach dieser hastig. »Ihr werdet dem Händler gewiss sehr schnell Manieren beibringen.«

Ich zog eine Grimasse, wenig überzeugt davon, doch barg die Vorstellung, Lemae ordentlich die Leviten zu lesen, eine gewisse Anziehungskraft.

Mit geübten Handgriffen richtete ich den Waffengürtel, hängte Schwert und Dolch in die vorgesehenen Schlaufen und folgte Román den Flur entlang durch das Innere der Handelsfregatte.

Die Korridore waren nur spärlich beleuchtet. Zu dieser späten Stunde – es war kurz vor Mitternacht – hielten sich zu wenig Leute in den Gängen auf, als dass mehr Licht benötigt wurde.

Unsere Schritte wurden von den schweren Läufern verschluckt, die die Mitte des Flurs säumten und die von den unzähligen Stiefeln, welche über sie hinweggeschritten waren, bereits eine schmutzige Farbe angenommen hatten.

Mit einem Anflug von Unwohlsein folgte ich Román die hölzerne Stiege abwärts zu dem Unterdeck, in dem sich die kleineren Lagerräume befanden. Ich fühlte mich angreifbar und wusste nicht, wieso. Ich wünschte mir plötzlich, Cormacs Angebot nicht verneint zu haben.

Es war still. Unheimlich still. Über uns knarrte das Holzgebälk, es klang wie der Wehschrei eines Ungeheuers, lang gezogen und bedrohlich.

Meine Armhärchen hatten sich aufgerichtet. Was würde geschehen, sollte der Dämon plötzlich auftauchen? Auf Román war kein Verlass, er war geflohen, als wir Jeffrey am Balken hängend fanden. Ich schüttelte den Kopf. Ich war zwar müde, aber auch aufgekratzt, ich hatte Angst, mitten in der Nacht in den dunklen Gängen, doch diese Angst war nicht rational. An meiner Seite hing ein Schwert, und ich war nicht allein, wenngleich Román mir wohl kaum eine großartige Hilfe im Kampf sein würde.

Die Stille wurde mit jedem Schritt unerträglicher.

»Götter, ist das dunkel«, murmelte ich.

Románs Kopf schwenkte in meine Richtung. »Wir sind ja gleich da.« Auf seinen Lippen lag ein Lächeln, das ich nicht zu deuten wusste. »Wir wollen Timotheus nicht zu lange warten lassen.«

Ich nickte bestätigend und ließ die Hand auf dem Griff des Schwertes ruhen. Es gab mir Sicherheit. Noch immer hörte ich nichts außer dem Holzknarren und dem Widerhall unserer Schritte.

In der Luft hing eine bleierne Süße, die mir in der Nase brannte und deren Ursprung ich nicht ausfindig machen konnte. Es roch vertraut … ich kannte diesen Geruch, auch wenn er mir gleichzeitig fremd war.

Mein Atem wurde flacher, ich sog die Luft durch den Mund ein. Mein Herz flatterte, als sich vor uns, einem schwarzen Loch gleich, die verlassene Tür auftat. Die Kälte in mir ließ mich erzittern, mein Blick huschte suchend nach links und rechts, doch außer dem umgeworfenen Hocker sah ich nichts, was auf den Verbleib von Timotheus hindeutete.

»Wo ist er?«, fragte ich, machte einen Schritt vor und kehrte Román den Rücken zu.

»Drinnen … vielleicht?«

Ich hob die Hand und klopfte mehrmals kräftig an die zugezogene Tür. »Timotheus? Timotheus! Seid Ihr da? Hört Ihr mich?«

Stille.

Ich rüttelte an dem Griff, und mit sanftem Schwung öffnete sich die Tür.

Timotheus' aufgeschlitzte Kehle grinste mich an wie ein zweiter Mund. Ein gewaltiger Nagel war durch seine Stirn getrieben worden, sodass sein Kopf nicht auf die Brust fallen konnte. Ich wich zurück, als hätte mich der Schlag getroffen. Das Bild, das sich mir offenbarte, wirkte so unwahr, dass ich die Situation überhaupt nicht fassen konnte.

Eine Eiseskälte legte sich um meine Eingeweide, ich konnte den Blick nicht abwenden. Ich sah den sauberen Schnitt von Ohr zu Ohr, ich sah das schimmernde Weiß der durchtrennten Röhren, das Blut, das ihm sturzbachartig aus dem Hals geschossen sein musste, ehe es sich zu Boden ergoss und zu trocknen begann. Die Laterne glitt aus meiner Hand und fiel scheppernd auf die Holzplanken. Ihr immer schwächer werdender Lichtschein erhellte eine weitere leblose Gestalt am Boden, die jegliche vertrauten Umrisse verloren hatte und mehr einem blutigen Klumpen denn einem Menschen glich. Neben ihr lag ein umgeworfener Stuhl. Es musste Lemae sein, der Händler, dem selbst ich ein solches Ende niemals gewünscht hätte.

Ein Schrei kroch meine Kehle herauf, doch ich brachte nur ein tonloses Keuchen hervor, einen Laut des Schreckens, der Panik, des Entsetzens. Völlig überrumpelt von dem grausigen Anblick, hätte ich fast meine Blase entleert, so sehr krampfte sich mein Unterleib zusammen.

Ich wich zurück und prallte gegen Román.

Román.

Der Duft seines Haarwassers stieg in meine Nase, die schwere Süße raubte mir die Sinne. Pomade …?

»Willkommen auf dem Karussell des Wahnsinns!«, schrie

er mit schriller Stimme. »Eine kostenlose Fahrt im Höllenrad! Steig ein, wir werden viel Spaß zusammen haben!«

Und mit diesen Worten schlug er mir wuchtig ins Gesicht. Ich konnte hören, wie meine Nase brach. Ein gleißender Schmerz fraß sich wellenartig durch meinen Körper, als ich wie ein nasser Sack zu Boden glitt.

Die Umgebung rings um mich verschwamm in dunklen Schatten.

Ein Gesicht beugte sich zu mir herab. Román. Ein teuflisches Grinsen umspielte seine schmalen Lippen, die Augen funkelten voller Bosheit und Gier. Mir wurde schlecht. Würgend erbrach ich mich auf den Planken, was von Román mit einem irren Lachen quittiert wurde.

»Du? Du bist … der Dämon!«, presste ich atemlos hervor. Spielte mein Verstand mir Streiche? Ich versuchte mich zu erheben, meine Hand durchpflügte die schmierige Blutlache, in der ich lag. Mich schauderte.

»Wie überaus scharfsinnig von dir«, erwiderte Román und lächelte dabei.

»Warum?« Ich würgte erneut und rollte mich auf die Seite, spürte, wie Timotheus' Blut meine Kleider tränkte. Timotheus. Zorn stieg in mir auf. Seine Familie würde ihn nicht wiedersehen.

Román stieß mir grob die Spitze seines Stiefels in die Rippen. »Warum«, wiederholte er gedehnt, während er offenbar Freude daran hatte, mir beim Leiden zuzusehen. »Warum gibt es immer die Frage nach dem Warum? Ihr Menschen fragt eindeutig zu viel.«

»Was hast du mit Román gemacht?«

»Da. Schon wieder eine Frage.« Der Dämon zog verärgert die Augenbrauen zusammen. »Aber ich will sie dir beantworten, noch habe ich etwas Zeit … Román ist nur noch ein Hauch, ein winziges Partikel, gefangen in seinem eigenen Körper. Ich trinke seine Seele, als wäre sie erquickendes Quellwasser, das meinen Geist belebt, mir Energie und Kraft schenkt. Und Ausdauer.«

»Du bist ein Teufel! Zur Hölle mit dir!«

Román sah mich mitleidig an. »Schätzchen, von dort komme ich doch. Und ich habe nicht vor, alsbald in Xadurs Hallen zurückzukehren.« Seine Brust schwoll vor Stolz an. »Ich habe eine Mission! Kein Wesen verlässt das Schattenreich ohne Erlaubnis. Hätte er gewütet und gemordet, wäre es mir ja recht gewesen, und ich hätte ihm gerne dabei geholfen. Aber sich mit den Menschen zu verbünden, schreit nach Rache und Vergeltung. Und mit dir habe ich genau den richtigen Anfang gefunden, um Cormac zu bestrafen. Ich wünschte nur, er wäre dabei. Aber er wird schon noch zu sehen bekommen, welche Qualen du erleiden musstest, wenn ich mit dir fertig bin.« Dann sah er bis auf den Grund meiner Seele. Knurrend senkte er den Kopf, und seine Augen begannen infernalisch zu leuchten. »Du hast dich in alles eingemischt und meine schönen Pläne zunichtegemacht. Bald wirst du mir nicht mehr im Wege stehen.«

Ich war von seinem Blick wie gelähmt. Der dumpfe Schmerz in meinem Gesicht tat das Übrige. Mein Verstand hatte aufgehört zu arbeiten, und jede Bewegung, jeder Atemzug geschahen wie in Zeitlupe.

Der Dämon leckte sich die Fingerspitzen, während er mich

nicht aus den Augen ließ. Langsam zog er immer enger werdende Kreise um mich, und ich rutschte auf dem Boden herum, um ihm nicht für eine Sekunde den Rücken zu kehren.

»Komm mir nicht zu nahe!«, rief ich schrill, bekam irgendwie den Griff des Dolches zu fassen, zog ihn heraus und stach damit wild in der Luft herum.

»Du willst kämpfen?« Der Dämon bleckte die Zähne und schnurrte wie eine hungrige Katze. »Ich mag es, wenn meine Opfer sich wehren. Das Adrenalin versüßt das Blut und treibt mich zu höherem Ehrgeiz an, davon kosten zu können. Also los, komm und töte mich.« Er hob beide Hände über den Kopf und lachte lauthals.

Das ließ ich mir nicht zweimal sagen. Ich wusste nicht, woher plötzlich die Kraft kam, die mich auf die Beine riss. Für den Bruchteil einer Sekunde hatte ich die Orientierung verloren, ich fühlte nur, wie meine Füße sich in Bewegung setzten, rutschend und schlitternd, und geradewegs auf den Dämon zuschritten, wie ich den Arm hob und den Dolch in seinen Oberarm rammte.

Er stieß ein schrilles und unmenschliches Jaulen aus, was selbst einen Wolf das Fürchten gelehrt hätte. Rauch quoll aus seinen weit aufgerissenen Augen, mit einer Hand hielt er sich die Wunde, aus der schwarzes Blut tropfte.

Dann verzog sich sein Gesicht abermals zu einer grimmigen Maske, er riss den Mund auf und stieß ein kreischendes Lachen aus. »Du wagst es tatsächlich, Hand an mich zu legen? Ich will dich Besseres lehren!« Mit gefletschten Zähnen riss er den Dolch aus der Wunde und warf ihn achtlos zu Boden.

Er kam auf mich zu. Hatte ich vor wenigen Sekunden noch eine fremde Macht in mir gespürt, war ich nun vollkommen auf mich allein gestellt. Schritt für Schritt wich ich vor ihm zurück, bis mein Rücken gegen die Wand prallte.

»Du hast alles ruiniert! Mir den Spaß geraubt! Die Lust genommen!«, brüllte er jetzt, packte meinen Hals und hob mich hoch, als wäre ich kaum schwerer als ein Sack Federn. Ich zappelte mit den Beinen, versuchte ihn zu treten und abzuschütteln, um wieder atmen zu können, ich brauchte Luft. Luft! »Du dummes Weib hast dich in ein Spiel eingemischt, bei dem du nicht mitmachen darfst. Es ist mein Spiel. Mein Spiel und meine Regeln. Ist das klar?«

Er schüttelte mich so sehr, dass meine Zähne klapperten. Geifer rann seine Mundwinkel herab. Ich zitterte vor Angst. Was wollte er?

»Ist das klar?«, spie er mich an. Anscheinend wollte er eine bestätigende Antwort hören, doch ich brachte kaum mehr heraus als ein Röcheln. Meine Luftröhre war zu einem millimeterkleinen Spalt zusammengequetscht. Krampfhaft versuchte ich, die Lunge mit Sauerstoff zu füllen. Mir wurde schwindlig.

Román schien meine Verzweiflung nicht zu entgehen. Mit schief gelegtem Kopf betrachtete er mich neugierig, saugte jeden meiner hilflosen Befreiungsversuche in sich auf. »Du weißt schon, dass du mir auf Gedeih und Verderb ausgeliefert bist?« Er gluckste erregt. »Wir beide werden viel Spaß miteinander haben. Ich erahne den Geschmack deiner Seele bereits … so wunderbar klar … und stark.« Sein Atem stank nach Fäulnis und Rauch.

Der ausgestreckte Zeigefinger seiner freien Hand tanzte vor meinem Auge auf und ab. Ich folgte den unruhigen Bewegungen und schrie vor Schmerz auf, als er den Finger in meine linke Schulter bohrte. Ich spürte, wie er meine Muskeln zerriss und meine Sehnen entzweite. Ein Brennen erfüllte meinen Körper, und ich brüllte mir die Seele aus dem Leib, um der Hitze zu entfliehen. Meine Lunge war kurz vor dem Explodieren. Der Schrei hatte das letzte bisschen Luft aus ihnen gepresst.

Silberne Schatten sprangen in irrsinniger Geschwindigkeit vor meinen Augen herum. Die nahende Ohnmacht strich wispernd um mich, lud mich förmlich ein, sich in sie fallen zu lassen. Nur zu gerne wäre ich in dieses trügerische Nichts hinübergeglitten, frei von Schmerz und frei von Románs grausamen Attacken.

Der Dämon begutachtete seinen Finger, der von meinem Blut rötlich schimmerte, und leckte ihn genüsslich ab. Mir wurde schlecht. Mit der Zunge fuhr er sich über die Lippen, ehe ein zufriedenes Lächeln darüberhuschte. Seine Pupillen waren vor Erregung geweitet.

»Ja … du schmeckst köstlich. Ich wusste, dass ich deinen bittersüßen Geschmack lieben würde.« Sein glasiger Blick ruhte auf mir. Ich wandte die Augen ab, wollte und konnte ihn nicht mehr ansehen. Stattdessen erkannte ich einen Schatten in der Türöffnung.

»Cormac?«, stieß ich röchelnd hervor.

Ein unwilliges Knurren entfuhr dem Dämon, und er drehte den Kopf zu dem unwillkommenen Gast, der mit durchdringenden Augen zu uns herübersah. In seinen Händen hielt er Schwert und Dolch. Er sah zum Fürchten aus, von einer wilden Entschlossenheit angetrieben, die elektrisierend war.

»Abzhalom«, sagte er. »Dein Weg endet hier …«

Ich bekam nur verschwommen mit, was er sprach, verstand lediglich den wahren Namen des Dämons.

»Verräter!«, schrie Abzhalom, drehte sich um und machte einen Satz auf ihn zu.

In meinem Hals rasselte es, als ich tief die Luft einsog wie ein Verdurstender das Wasser. Es schmerzte höllisch, und die Plötzlichkeit des einströmenden Sauerstoffs benebelte mich. Ich umfasste mit zitternden Händen meinen Hals, auf dem der Handabdruck des Dämons wie ein feuerrotes Mal brannte, das Kunstwerk eines Verdammten.

Dann sah ich, wie der Dämon sich auf Cormac stürzte. Meine verletzte Schulter brannte, und ich war kaum in der Lage, damit ein Schwert zu halten, geschweige denn zu gebrauchen. Ich robbte zu der Öllampe am Boden, Románs Bewegungen im Auge, und schmiss sie in seine Richtung. Doch sie verfehlte ihr Ziel. Der Dämon hatte eine schnelle Seitwärtsbewegung gemacht.

Glas zersplitterte an einer Kiste mit Tuch. Öl tropfte aus der zerstörten Lampe und tränkte die Stoffrollen. Mit einem freudigen Zischen stürzten sich die ersten Flammen darauf und fraßen sich Stück für Stück vorwärts, wuchsen und leckten an dem brennfreudigen Material.

Ich erstarrte. »F-F-Feuer!«, stammelte ich, kroch zu dem Brandherd, versuchte mit bloßen Händen die Flammen zu ersticken und wich jaulend zurück.

Derweil lieferten sich Cormac und der Dämon einen erbitterten Kampf.

Ich hörte das Schnaufen und Schnauben der beiden, und es kostete mich alles an Überwindung, den Kopf zu drehen und das blutige Schauspiel zu verfolgen.

Cormacs Gesicht war starr. Aus seinem Blick sprach höchste Konzentration, die Bewegungen waren präzise und einstudiert. Abzhalom war weitaus kreativer. Er spielte mit Cormac, und bevor dieser sein Schwert in das Fleisch des Dämons bohren konnte, machte der einen tänzelnden Schritt zur Seite und bedachte Cormacs Schlagen nach Luft mit wildem Gejohle.

Mittlerweile zogen schwarze Rauchschwaden empor und brachten mich zum Husten. Wir mussten so schnell wie möglich aus dem Lagerraum, hinauf auf das Deck und die Alarmglocke läuten.

Ein Körper flog durch die Luft, landete mit einem dumpfen Geräusch auf den Planken und blieb regungslos liegen. Entsetzt sah ich Abzhaloms selbstgefälliges Grinsen, als er hinüber zu Cormac stakste. Seine Finger waren grotesk verkrümmt.

»Du bist am Ende«, feixte Abzhalom, als er auf Cormac hinabblickte. Er spuckte ihm mitten ins Gesicht. »Abtrünnigen wird der kurze Prozess gemacht. Ich werde mich damit rühmen, mir deine Seele einverleibt zu haben, und alle werden mich fürchten.«

Er hob den Fuß, um mit einem gewaltigen Tritt Cormacs Hals zu zermalmen. Ich stöhnte entsetzt auf, konnte nichts tun und sah gleichzeitig die Flammen, die stetig näher kamen.

Plötzlich stieß Abzhalom ein ungläubiges Kreischen aus und fiel zu Boden. Durch den Rauch sah ich schemenhaft, wie Cormacs Beine sich um das Standbein des Dämons geschlungen hatten und ihn mit einem Ruck zu Boden rissen. Die zwei Körper rollten eng umschlungen über die Planken. Die Flammen tosten in gierigem Einklang.

Stahl blitzte auf. Ein einzelner Körper holte aus. Ein Schauder lief über meinen Rücken, als ich das bekannte Geräusch der Klinge hörte, wie sie sich durch Fleisch fraß. Ein gellender Schrei hallte durch den Raum. Dann folgte ein dumpfer Schlag.

Sekunden später spürte ich eine schwere Hand auf meiner Schulter und hob ängstlich den Blick. Vor mir stand Cormac. Blutbesudelt. Seine Augen waren so riesig wie zwei Untertassen.

»Komm mit«, rief er atemlos. »Schnell!«

»Was …« Meine Gedanken glichen einem Karussell. Ich musste mich dazu überwinden, den Blick zu wenden.

Abzhalom lag noch immer auf den Planken der *Adlerschwinge.* In seinem Hals und in seinem Unterleib steckten zwei Klingen, die wie lange Finger emporragten. Mit aller Kraft versuchte er, sich aus seiner misslichen Lage zu befreien. Seine Hände zogen das Schwert aus seinem Hals heraus. Laute des Zorns und des Hasses drangen aus seinem Mund, als die Klinge klappernd zu Boden fiel.

An seinem Haupt leckten bereits die ersten Flammen, seine Haut schlug Blasen.

»Lauf!«, schrie Cormac, zog mich an der Hand hinter sich her.

Das musste man mir nicht zweimal sagen. Ich spürte keine Schmerzen mehr, war nur getrieben von dem Gedanken an die Flucht. Hinter mir tobte ein immer größer werdendes Inferno. Abzhalom war gänzlich in dem Flammenmeer verschwunden, doch ich hörte immer noch seine kreischenden Rufe, hörte das Platzen menschlicher Haut.

Meine Füße flogen über die Planken. Vorwärts, vorwärts, nur weg, so schnell ich konnte.

Wir stolperten durch die Gänge und wurden von der Rauchwolke verfolgt.

Über unseren Köpfen erklang der scheppernde Ton der Glocke.

»Geh aufs Oberdeck und warte dort auf mich«, befahl Cormac mir.

»Und du?«, rief ich panisch.

»Ich hole Sedalé.« Er umfasste mit beiden Händen mein Gesicht und küsste mich hart auf den Mund, sodass mir schwindlig wurde. »Rheanne. Ich will dich wiedersehen. Hast du verstanden?«, schrie er mich an. »Ich mach dir die Hölle heiß, wenn ich dich nicht gleich oben antreffe!«

Ich nickte und sah ihm nach, wie er von den wabernden Rauchschwaden verschluckt wurde und im Korridor verschwand. Sogleich setzte ich mich in Bewegung. Die Zeit war knapp. Das Feuer breitete sich von Sekunde zu Sekunde weiter aus, und was mit Abzhalom geschehen war, wusste ich auch nicht. Ich hoffte, er war tot, konnte es aber nicht mit Sicherheit sagen.

Ich hatte beinahe die Stiege zur Luke erreicht, mitgezogen von Matrosen und Passagieren, die alle dem feurigen Tod entfliehen wollten, als ich vor Schreck innehielt.

Das Paket. Es war noch immer im Frachtraum!

Kapitel 24

Es kostet sehr viel an Kraft und Überwindung, gegen den Strom zu schwimmen.

Zum ersten Mal kamen mir diese Worte nicht mehr wie eine Floskel vor, denn sie machten erschreckend viel Sinn. Hier war ich, in einem schmalen Gang, zu beiden Seiten umringt von panischen Menschen, die alle demselben Ziel entgegenströmten, und wollte als Einzige in die andere Richtung.

Für einige Augenblicke wallte Panik in mir auf. Ich musste zurück, umkehren, warum machten sie mir nicht Platz? Cormacs Worte lagen mir bitter auf der Zunge. Wehmütig dachte ich daran, wie gut es täte, jetzt in seine wartenden Arme zu fallen. Doch das Schicksal – oder war es eher mein Versäumnis? – spielte nach anderen Regeln. Und diese sahen es für mich vor, ein weiteres Mal in die brennenden Lagerräume zu gehen, auch wenn mich mein Auftrag womöglich das verdammte Leben kosten würde.

Das einzig Glückliche an der Sache war, dass der brennende Trakt von den normalen Laderäumen getrennt war, wenn auch nur von einer einzigen massiven Holzwand. Der Rauch würde weit weniger zu spüren sein als hier. Dennoch war es ein Wettlauf mit der Zeit.

Die Schreie der Matrosen und Passagiere klangen wie das entfernte Murmeln eines rauschenden Baches, als ich durch das höher gelegene Unterdeck hetzte, um den Niedergang zu den anderen Laderäumen zu erreichen. Das stetige Scheppern der Alarmglocke brannte in meinen Ohren.

Endlich erreichte ich den Niedergang. Meine Hand krallte sich um das hölzerne Geländer. Ich rutschte mehr hinunter, als dass ich die Stufen nahm. Splitter bohrten sich in meine verbrannte Handfläche, aber ich achtete kaum auf den Schmerz.

Die Luft stank nach Rauch. Im Vorbeihasten las ich die Namensschilder, suchte nach dem Siegel der Ersten Präsenz und dem astranischen Wappen, als ein gewaltiges Beben durch den Korpus der Fregatte ging. Grollend und fauchend schüttelte die Explosion das Schiff und warf mich zu Boden. Ich wurde nach vorn geschleudert und stieß mit dem Kopf gegen eine der eisenbeschlagenen Türen.

Stöhnend rollte ich mich auf den Rücken. Schwarze Blitze leuchteten vor meinem inneren Auge und trieben mich fast in den Wahnsinn. Ich tastete nach meinem Kopf. Die Berührung ließ mich noch einmal stöhnen. Unter meinen Fingern spürte ich eine gewaltige Beule sowie Blut. Ich fühlte mich komplett zerschlagen und wünschte, für immer auf dem Boden liegen bleiben zu können und zu schlafen. Schlafen … wo es auch so herrlich warm war.

Rheanne. Ich will dich wiedersehen. Hast du verstanden?

Donnernd rollte der Befehl durch mein Hirn und verebbte viel zu langsam. Hinter meiner Stirn schlugen die Vorschlaghammer im Viervierteltakt, dröhnend und mit einer unnachgiebigen Präzision.

Doch ich wollte nur schlafen. Seufzend schloss ich die Augen und gab mich den rollenden Bewegungen des Schiffes hin.

Ich mach dir die Hölle heiß, wenn ich dich nicht gleich oben antreffe!

Nicht schon wieder, dachte ich und spürte einen Anflug von Ärger in mir aufwallen. Sah denn niemand, dass ich die Ruhe verdient hatte?

Rheanne!

Diesmal klang die Stimme noch fordernder und brachte mich dazu, ein Auge zu öffnen. Über mir wölbte sich die Decke, Rauchschwaden zogen durch den lang gestreckten Gang.

Augenblicklich kehrten alle Lebensgeister und Erinnerungen zurück. Ich durfte jetzt nicht aufgeben. Cormac wartete auf mich. Ich wollte ihn wiedersehen.

Mit zusammengebissenen Zähnen richtete ich mich auf. Der plötzliche Schmerz in meiner linken Schulter ließ mich aufjaulen. Mein Kopf dröhnte und brummte.

Ich sammelte all meine verbliebenen Kräfte und stolperte vorwärts. Mein Verstand kannte nur ein Ziel und nur eine Aufgabe. Das Paket … Hole das Paket, du bist eine Ritterin! Im Namen der Ersten Präsenz Merideth und allem, was dir heilig ist, hole das gottverdammte Paket!

Vor mir ragte die Tür zu dem Laderaum der Ersten Präsenz auf. Der astranische Adler blickte mich mit milder Strenge an. Ich griff unter mein Hemd und zog die Schlüsselkette hervor, machte mich daran, das Schloss aufzuschließen. Meine Hände zitterten so stark, dass der Schlüssel mehrmals zu Boden fiel.

Ich klaubte ihn auf, wütend auf mich selbst, und startete einen neuen Versuch. Nur nicht aufgeben. Ich zwang mich dazu, flach zu atmen. Den Rauch nicht in meine Lungen zu lassen. Ich wollte hier unten nicht sterben, nicht hier. Nicht an Bord eines Schiffes.

Mit einem scharfen Klicken rastete der Schlüssel im Schloss ein. Ich öffnete hastig die Tür, und mein Herz machte vor Erleichterung einen Sprung, als ich vor mir die kleine Truhe erblickte.

Ich ergriff sie – sie war nicht schwer – und drückte sie an meine Brust, als wäre sie der kostbarste Schatz für mich. Etwas fiel klimpernd zu Boden. Die Zeit drängte, doch ging ich in die Knie und hob den Gegenstand vom Boden auf. Für eine kleine Weile vergaß ich fast das brennende Inferno rings um mich, als ich den Ring mit dem Bernstein in meiner Handfläche begutachtete. Er kam mir vage bekannt vor … doch ich konnte ihn nicht genau einordnen. Dafür war ich viel zu durcheinander. Ich hatte ihn schon einmal gesehen, so viel wusste ich, aber es blieb mir keine Zeit, weiter darüber nachzudenken.

Ein lautes Krachen brachte mich zurück auf den Boden der Tatsachen. Ich musste verschwinden und so schnell wie möglich das Oberdeck erreichen, bevor die Flammen mir den Weg nach draußen versperrten. Ich steckte den Ring in mein Gewand und eilte mit der Truhe an meiner Brust durch den Gang.

Dichter Rauch schlug mir in den Fluren entgegen, und ich kam nur sehr langsam voran. Mit der gesunden Schulter tastete ich mich an der Wand entlang, die Augen zu Schlitzen zusammengekniffen, während ich eine Hand ausgestreckt hielt, um nicht gegen etwaige Hindernisse zu laufen.

Als ich eine der Stiegen emporkletterte, die vom Deck der Laderäume hinauf zu dem der Passagiere führte, war die *Adlerschwinge* von einer Totenstille umgeben. Das Dröhnen der Glocke war verstummt. Ich war alleine, eine Gewissheit, die mich alles andere als beruhigte. Saßen alle schon in den kleinen Rettungsbooten? Hatten sie etwa die Luke zum Oberdeck versiegelt, um das Feuer zu ersticken?

Die plötzliche Stille und die Ungewissheit, was mich auf dem Oberdeck erwartete, waren schlimmer zu ertragen als der dichte Qualm.

Der Geruch von verbrannter Haut und der im Hals beißende Rauch vermengten sich zu einer perfiden Mischung, die nach Tod und unkontrollierbarer Zerstörungslust roch. Ich hätte am liebsten auf der Stelle kehrtgemacht, um dem Wahnsinn zu entfliehen, doch mich trieb eine fremde Macht an, die meine Füße lenkte und mich zielstrebig gen Oberdeck trieb.

Ich musste zu Cormac, er würde auf mich warten. Bestimmt würde er das tun. Wenn er überhaupt noch lebte, fügte ich in Gedanken hinzu und schluckte den Kloß hinunter, der sich in meinem Hals gebildet hatte und mir die Luftröhre zuschnürte.

Ein Ächzen ging durch den sterbenden Leib der *Adlerschwinge,* und die hölzernen Planken fielen stöhnend in den letzten Ruf des Aufbegehrens der Fregatte mit ein. Wankend schleppte ich mich vorwärts, jeder Schritt ein Zwang, während ich hoffte, alsbald frische Luft atmen zu können.

Ich bog um eine Ecke und fand mich auf dem Hauptkorridor wieder, der zu den Kabinen der Passagiere und der Messe führte. Mein Ziel lag in Reichweite.

Ein spitzer Schrei entfuhr mir, als ich mit einem Fuß an etwas hängen blieb. Etwas Weichem, wie ich entsetzt feststellte, woraufhin ich reflexartig einen Satz nach hinten machte.

Das entstellte Gesicht des vor mir liegenden Matrosen spiegelte selbst in seinem Tod das Grauen wider, das ihm widerfahren war. Seine Extremitäten waren in merkwürdigen Winkeln von seinem Körper gespreizt, und sein Gesicht war eingedellt. Die Fußabdrücke auf seiner Kleidung zeugten von seinem Schicksal: Der Arme war von der panischen Menge, die nach draußen drängte, totgetrampelt worden.

Ich unterdrückte ein verzweifeltes Stöhnen und zwang mich dazu, nicht noch einmal nach unten zu schauen. Panik überrollte mich.

Endlich erreichte ich die erste Sprosse des Niedergangs hinauf zum Oberdeck. Meine Schulter brannte wie ein Flammensee, mir war schlecht und schwindlig. Dazu entwickelte die Truhe inzwischen ein ordentliches Gewicht, sodass ich vor Anstrengung zu schnaufen begann. Dann endlich war ich draußen.

Rot glühende Funken stoben in den von Rauchschwaden vernebelten Nachthimmel. Das Feuer wütete in den Rahen und griff auf die Masten über, der Fockmast der *Adlerschwinge* lag quer über dem Deck – wohl der Grund für die plötzliche heftige Erschütterung. Nur noch der zersplitterte Stumpf deutete an, wo er ursprünglich gestanden hatte. Fassungslos ließ ich den Blick über das albtraumhafte Szenario gleiten. Verkohlte Leichen lagen an Deck, andere Körper waren vom Mast zerschmettert oder von den plötzlich zerrissenen Seilen buchstäblich zerschnitten worden, einige wanden sich noch im qualvollen Todeskampf und riefen nach den Göttern, den Namen ihrer Liebsten daheim oder nach ihrer Mutter, bevor sie vor den Todesgott traten.

Unter der brüllenden Anleitung von Kapitän Menderz wurden die Beiboote zu Wasser gelassen. Ich sah in einiger Entfernung die Lichter der *Lotusblüte* und der *Stromwinde*. Vereinzelte Rufe hallten herüber, unsere Rettung war in Sichtweite.

Aber die Zeit drängte, wie mein besorgter Blick zum Großmast mir bestätigte: Der Hauptmast der Handelsfregatte stand lichterloh in Flammen, das Stöhnen des Gebälks klang bedrohlich, und es konnte jederzeit passieren, dass er in sich zusammenfiel.

Ich musste so schnell wie möglich vom Schiff, bevor ich von dem Sog des sinkenden Wracks in die Tiefe gezogen wurde. Fahrig suchte ich das Deck nach einem bekannten Gesicht ab, packte willkürlich die umstehenden Männer am Handgelenk, hoffte, einer von ihnen wäre Cormac.

Die Feuersbrunst kam immer näher. Unaufhaltsam flackerten und leckten die Flammen über das Holz, stürzten sich mit einem gierigen Kreischen auf alles Brennbare.

»Langsamer, du Schwachmat!«, hörte ich Menderz brüllen. »Abseilen!« Sein Blick fuhr herum, nahm einen der Händler in Augenschein, der einen dicken Sack hinter sich herzog. »Willst du mich verhöhnen, du Idiot? Lass das gefälligst liegen! Komm her. Du auch. Und du! Na los, Beeilung, ihr verfluchten Ratten! Ab ins Boot! Schneller … Schneller, verdammt! Gut! Erstes Boot klar zum Wasserlassen!«

Mit einem lauten Platschen setzte der Kiel des Rettungsbootes auf dem Wasser auf. Ich rannte zu dem Kapitän, der mit den Händen in der Luft fuchtelte wie ein Dirigent – nur dirigierte er kein wohlklingendes Orchester, sondern seine Mannschaft, die in verzweifelter, wenn auch einstudierter Manier seinen Befehlen Folge leistete.

»Kapitän!«

»Elda Rheanne, Himmel, Ihr lebt!« Menderz' Gesicht war rußverschmiert, trotzdem huschte ein erleichtertes Lächeln darüber.

»Was ist zu tun?«

»Helft beim Abseilen der Rettungsboote! Auf der anderen Seite … sie sollen so weit wie möglich vom sinkenden Schiff wegrudern!«

Ich nickte, hatte verstanden. Die Hitze an Deck war unerträglich. Meine Armhärchen waren längst von den Flammen versengt. Ich spürte das heiße Brennen auf meiner Haut. An meinen Handrücken bildeten sich kleine Bläschen, als die Matrosen und ich mit vereinten Kräften die Beiboote zu Wasser ließen.

Am Heck, nahe dem Kastell, tauchten plötzlich mehrere Schatten aus den Rauchwolken auf. Mein Herz machte einen Sprung. Ich ruderte wie wild mit den Armen. Allen voran rannte Sedalé, und obwohl mir diese Frau derartig gegen den Strich ging, war ich regelrecht froh, sie wohlbehalten zu sehen.

Hinter Sedalé tauchten Cormac und Edvard auf. Sie alle waren rußverschmiert, ihre Kleidung war angesengt.

»Rheanne!«

Ohne ein weiteres Wort zu sagen, zog Cormac mich in die Arme, küsste meine Stirn und meine Wangen. Ich ließ mich fallen, genoss die Wärme seines Körpers und das Gefühl der Sicherheit, obwohl rings um uns alles im Chaos versank.

»Du lebst«, murmelte er mit belegter Stimme, und ich konnte die Angst in ihr hören. »Den Göttern sei Dank.«

Ich blickte in sein blutverschmiertes Gesicht. »Wir müssen die Beiboote abseilen. Es bleibt nicht mehr viel Zeit!«

Wir lösten uns voneinander, und wie zur Bestätigung meiner Worte erklang ein helles Splittern und Jaulen.

»Der Großmast!«, gellte Menderz' Schrei über das Deck. »Kappt die Taue der Boote! Und dann springt! Ab ins Wasser, ihr nichtsnutzigen Söhne einer Made!«

»Wir sehen uns an Bord des Rettungsbootes«, versprach mir Cormac und küsste mich ein letztes Mal.

Dann zog er seinen Dolch und stürzte vorwärts, half den Matrosen, die Seile zu durchtrennen, die die Beiboote an der *Adlerschwinge* hielten, und ich tat es ihm gleich.

Mit einem hellen Kreischen zerbarst der Großmast. Für den Bruchteil einer Sekunde war ich wie erstarrt, wandte den Blick und sah zu, wie mit einem lang gezogenen Stöhnen der riesige Mast gen Deck sank.

»Springt!«, brüllte Menderz donnernd. »Alle Mann über Bord!«

Ich drückte die Truhe fester an meinen Körper und durchtrennte schreiend die letzten Seile, ehe ich zur Bordwand stürzte.

»Springt! Runter vom Schiff!«

Und ich sprang.

Kapitel 25

Der Aufschlag und die Kälte des Wassers waren weniger schlimm als das plötzliche Brennen des Salzes in meinen Wunden. Ich biss die Zähne zusammen, als ich prustend und mit halb schwimmenden, halb paddelnden Bewegungen die Wasseroberfläche durchbrach und heftig atmend nach Luft rang.

Wellen brachen über meinen Kopf hinweg. Salzwasser drang in meine Nase und in meinen Mund. Ich ignorierte den penetranten Geschmack und das Brennen, wandte den Kopf hinüber zur *Adlerschwinge* und hörte den donnernden Aufprall des Großmastes.

Funken stoben in den Nachthimmel, einzelne Planken wurden in die Luft geschleudert, als wögen sie nichts. Die aus der Verankerung gerissenen Wanten flogen wie zitternde Wäschestücke hinter dem stürzenden Mast her, verfolgten ihn und legten sich auf ihn, nur um kurz darauf in Flammen aufzugehen. Ein Stöhnen ging durch die sterbende Fregatte.

Meine Lippen bebten vor Kälte und vor dem heftigen Bewusstsein, dem Tod um Haaresbreite entronnen zu sein. Mit einem Arm machte ich halbherzige Schwimmversuche, doch meine Kleider und das Gewicht der Truhe drohten mich in die schwarze Tiefe zu ziehen.

»Nimm meine Hand!«

Fahrig versuchte ich den Ursprung der Stimme ausfindig zu machen, bis ich das Beiboot erblickte, das unweit von mir auf den Wellen tanzte. Am Bug kniete Sedalé mit triefendem Haar und streckte mir ihre Hand entgegen.

Ein Ruck ging durch meinen Körper, als ich mich in Bewegung setzte und vorwärtspaddelte, hin zum sicheren Boot. Hände griffen nach meinem Arm und zogen mich aus dem kalten Wasser. Erschöpft blieb ich liegen, rang nach Atem.

»Danke«, brachte ich keuchend hervor. »Es tut gut, Euer Gesicht zu sehen.« Ich meinte es ernst.

Die Alchemistin schenkte mir ein knappes Nicken, bevor sie ihre Aufmerksamkeit dem sinkenden Schiff widmete. Die Handelsfregatte war kurz vor dem Untergehen, der Bug schwebte bereits mehrere Fuß über der Wasseroberfläche. Es zischte, als die salzigen Wassermassen über die Feuerherde brachen und sie zum Erlöschen brachten.

»Rudern!«, erklang Sedalés bellender Befehl. »Es dauert nicht mehr lange, bis der Sog einsetzt.«

Ich rappelte mich auf, setzte mich auf eine der schmalen Bänke und ergriff ein Ruder. Mit kräftigen Stößen entfernten wir uns von der *Adlerschwinge*. Im tanzenden Licht der Flammen machte ich die anderen Rettungsboote ausfindig, die sich wie kleine Käfer von der monströsen Fregatte entfernten.

»Sind alle in Sicherheit?«, fragte ich, ließ den Blick über die See schweifen und sah noch vereinzelte Körper im Wasser, die verzweifelt versuchten, eines der Boote zu erreichen, die sich viel zu schnell vom Unglücksort entfernten. Cormac, wo war Cormac? In unserem Boot ist er nicht, dachte ich bestürzt.

»Diese armen Hunde werden es wohl kaum schaffen«, flüsterte einer der Matrosen tonlos. »Sie werden vom Strudel erfasst werden … und ertrinken.«

»Aber wir sollten sie aufnehmen!«, rief ich verzweifelt. Einer von ihnen könnte Cormac sein, fügte ich stumm hinzu.

»Dein Kapitän ist ein ehrenwerter Mann«, sagte plötzlich Sedalé, und ich hörte den Respekt, den sie Menderz entgegenbrachte. »Ein wahrer Mann der See, der sein Schiff nicht im Stich lässt.«

Mir gefror das Blut in den Adern. »Er wird doch nicht …«

Inmitten der Flammen machte ich die vagen Umrisse eines menschlichen Körpers aus, der sich an die Bordwand klammerte.

»Nein. Nein! Warum springt er nicht? Warum zur Hölle springt er denn nicht!«, schrie ich entsetzt. Die Flammen kamen immer näher, leckten gierig an der Gestalt. »Dreht bei … wir müssen ihn von dem verfluchten Schiff holen!«

»Nein! Es ist zwecklos, er erfüllt seine Pflicht«, antwortete mir Sedalé scharf. »Ein Kapitän lässt sein Schiff nicht im Stich.«

»Aber das Schiff ist verloren, er wird *sterben*!«, brüllte ich.

»Es war seine eigene Entscheidung. Du solltest sie respektieren.« Sedalé klang ungewöhnlich sanft.

Ich war wie gelähmt und konnte den Blick nicht von Menderz und den übrigen Männern abwenden.

Der Bug der *Adlerschwinge* ragte nun steil in den Himmel. Ein Ächzen fuhr durch das jahrzehntealte Gebälk, das alle

Weltmeere besegelt hatte. Ein einsamer und trauriger Schrei ertönte, als Menderz' geliebtes Schiff entzweibrach. Das Krachen dröhnte uns allen in den Ohren. Der Bug fiel in die See, und die Wellen rings um uns schlugen schäumend über die Bordwand des Rettungsbootes.

Hektisch legten wir uns in die Riemen, um uns von dem beginnenden Sog, der Bug und Heck der Handelsfregatte auf den Meeresboden zog, so weit wie möglich zu entfernen. Die Schreie der sich im Wasser befindenden Männer, die von dem Strudel erfasst wurden, waren furchtbar.

Nachdem die See auch die letzten Feuer gelöscht hatte, ummantelte uns tiefe Finsternis. Das Tosen der Feuersbrunst war verstummt. Nur das Eintauchen der Ruder erzeugte glucksende Geräusche, vereinzelte Schmerzenslaute durchbrachen die Nacht.

An Bord der *Lotusblüte* und der *Stromwinde* flammten unzählige Lichter auf, die uns als Wegweiser dienen sollten. Ein Zeichen, dass die Rettung nahe war.

Keiner von uns sprach ein Wort. Schweigend ruderten wir vorwärts, und obwohl unsere Körper schmerzten und vor Fieber glühten, kam kein Laut des Wehklagens über unsere Lippen.

In dieser Nacht hatten wir viel verloren.

Die Mannschaften der beiden Handelsschiffe waren auf unser Eintreffen vorbereitet. Ich saß zusammen mit Sedalé sowie einigen Händlern und Matrosen der *Adlerschwinge* in der Messe der *Stromwinde.* Man brachte uns raue Decken, die wir um unsere ausgekühlten Körper schlangen, dazu kübelweise heißen Tee und einige Flaschen Rum. Wir alle wählten Letzteres. Wir wollten das Grauen betäuben, den Anblick der Sterbenden verbannen, die Schreie der Gepeinigten und das Bild des sinkenden Schiffes vergessen. Vor allem aber Menderz' Selbstmord, denn das war es gewesen. Der Alkohol half dabei. Ein wenig.

Keiner von uns bekam in jener Nacht ein Auge zu. Die Wunde in meiner Schulter brannte, meine Nase schmerzte, und mein Kopf drohte zu bersten.

Die seelischen Schmerzen waren nicht besser. Ich vermisste Cormac. Von ihm fehlte jede Spur, das letzte Mal hatte ich ihn noch an Deck der Handelsfregatte gesehen, bevor ich mich in die dunklen Fluten gestürzt hatte. Ich hoffte, dass er wohlbehalten an Bord der *Lotusblüte* war und sich ebenso in warme Decken gehüllt von dem Schock erholen konnte. Zum ersten Mal war ich versucht zu beten, unterließ es dann aber, aus Angst, etwas falsch zu machen.

Das einzige bekannte Gesicht gehörte Sedalé. Ausgerechnet Sedalé. Das Schicksal spielte einem schon merkwürdige Streiche, über die ich beinahe lachen konnte, wäre ich nicht gerade dem Tod von der Schippe gesprungen.

»Wie fühlst du dich?«, fragte mich Sedalé leise. Zum ersten Mal, seit wir uns kannten, schwang in ihrem Tonfall kein Spott mit. Sie meinte es ernst, zeigte ein wirkliches Interesse an meinem Befinden.

Ich lehnte den Kopf gegen die Wand und drückte die Truhe fest an mich. »Grässlich«, antwortete ich schließlich seufzend. »Ich habe noch nie Schiffbruch erlitten. Ich bin dankbar, überlebt zu haben.«

»Gut. Das ist gut.« Die Alchemistin warf mir einen skeptischen Seitenblick zu. »Ich hätte dich nämlich geohrfeigt, wärst du vor mir in Tränen ausgebrochen.«

Irgendwie war ich erleichtert. Ehrlich gesagt wusste ich mit einer freundlichen Sedalé wenig anzufangen. Ihre zynischen Attacken war ich gewohnt, ich konnte damit umgehen.

»Es geht ihm gut, weißt du«, sagte sie nach einiger Zeit.

Ich war fast weggenickt. Blinzelnd schlug ich die Augen auf.

»Cormac, meine ich«, fuhr Sedalé fort. Sie lächelte scheinbar, dann schielte sie zu mir, und ich erkannte wieder ihr provokantes Funkeln. »Er ist ein guter Liebhaber, nicht wahr? Du kannst dich glücklich schätzen, dass er dich gewählt hat. Ich weiß, wovon ich rede.«

Ich wurde rot bis unter die Haarwurzeln. »Das geht Euch gar nichts an«, gab ich zornig murmelnd zur Antwort.

»Doch«, erwiderte sie stur. »Du kannst wirklich froh sein, dass du ihn glücklich machst.«

Ich lehnte wieder den Kopf gegen die Wand, ein leichtes und wehmütiges Lächeln umspielte meine Lippen. Ein größeres Kompliment hätte mir Sedalé kaum machen können. Meine Gedanken kreisten um Cormac. Mein Innerstes verzehrte sich nach ihm, doch die Reise war noch lang.

Wir würden Esteban erst in vierzehn Tagen erreichen.

Kapitel 26

Es wurden vierzehn lange Tage. Vierzehn wirklich lange Tage. Umso größer war die Vorfreude darauf, endlich festen Boden unter den Füßen spüren und der Enge an Bord entfliehen zu können.

Während der Überfahrt hatten wir einige Verluste zu betrauern. Mehr als ein Dutzend Matrosen waren ihren Verletzungen erlegen, ihre Seelen waren nun auf dem Weg in den Himmel.

Die *Lotusblüte* wich von ihrer eigentlichen Route ab und lief in den Hafen von Esteban ein, um die geretteten Passagiere von Bord zu lassen. Die Besatzung war sichtlich froh, sich der zusätzlichen Last aus hungrigen Mäulern und Verletzten zu entledigen.

Ich stand an Deck der *Stromwinde* und hatte die Arme auf die Reling gestützt. Das Beobachten eines festen Zieles lenkte mich ab und brachte mich dazu, die Erlebnisse für einen kurzen Augenblick zu vergessen. Als ich zum ersten Mal die Küste Genzabars wie eine silbrige Schlange am Horizont liegen sah, ging mir das Herz vor Freude auf.

Nun war ich aufgeregt wie ein kleines Kind. Das Stimmengewirr, Möwengeschrei, die fremdartigen Gerüche und die Wärme wirkten auf mich elektrisierend. Ich war versucht, über die Reling zu klettern, ins Wasser zu springen und an Land zu schwimmen. Frei zu sein, für einen winzigen Augenblick nur.

So war ich jedoch nur stiller Beobachter dieser fremden Welt, die sich mir plötzlich auftat.

Ich hatte den Westen der Aufgetauchten Welt selten verlassen, und weiter als an die äußersten Grenzen Astrans war ich nie gekommen. Esteban war für mich ein exotischer Ort, ein Märchen und Schauplatz für allerlei Neues.

Schon der Hafen war ein Anblick für sich. Er war riesig, etwa doppelt so groß wie der zu Hause in Heptagon, und es lagen unzählige Schiffe verschiedenster Größe und Bauarten am Kai. Mauern aus riesigen schwarzen Gesteinsquadern umsäumten das Hafenbecken, zu beiden Seiten waren Leuchttürme errichtet. Entlang der im Wasser liegenden Mauern befanden sich dunkle Öffnungen, aus denen es hier und da metallen blitzte: Man sagte mir, man könne die Hafenzufahrt mit einer monströsen Eisenkette verschließen.

Mit gerefften Segeln glitt die *Stromwinde* in den Hafen von Esteban. Im gleichmäßigen Takt wurden die Ruder ins Wasser getaucht und trieben das leichte Handelsschiff zu dem zugewiesenen Liegeplatz. Auf einer freien, schmalen Fahrtrinne glitten wir vorbei an etlichen Lastkähnen und Fischerbooten, bis wir in die Nähe der hochseetauglichen Schiffe kamen und die Leinen festmachten.

Der leichte Ruck, mit dem die *Stromwinde* gegen die hölzernen Poller stieß, löste in mir ein unbeschreibliches Glücksgefühl aus. Ich hatte es geschafft! Es war kein Traum gewesen – ich stand wahrlich kurz davor, von Bord zu gehen. Leichen hatten meine Reise gesäumt, ich hatte gegen zwei Dämonen gekämpft und Schiffbruch erlitten. Nun ging ich nur leicht verletzt auf zwei Beinen laufend von Bord.

Ungeduldig wartete ich darauf, dass der Kapitän uns entließ. Wir alle mussten Schuldscheine unterschreiben, die er sich von unserer Regierung auszahlen lassen wollte. Schließlich waren wir Passagiere eines Regierungsschiffes gewesen, und er hatte uns vierzehn Tage beherbergt und versorgt.

Ich umklammerte die Truhe, schritt vorsichtig den Landgang hinab, setzte den ersten Fuß auf genzabarischen Boden und ließ den Blick schweifen. In einiger Entfernung erkannte ich die *Lotusblüte*. Das Fallreep war heruntergelassen, und in freudiger Erwartung verließen sowohl Schiffbrüchige als auch Matrosen das Schiff. Mein Herz begann unweigerlich schneller zu schlagen, aus Freude und vor Erleichterung. Ich hoffte, Sedalé hatte die Wahrheit gesagt, und ich würde Cormac alsbald in die Arme schließen können. Diese Aussicht war momentan das Größte für mich.

»Elda Ritterin Rheanne? Befindet sich eine Elda Ritterin aus Heptagon in Astran an Bord?«

Ich drehte mich zu dem Matrosen, der mit höchst konzentriertem Gesichtsausdruck die Ankommenden musterte. Ich tat ihm den Gefallen und gab mich rasch zu erkennen.

»Das bin ich. Was ist los?«

»Bitte begleitet mich. Ich habe den Auftrag, Euch an Euren Bestimmungsort zu geleiten.« Er maß mich von Kopf bis Fuß und runzelte die Stirn. Ich sah sicher furchtbar aus mit ungepflegten Haaren und den zu großen Sachen der Matrosen. Er wurde rot und stotterte: »Verzeihung … ich habe …«

»Schon gut. Gehen wir einfach.«

Ich folgte ihm.

Das Gefühl, plötzlich festen Boden unter den Füßen zu haben, war erschreckend ungewohnt. Meine Beine hatten sich so sehr an das ewige Wanken und Rollen gewöhnt, dass mir die Erde unerträglich hart und meine Schritte ungedämpft vorkamen. Der gestampfte Erdboden schlingerte schlimmer als zuvor die Planken auf See.

Ich lief wie eine Betrunkene und staunte über den regen Trubel rings um mich, die dicht gedrängten Häuser, die sich nahe der Kaimauer gen Horizont erstreckten. Lastentiere zogen Holzkarren hinter sich her, dicht gefolgt von Horden von Kindern. Meine wahre Aufmerksamkeit ruhte jedoch auf einer sorgfältig ausgesuchten Delegation von Soldaten, die regungslos und mit starrem Blick unweit des Fallreeps stand. Lediglich ihr Vorgesetzter in einem funkelnden Harnisch, der über und über mit Ornamenten ziseliert war, war vorgetreten und starrte mich an. Seine Augen blieben einen Tick zu lange an der Truhe hängen, die ich seit der Rettung nicht mehr aus den Augen gelassen hatte.

»Soldat im Dienste der kaiserlichen Garde des ehrenwerten Kaisers Vargaz, ich grüße Euch.« Er schlug die Hacken zusammen und salutierte vor mir. »Der Hafenwärter wurde von dem Palast des Kaisers Vargaz darüber in Kenntnis gesetzt, dass der Kaiser Besuch aus Astran erwartet. Wir sind Eure Eskorte.«

Wohl eher meine Wachhunde, fügte ich im Stillen hinzu.

Ein Blick in die grimmigen Mienen bestätigte mir meinen Verdacht: Der Kaiser traute der Ersten Präsenz nicht über den Weg.

»Ich folge Euch. Alsbald. Gebt mir nur einen Augenblick.«

»Der Kaiser wünscht Euch sofort zu sehen.«

»Das wird er auch.« Ich lächelte. »Ich muss nur rasch eine Angelegenheit klären, bevor ich mit Euch gehen kann.«

»Ihr habt zehn Minuten«, kam die schroffe Antwort.

Mehr brauchte ich auch nicht. Ich erkannte Cormac schon von Weitem. Er stach mit seiner doch recht beeindruckenden Größe und den dunklen Gewändern förmlich aus der Masse hervor. Als auch er mich sah, hellte sich sein Gesicht auf. Wir beschleunigten beinahe gleichzeitig unsere Schritte, verringerten die Entfernung zwischen uns, ignorierten die Menschenmassen ringsherum und fielen uns in die Arme.

Es war ein himmlisches und vertrautes Gefühl.

»Ich hatte gehofft, dich noch zu sehen«, flüsterte er nahe an meinem Ohr.

Ich nickte, während ein wohliger Schauder meinen Rücken hinabrann.

Der Gardist hinter uns räusperte sich ungeduldig und warf uns finstere Blicke zu.

Cormac musterte den Soldaten mit hochgezogener Augenbraue. »Freunde von dir, nehme ich an?«

»Leider, ja. Sie wirken etwas verklemmt.«

»Etwas.«

Wieder ein unmissverständliches Räuspern.

»Ich muss gehen«, meinte ich leise, und mein Herz brannte bei dem Gedanken. »Ich … Ich habe eine Pflicht zu erfüllen.«

»Ich weiß.« Er strich mir eine Haarsträhne aus dem Gesicht und fuhr mir liebevoll über die Wange. »Wie lange wirst du brauchen?«

»Zwei, drei Tage. Vielleicht auch vier. Manchmal lassen mächtige Leute auf sich warten, um ihre Macht zu demonstrieren.«

»Ich hoffe, es werden nicht mehr als zwei Tage.« Cormac legte den Kopf schief. »Siehst du die Taverne dort?«

Ich sah hin und nickte.

»Ich werde dort auf dich warten.« Er grinste verschmitzt und wirkte plötzlich sehr viel jünger. »Und dieses Mal werde ich dir wirklich die Hölle heißmachen, wenn du nicht auftauchst!« Er beugte sich zu mir, schlang die Arme um mich und küsste mich mit ungeahnter Leidenschaft. »Ich werde dort auf dich warten«, wiederholte er. »Und jetzt geh, Ritterin Rheanne aus Heptagon, und erfülle deine Pflicht!«

Und ich ging, erfüllt von der süßen Gewissheit seines Versprechens.

Danksagung

Ich kann es noch nicht glauben.

Aber jetzt, beim Schreiben der Danksagung, lasse ich die vergangenen zwei Jahre Revue passieren und komme zu der Erkenntnis: Anne, dein Kindheitstraum ist wirklich in Erfüllung gegangen. Du bist Autorin.

Allein hätte ich es nicht geschafft. So viele waren maßgeblich an der Vollendung von »Rheanne – An Bord der Adlerschwinge« mit Freude, Akribie und Ehrlichkeit beteiligt, dass ich diese Worte an sie richten möchte.

Mein Dank gilt meinem himmlischen Vater, der sämtliche Gebete erhört hat und mir immer zur Seite steht.

Mein Dank gilt meinem Agenten Kai Gathemann und seiner Frau Dorle Pätzold, die mich trotz meiner sprachlichen Kapriolen so liebevoll in die Welt der Literaturbranche geführt haben und mir mit Rat und Tat zur Seite stehen.

Mein Dank gilt Beatrice Lampe, die Feuer und Flamme für Rheanne war und dem Manuskript diese große Chance gab.

Mein Dank gilt Jana Breunig, die Rheanne und mich an die Hand genommen und sicher und zielstrebig durch alles Organisatorische geführt hat.

Mein Dank gilt Angela Kuepper, die dem Manuskript den

letzten Schliff gab. Noch nie hat eine Nachbearbeitung so viel Spaß gemacht!

Mein Dank gilt dem Grafikteam, das so ein wunderschönes Cover gestaltet hat, dem PR-Team, den Korrektoren und allen anderen bei Blanvalet für ihre tolle Arbeit.

Mein Dank gilt meiner Mama und meinem Papa, die nie an mir gezweifelt, mich immer unterstützt und mir Zeit zum Schreiben gegeben haben.

Mein Dank gilt meinem Mann, der mich trotz so mancher Anne-Panne so liebt, wie ich bin, und mir Mut und Vertrauen zuspricht, wenn ich an mir selbst zweifle.

Und auch Euch, liebe LeserInnen, gilt mein Dank dafür, dass Ihr Euch auf Rheanne einlasst und sie auf ihrer Reise begleitet.

Ich danke Euch von Herzen.